GRöLS Verlage

„Bücher sind wie Fallschirme. Sie nützen uns nichts, wenn wir sie nicht öffnen.“

Gröls Verlag

Redaktionelle Hinweise und Impressum

Das vorliegende Werk wurde zugunsten der Authentizität sehr zurückhaltend bearbeitet. So wurden etwa ursprüngliche Rechtschreibfehler regelmäßig *nicht* behoben, denn kleine Unvollkommenheiten machen das Buch – wie im Übrigen den Menschen – erst authentisch. Mitunter wurden jedoch zum Beispiel Absätze behutsam neu getrennt, um den Lesefluss zu erleichtern.

Um die Texte zu rekonstruieren, werden antiquarische Bücher von Lesegeräten gescannt und dann durch eine Software lesbar gemacht. Der so entstandene Text wird von Menschen gegengelesen und korrigiert – hierbei treten auch Fehler auf. Wenn Sie ebenfalls antiquarische Texte einreichen möchten, finden Sie weitere Informationen auf www.groels.de

Viel Freude bei der Lektüre wünscht Ihnen das Team des Gröls-Verlags.

Adressen

Verleger: Hermann-Josef Gröls,

Im Borngrund 26, 61440 Oberursel

Externer Dienstleister für Distribution & Herstellung:

BoD, In de Tarpen 42, 22848 Norderstedt

Unsere „Edition | Werke der Weltliteratur“ hat den Anspruch, eine der größten und vollständigsten Sammlungen klassischer Literatur in deutscher Sprache zu werden. Nach und nach versammeln wir hier nicht nur die „üblichen Verdächtigen“ von Goethe bis Schiller, sondern auch Kleinode der vergangenen Jahrhunderte, die – zu Unrecht – drohen, in Vergessenheit zu geraten. Wir kultivieren und kuratieren damit einen der wertvollsten Bereiche der abendländischen Kultur. Kleine Auswahl:

Francis Bacon • Neues Organon • **Balzac** • Glanz und Elend der Kurtisanen • **Joachim H. Campe** • Robinson der Jüngere • **Dante Alighieri** • Die Göttliche Komödie • **Daniel Defoe** • Robinson Crusoe • **Charles Dickens** • Oliver Twist • **Denis Diderot** • Jacques der Fatalist • **Fjodor Dostojewski** • Schuld und Sühne • **Arthur Conan Doyle** • Der Hund von Baskerville • **Marie von Ebner-Eschenbach** • Das Gemeindekind • **Elisabeth von Österreich** • Das Poetische Tagebuch • **Friedrich Engels** • Die Lage der arbeitenden Klasse • **Ludwig Feuerbach** • Das Wesen des Christentums • **Johann G. Fichte** • Reden an die deutsche Nation • **Fitzgerald** • Zärtlich ist die Nacht • **Flaubert** • Madame Bovary • **Gorch Fock** • Seefahrt ist not! • **Theodor Fontane** • Effi Briest • **Robert Musil** • Über die Dummheit • **Edgar Wallace** • Der Frosch mit der Maske • **Jakob Wassermann** • Der Fall Maurizius • **Oscar Wilde** • Das Bildnis des Dorian Grey • **Émile Zola** • Germinal • **Stefan Zweig** • Schachnovelle • **Hugo von Hofmannsthal** • Der Tor und der Tod • **Anton Tschechow** • Ein Heiratsantrag • **Arthur Schnitzler** • Reigen • **Friedrich Schiller** • Kabale und Liebe • **Nicolo Machiavelli** • Der Fürst • **Gotthold E. Lessing** • Nathan der Weise • **Augustinus** • Die Bekenntnisse des heiligen Augustinus • **Marcus Aurelius** • Selbstbetrachtungen • **Charles Baudelaire** • Die Blumen des Bösen • **Harriett Stowe** • Onkel Toms Hütte • **Walter Benjamin** • Deutsche Menschen • **Hugo Bettauer** • Die Stadt ohne Juden • **Lewis Caroll** • *und viele mehr….*

Inhalt

Priester und Detektiv
Gilbert Keith Chesterton

Vorwort

Wie fast überall, so war auch in England einer der Hauptgründe für die Einführung der sog. Reformation der Vorwurf, die katholische Kirche sei römisch und daher ein Fremdkörper, der sich mit dem einheimischen, nationalen Geiste nicht vertrage oder diesem zu wenig Rücksicht erweise. Dieses Bewußtsein steckt heute noch tief im ganzen englischen Protestantismus und ein Übertritt zur katholischen Kirche bedeutet daher dort auch einen Bruch mit dieser Tradition des ganzen Landes. In Wirklichkeit wird jedoch dem nationalen Gedanken im Katholizismus nur sein richtiger, natürlicher Platz angewiesen, werden die irdischen Interessen den ewigen hintangesetzt entsprechend dem Verhältnisse der unsterblichen Seele zum sterblichen Leibe, wenn wir nun seit einem halben Jahrhundert tatsächlich so zahlreiche Personen jenen irrigen Standpunkt verlassen sehen, so ist doch ungleich größer noch die Zahl derjenigen, die entweder nicht die Kraft besitzen, aus einmal angenommenen Wahrheiten die letzten Schlußfolgerungen zu ziehen, oder die nicht bis zur vollen Wahrheit sich durchzuringen imstande waren. Viele unter ihnen haben aber dennoch der Erkenntnis des Wahren in jenem Lande die Wege ebnen geholfen, sie haben Berge von Schutt, Unsummen von Vorurteilen beiseite geräumt und anderen den Weg freigemacht. Zu diesen gehört G. K. Chesterton. Er ist einer von jenen, die verstehen, die erkennen, die begreifen, besser vielleicht als viele Katholiken selbst, die aber den Glauben, das Geschenk der göttlichen Gnade noch nicht besitzen. So steht er auch heute noch draußen, aber niemand hat so in den letzten Jahren sich für die katholische Kirche und alles, was sie lehrt, eingesetzt, wie er. Man braucht noch lange nicht mit allem einverstanden zu sein, was er in seinem bekannten Buche „Orthodoxie“ schreibt, aber man wird doch zugeben müssen, daß von nichtkatholischer Seite für Nichtkatholiken selten Besseres über die katholische Kirche geschrieben worden ist. Wie er zu seinem katholischen Standpunkte kam, erzählt er in „Ball und Kreuz“. Er war ausgezogen, sich eine neue Religion, eine bessere, als seine anglikanische zu gründen. Mit Hilfe alles dessen, was sein Verstand ihm an Werkzeugen darbot, mit Hilfe vor allem von unerbittlicher Logik begann er sein anglikanisches Kredo zu reinigen und zu verbessern, und als er dann endlich die Welt mit seinem nagelneuen System überraschen wollte, mußte er sehen, daß er Dinge entdeckt hatte, in deren Besitz die katholische Kirche schon seit bald zweitausend Jahren sich befindet. Er war ausgezogen, einen neuen Erdteil zu entdecken, und was er entdeckte, war die alte Heimat.

Eine der größten Überwindungen für denjenigen, der der Kirche sich nähern will, ist die Herstellung einer Verbindung mit dem Priester. Falsche Vorstellungen, anerzogene Abneigung, Verachtung gegen den so oft aus dem niederen Volke hervorgegangenen Geistlichen, die Furcht nicht verstanden zu werden und sich wieder in die unerträgliche Wirrnis getrieben zu sehen, hält viele Leute dem Priester fern. Bizarr, wie in seiner Schreibart, wählt Chesterton das Mittel des Kriminalromanes, an dessen Hand er zeigt, welche Summe von Menschenkenntnis der katholische Priester besitzt, die ihm seine wissenschaftlich-theologische Vorbildung, sein Wirken unter allen Schichten des Volkes und seine im Beichtstuhle gewonnene Erfahrung vermitteln. Father Brown ist dieser Typus eines im Äußern plumpen, einfältigen Priesters, der auch im schlimmsten Falle nicht in Verlegenheit kommt und von dem auch der geriebenste Detektiv noch manches lernen kann. So bringt Chesterton den Priester seinen Landsleuten näher, er wird ihnen menschlicher, sie gewinnen vielleicht mehr Vertrauen zu ihm und lassen sich diese Dinge, die über den Priester zu wissen gut sind, in dieser Form und von einem der Ihrigen eher sagen, als von der schönsten katholischen Apologie. Die Erzählung ist eine kleine Anerkennung für unseren Klerus, wobei jedoch auch die Unterhaltung (als die anziehende Form) nicht zu kurz kommt. Wenn dabei manch treffliches Wort für die politischen Zustände des heutigen England abfällt, so nehmen wir das in diesen Zeiten gerne in Kauf.

Das blaue Kreuz

Zwischen dem Silberbande des Morgens und dem grünen, glitzernden Bande der See legte das Dampfboot in Harwich an und ließ einen Schwarm Volkes entweichen, aus dem der Mann, dem wir folgen müssen, keineswegs hervorstach – noch es zu tun wünschte. Außer einem leichten Gegensatze zwischen der feiertäglichen Lebhaftigkeit seiner Kleidung und dem offiziellen Ernste seines Gesichtes war nichts Bemerkenswertes an ihm. Zu seiner Kleidung gehörte eine leichte, hellgraue Jacke, eine weiße Weste und ein Silberstrohhut mit blaugrauem Bande. Sein mageres Gesicht, das der Gegensatz dunkel erscheinen ließ, endete in einen kurzen, schwarzen Spitzbart, der spanisch aussah und eine Halskrause, wie man sie unter Elisabeth trug, zu verlangen schien. Mit dem Ernste eines Müßiggängers rauchte er eine Zigarette. Nichts an ihm deutete an, daß die graue Jacke einen geladenen Revolver, die weiße Weste einen Polizeipaß oder der Strohhut einen der scharfsinnigsten Köpfe Europas bedeckte. Denn es war Valentin selbst, das Haupt der Pariser Polizei und die berühmteste Spürnase der Welt, und er befand sich auf dem Wege von Brüssel nach London, um die bedeutendste Verhaftung des Jahrhunderts vorzunehmen.

Flambeau war in England. Die Polizei dreier Länder hatte endlich die Spuren des großen Verbrechers von Gent nach Brüssel und von Brüssel nach dem Hoek van Holland verfolgt; man mutmaßte, er würde die günstige Gelegenheit des Durcheinanders und des Fremdenandranges beim Eucharistischen Kongresse, der damals in London tagte, ausnützen. Wahrscheinlich würde er als irgendwelcher niedere Geistliche oder als eine Art von Kongreßsekretär reisen, aber gewiß konnte das natürlich Valentin nicht wissen; bei Flambeau war niemand sicher.

Es sind jetzt viele Jahre her, seit dieses Ungetüm eines Verbrechers, das die Welt in Angst hielt, plötzlich verschwand, und als es verschwand, war, wie man dies nach dem Tode Rolands sagte, eine große Ruhe auf Erden entstanden. Doch in seinen besten Tagen (ich meine natürlich seine schlimmsten) war Flambeau eine ebenso überragende und internationale Gestalt wie der Kaiser. Nahezu jeden Morgen berichteten die Blätter, daß er sich den Folgen eines außergewöhnlichen Verbrechens dadurch entzogen habe, daß er ein neues beging. Flambeau war ein Gaskogne von riesigem Wuchse und wahrer Tollkühnheit, und die wildesten Dinge erzählte man sich von den Ausbrüchen seines athletischen Temperamentes, z. B. wie er den Untersuchungsrichter auf den Kopf stellte, um ihm den Verstand zu klären, oder wie er mit je einem

Polizisten unterm Arme die Rue de Rivoli hinabrannte. Um aufrichtig gegen ihn zu sein, muß jedoch gesagt werden, daß er seine ungewöhnliche Körperkraft im allgemeinen selten in solch unblutigen, wenn auch seiner Würde wenig förderlichen Auftritten zur Anwendung brachte; seine eigentlichen Verbrechen bestanden hauptsächlich in geistvollen, erfindungsreichen Räubereien im großen Stile. Doch jeder seiner Diebstähle bildete nahezu eine neue Art von Vergehen und würde für sich schon eine besondere Geschichte ausmachen. Er war es, der die große Tiroler Molkerei-Gesellschaft in London ins Leben rief, ohne Molkerei, ohne Kühe, ohne Karren, ohne Milch, jedoch mit einigen tausend Abnehmern. Diese bediente er einfach dadurch, daß er die kleinen Milchkannen vor anderer Leute Türen vor die seiner eigenen Kunden schob. Er war es gewesen, der einen unerklärlichen und geheimen Briefwechsel mit einer jungen Dame unterhielt, der aufgefangen wurde, und wobei er sich des außerordentlichen Tricks bedient hatte, seine Mitteilungen in unendlicher Verkleinerung auf Mikroskops zu photographieren. Eine große Einfachheit kennzeichnete jedoch viele seiner Versuche. Einmal soll er in der Totenstille der Nacht alle Hausnummern einer Straße übermalt haben, nur um einen Reisenden in eine Falle zu locken. Es ist vollkommen richtig, daß er einen tragbaren Briefkasten erfunden hatte, den er in ruhigen Vorstädten an den Ecken anbrachte, um etwaige Postanweisungen abzufangen. Kürzlich noch lernte man ihn auch als geschickten Akrobaten kennen; trotz seiner mächtigen Gestalt wußte er wie eine Heuschrecke zu springen und wie ein Affe in den Baumkronen zu verschwinden. Daher war sich der große Valentin, als er Flambeau zu finden sich anschickte, vollkommen bewußt, daß, wenn er ihn auch gefunden haben würde, damit seine Abenteuer nicht beendet wären.

Doch wie sollte er ihn finden?

Darüber waren Valentins Gedanken noch zu keinem Schlusse gekommen.

Ein Ding gab es, das Flambeau bei all seiner Geschicklichkeit im Verkleiden nicht verbergen konnte, und das war seine ausnehmende Größe. Wenn Valentins flinkes Auge ein hochgewachsenes Apfelweib, einen großen Grenadier oder selbst eine erträglich große Herzogin entdeckt hätte, er würde sie auf der Stelle verhaftet haben. Doch während der ganzen Fahrt war ihm niemand untergekommen, der ein verkappter Flambeau hätte sein können. Bezüglich der Leute auf dem Dampfboote hatte er sich bereits vergewissert, und diejenigen, welche in Harwich vom Zuge aufgelesen worden waren, beschränkten sich mit Sicherheit nur auf sechs. Da war ein kurzer Eisenbahnbeamter, der bis London mitfuhr, dann drei ziemlich kurze Grünzeughändler, welche zwei Stationen später hinzugekommen waren, eine sehr kurze Witwe aus gutem Hause aus einer kleinen Stadt in Essex und ein sehr kurzer römisch-katholischer Priester, der von einem kleinen Dorfe in Essex hereinkam. Beim letzten Falle angelangt, gab es Valentin auf; er mußte beinahe lachen. Der kleine Priester war so sehr das Muster eines Simpels aus dem Osten, er hatte ein Gesicht so rund und nichtssagend wie ein Norfolkpudding, er hatte Augen so leer wie die Nordsee, und er trug einige braune Papierpakete, die beisammenzuhalten er ganz außerstande war. Der Eucharistische Kongreß hatte anscheinend viele derartige Geschöpfe, blind und hilflos wie ausgehobene Maulwürfe, aus ihrer örtlichen Trägheit aufgescheucht. Valentin war ein Skeptiker vom strengen französischen Stile und kannte daher keine Vorliebe für Priester. Aber Mitleid konnte er für sie aufbringen, und dieser eine würde bei jedermann solches erweckt haben. Er trug einen großen, schäbigen Regenschirm, der ihm fortwährend zu Boden fiel. Er schien nicht zu wissen, welches das richtige Ende seiner Rückfahrtkarte war. Er erklärte mit der Einfalt eines Mondkalbes jedermann im Wagen, er müsse vorsichtig sein, denn er trage in einem seiner braunen Papierpakete etwas aus wirklichem Silber Verfertigtes „mit blauen Steinen“. Seine wunderliche Mischung von Essex-Plattheit und frommer Einfachheit belustigte andauernd den Franzosen, bis der Priester mit all seinen Paketen in Stratford anlangte und um seinen Regenschirm zurückkehrte. Als er letzteres tat, besaß Valentin sogar die Zuvorkommenheit, ihn zu warnen, nicht das Silber dadurch zu behüten, daß er jedermann davon erzähle. Doch mit wem immer auch Valentin sprach, stets hielt er sein Auge offen nach jemand anderm. Beständig blickte er nach jemanden aus, reich oder arm, männlich oder weiblich, der gut an sechs Fuß hoch wäre, denn Flambeau war noch um vier Zoll größer.

In Liverpool Street stieg er jedoch ab, sich mit vollkommener Sicherheit bewußt, daß er den Verbrecher bislang nicht übersehen habe. Dann begab er sich nach Scotland Yard, seine Papiere in Ordnung zu bringen und für den Bedarfsfall Hilfe zu vereinbaren. Schließlich zündete er sich eine neue Zigarette an und machte sich zu einem langen Bummel in den Straßen Londons auf. Als er in dem Viertel jenseits Victoria umherwanderte, hielt er plötzlich an und blieb stehen. Der Platz war altmodisch und ruhig, sehr typisch für London, voll von zufälliger Stille. Die großen flachen Häuser sahen auf einmal wohlhabend und unbewohnt und das Sträuchervierecke in der Mitte so einsam wie ein grünes Inselchen im Stillen Ozean aus. Eine der vier Seiten ragte wie eine Estrade über die anderen empor und die Linie dieser Seite war unterbrochen von einer von Londons wunderbaren Zufälligkeiten – einem Restaurant, das aussah, wie wenn es sich vom Soho hierher verlaufen hätte. Es war ein unvernünftig anziehendes Ding mit Zwergpflanzen in Töpfen und mit langen, gestreiften Stabjalousien in Zitronengelb und Weiß, lag eigentümlich hoch über der Straße, und in der in London üblichen Flickwerkart lief eine Flucht von Stufen von der Straße aus zum Eingange hinauf, fast wie etwa eine Rettungsleiter zu einem Ersten-Stock-Fenster. Valentin stand rauchend gegenüber den gelb-weißen Jalousien und betrachtete sie lange.

Das unglaublichste Ding bei den Wundern ist, daß sie geschehen. Ein paar Wolken am Himmel ballen sich zusammen zu der auffallenden Form eines menschlichen Auges. Auf ungewissem Wege ragt mitten in einer Landschaft ein Baum auf in der genauen und vollendeten Form eines Fragezeichens. Ich habe selbst diese beiden Dinge in den letzten paar Tagen gesehen. Nelson stirbt im Augenblicke des Sieges, und ein Mann namens Williams ermordet zufällig einen Mann namens Williamson; es klingt wie eine Art Kindsmord. Kurz, es ist im Leben ein Element geisterhaften Zusammentreffens, welches Leuten, die nur mit dem Prosaischen rechnen, ewig entgehen wird. Weisheit sollte, wie es in Poes Paradoxen so gut heißt, sich auf das Unvorhergesehene verlassen.

Aristide Valentin war Franzose von reinstem Wasser und die französische Intelligenz ist eine Intelligenz ganz besonderer und einziger Art. Er war nicht eine „denkende Maschine“, denn dies ist eine sinnlose Redensart des modernen Fatalismus und Materialismus. Eine Maschine ist nur deshalb eine Maschine, weil sie eben nicht denkt. Er aber war ein denkender Mensch und gleichzeitig ein schlichter Mensch. All seine wunderbaren Erfolge, die wie Zauberei aussahen, hatte er errungen durch angestrengte Logik, durch klares und hausbacken französisches Denken. Die Franzosen elektrisieren die Welt nicht durch Aufstellung von Widersinnigkeiten, sie elektrisieren sie durch Ausführung von Gemeinplätzen. Und das treiben sie sogar bis – zur französischen Revolution. Aber eben weil Valentin die Vernunft kannte, kannte er auch die Grenzen der Vernunft. Nur ein Mensch, der nichts von Motoren versteht, spricht von Motorfahren ohne Benzin; nur ein Mensch, der nichts von Vernunft versteht, spricht von Vernünftigsein ohne starke unbestreitbare Urgrundsätze. Hier hatte er keine starken Urgrundsätze. Flambeau war zu Harwich entwischt, und wenn er überhaupt in London war, dann konnte er irgend etwas sein, angefangen von einem übergroßen Vagabunden in Wimbledon Common bis zu einem übergroßen Toastmeister im Hotel Metropole. In solch nacktem Zustande des Nichtwissens besaß Valentin seine eigene Ansicht und seine eigene Methode.

In derlei Fällen rechnete er auf das Unvorhergesehene. In Fällen, da er nicht den Weg des Vernünftigen verfolgen konnte, verfolgte er kalt und sorgfältig den Weg des Unvernünftigen. Anstatt die richtigen Orte aufzusuchen – Banken, Polizeiwachen, Sammelpunkte –, suchte er systematisch die unrichtigen Plätze auf, klopfte an jedes leere Haus, lief jede Sackgasse entlang, rannte jede mit Schutt versperrte Gasse hinab, bog er in jede Kurve ein, die ihn unnütz vom Wege abbrachte. Er verteidigte dieses verrückte Verfahren ganz logisch. Er behauptete, wenn jemand sich nach einem bestimmten Schlüssel richte, sei dies der schlimmste Weg, wenn man jedoch jeden Schlüssel beiseite ließ, sei dies das allerbeste, denn dabei habe man eben den Vorteil, daß irgend etwas Auffälliges, das das Auge des Verfolgers auf sich lenkt, dasselbe sein kann, was das Auge des Verfolgten auf sich gelenkt haben mag. Irgendwo mußte der Mensch anfangen, und es sei besser, es dort zu tun, wo ein anderer aufhören würde. Etwas an dieser Treppenflucht hinan zum Eingange, etwas an der Einsamkeit und Seltsamkeit des Restaurants weckte des Geheimpolizisten ganze ihm eigentümliche Vorliebe für das Romantische und ließ ihn den Entschluß fassen, aufs Geratewohl loszugehen. So stieg er die Treppe empor, ließ sich an einem Tische neben dem Fenster nieder und verlangte eine Tasse schwarzen Kaffees.

Der halbe Morgen lag schon hinter ihm und er hatte noch nicht gefrühstückt. Der Tisch wies die unauffälligen Spuren anderer Frühstücke auf und gemahnte ihn an seinen Hunger, und indem er seiner Bestellung noch ein Spiegelei hinzufügte, machte er sich nachdenklich daran, etwas weißen Zucker in seinen Kaffee zu schütten, wobei all seine Gedanken sich mit Flambeau beschäftigten. Er hatte nicht vergessen, wie dieser einmal mit Hilfe einer Nagelschere entkommen war und ein anderes Mal mit Hilfe eines brennenden Hauses, einmal, weil er für einen unfrankierten Brief Strafporto zu bezahlen hatte und ein anderes Mal, indem er die Leute durch ein Teleskop nach einem Kometen blicken ließ, der die Welt zerstören konnte. Valentin hielt sein Detektivgehirn für ebensogut wie das des Verbrechers, und er hatte recht, doch war er sich seines Nachteiles vollkommen bewußt. „Der schaffende Künstler ist der Verbrecher, der Detektiv ist nur der Kritiker," sagte er zu sich mit saurem

Lächeln, wobei er langsam seine Kaffeetasse zum Munde führte – und sie sehr schnell wieder niederstellte. Er hatte Salz hineingetan.

Er blickte auf das Gefäß, woraus er das silberige Pulver genommen hatte, es war zweifellos eine Zuckerdose, so unverkennbar für Zucker bestimmt, wie eine Champagnerflasche für Champagner. Er fragte sich, weshalb man Salz darin hielt. Dann blickte er um sich, ob es noch weitere rechtgläubige Gefäße gäbe. Ja, es gab zwei vollgefüllte Salzgefäße. Vielleicht war irgend etwas Besonderes an dem Inhalt der Salzgefäße. Er kostete, es war Zucker. Dann blickte er mit einem erfrischten Anschein von Interesse im Restaurant umher, um zu sehen, ob noch irgendwelche andere Spuren dieses sonderbaren künstlerischen Geschmackes zu finden seien, der Zucker in Salzgefäßen und Salz in Zuckerdosen verwahrte. Außer einem eigentümlichen Flecken an einer der weißtapezierten Wände, der von irgendeiner dunklen Flüssigkeit herrührte, schien der ganze Raum reinlich, freundlich und gewöhnlich. Er klingelte nach dem Kellner.

Als der Kellner, notdürftig gekämmt und etwas triefäugig zu so früher Stunde, herbeigeeilt kam, ersuchte ihn der Detektiv, dem der Sinn für die einfacheren Formen des Humors nicht abging, er möge den Zucker kosten und sehen, ob derselbe dem hohen Rufe seines Hotels entspreche. Das Ergebnis war, daß der Kellner plötzlich gähnte und erwachte.

„Erlauben Sie sich jeden Morgen diesen feinen Scherz mit Ihren Gästen?" fragte Valentin. „Und bekommen Sie den Spaß nie satt, Salz und Zucker gegeneinander zu vertauschen?"

Als dem Kellner diese Ironie einzuleuchten begann, versicherte er stammelnd, daß sein Etablissement gewiß keine derartigen Absichten habe; es müsse ein sehr eigentümlicher Irrtum vorliegen. Er hob die Zuckerdose empor und blickte sie an, und er hob das Salzfaß empor und blickte es an, wobei sein Gesicht immer verwirrter wurde. Schließlich entschuldigte er sich in abgerissenen Worten und davonstürzend kehrte er nach ein paar Sekunden mit dem Besitzer wieder. Der Besitzer untersuchte ebenfalls die Zuckerdose und dann das Salzfaß und auch der Besitzer blickte verwirrt.

Plötzlich schien dem Kellner die Sprache verloren zu gehen, so sehr überstürzten sich seine Worte.

„Ich meine," stotterte er emsig, „ich meine, es waren die zwei Geistlichen."

„Was für zwei Geistliche?"

„Die zwei Geistlichen," erklärte der Kellner, „die, wo die Suppe an die Wand schmissen."

„Suppe an die Wand schmissen?" wiederholte Valentin, der das sichere Gefühl hatte, es müsse sich wohl um irgendein italienisches Sprachbild handeln.

„Ja, ja," versicherte der Aufwärter erregt und deutete auf den dunklen Flecken auf der weißen Tapete, „– dort hinüber an die Wand."

Valentin blickte wie ein Fragezeichen den Besitzer an, der ihm nun mit einem ausführlichen Berichte zu Hilfe kam.

„Ja, Sir." sagte er. „es ist ganz richtig, wenn ich auch nicht glaube, daß es etwas mit dem Zucker und Salz zu tun hat. Zwei Geistliche kamen herein und aßen sehr früh einen Teller Suppe, kaum daß wir die Läden aufgemacht hatten. Sie waren beide sehr ruhige, anständige Leute; der eine von ihnen zahlte die Rechnung und ging hinaus, der andere, der überhaupt eine langsamere Kutsche zu fahren schien, brauchte einige Minuten länger, seine Sachen zusammenzuklauben. Aber schließlich ging er. Nur im Augenblick, ehe er auf die Straße hinaustrat, ergriff er bedächtig seine Tasse, die nur halb geleert war, und schwaps warf er die Suppe an die Wand. Ich selbst war im Hinterzimmer und auch der Kellner, und so konnte ich nur noch hinausspringen, um den Flecken an der Wand und das Zimmer leer zu finden. Es ist kein arger Schaden, aber es war niederträchtig, dreist von ihm, und ich suchte den Mann auf der Straße einzuholen. Aber sie waren schon zu weit weg; ich bemerkte nur, daß sie um die nächste Ecke und in Carstairs Street einbogen."

Der Geheimpolizist war auf den Füßen, den Hut auf dem Kopf und den Stock in der Hand. Er hatte bereits entschieden, daß er in dem allgemeinen Dunkel seines Überlegens nur dem ersten merkwürdigen Fingerzeig, der irgendwohin wies, folgen konnte; und dieser Fingerzeig war merkwürdig genug. Seine Rechnung bezahlend und die Glastüren hinter sich zuwerfend bog er schon um die Ecke nach der anderen Straße zu. Es war ein Glück, daß selbst in so fieberhaften Augenblicken sein Auge kühl und flink blieb. Etwas in einem gegenüberliegenden Laden zog an ihm vorüber wie ein Blitz; dennoch ging er zurück, um darnach zu sehen. Der Laden war der eines gewöhnlichen Gemüse- und Obsthändlers, und eine Reihe von Waren mit deutlichen Schildern dabei mit Namen und Preisen waren im Freien aufgestellt. In den beiden am meisten in die Augen fallenden Abteilungen befanden sich zwei Haufen, einer von Orangen und der andere von Nüssen. Auf dem Haufen Nüsse lag ein Stück

Pappe, worauf mit grellem Blaustifte geschrieben stand: „Beste Tanger Orangen, zwei 1 Penny." Auf den Orangen war die ebenso klare und genaue Beschreibung: „Feinste Brasil-Nüsse, 4 Pence das Pfund." Monsieur Valentin blickte auf diese beiden Plakate; es dünkte ihm, diese äußerst feinsinnige Art von Witz müsse er schon irgendwo angetroffen haben, und zwar erst vor kurzem. Er lenkte die Aufmerksamkeit des krebsroten Obsthändlers, der ziemlich verdrießlich die Straße auf und nieder blickte, auf die Ungenauigkeit in seinen Ankündigungen. Der Obsthändler sagte nichts, sondern brachte nur unwirsch jede Tafel an den richtigen Platz. Elegant auf seinen Spazierstock gestützt fuhr Valentin fort, den Laden zu prüfen. Schließlich sagte er:

„Entschuldigen Sie, bitte, mein guter Mann, wenn ich mich anscheinend in fremde Dinge mische, aber ich möchte gerne eine Frage in experimenteller Psychologie und Ideenassoziation an Sie stellen."

Der krebsrote Händler betrachtete ihn drohenden Blickes, doch fuhr jener seinen Stock schwingend munter fort:

„Weshalb," fragte er. „sind in einem Gemüseladen zwei Tafeln unrichtig aufgestellt wie ein Schaufelhut, der auf einen Feiertag nach London hereingekommen ist? Oder, falls ich mich nicht klar ausdrücken sollte, welches ist die geheimnisvolle Assoziation, welche den Gedanken an als Orangen bezeichnete Nüsse mit dem Gedanken an zwei Geistliche, einen langen und einen kurzen, in Verbindung bringt?"

Die Augen des Händlers traten aus seinem Kopfe hervor wie bei einer Schnecke und es sah wirklich einen Augenblick aus, als wolle er sich auf den Fremden stürzen. Endlich stieß er zornig hervor:

„Ich weiß nicht, was Sie das angeht, aber wenn Sie einer von ihren Freunden sind, können Sie ihnen in meinem Namen sagen, daß ich ihnen, ob Pfarrer oder nicht Pfarrer, ihre armseligen Schädel einschlagen werde, wenn sie nochmals Äpfel über den Haufen werfen."

„Wirklich?" fragte der Geheimpolizist mit großer Anteilnahme, „haben sie Ihnen die Äpfel über den Haufen geworfen?"

„Ja, einer von ihnen," erwiderte der erhitzte Krämer. „hat sie über die ganze Straße verstreut. Ich hätte den Hanswursten erwischt, wenn ich nicht die Äpfel aufzulesen gehabt hätte."

„Welchen Weg haben die Pfarrer eingeschlagen?" fragte Valentin.

„Die zweite Straße dort links und dann über den Platz," erwiderte der andere prompt.

„Danke," empfahl sich Valentin und verschwand wie verzaubert. Auf der anderen Seite des zweiten Häuservierecks fand er einen Polizisten und sprach ihn an.

„Hier, dringend, Schutzmann. Haben Sie zwei Geistliche in Schaufelhüten gesehen?"

Der Polizist begann heftig zu kichern.

„Habe ich, Sir, und wenn Sie es wissen wollen, einer von ihnen war betrunken. Er stand mitten auf der Straße –"

„Welchen Weg hat er eingeschlagen?" schnauzte ihn Valentin an.

„Sie nahmen einen von jenen gelben Omnibussen dort drüben," antwortete der Mann, „die nach Hampstead gehen."

Valentin wies seine Erkennungskarte vor und sagte hastig:

„Rufen Sie zwei von Ihren Leuten, sie sollen mit mir kommen, eine Verfolgung aufnehmen," und er querte die Straße mit solch ansteckender Energie, daß der schwerfällige Polizist zu beinahe behendem Gehorchen sich bewogen sah. In anderthalb Minuten war der französische Detektiv auf dem gegenüberliegenden Gangsteig von einem Inspektor und einem Wachmann in Zivil eingeholt.

„Well, Sir," begann ersterer mit lächelnder Wichtigtuerei, „und womit kann ich –"

Valentin deutete plötzlich mit dem Knopfe seines Stockes. „Ich werde es Ihnen auf dem Dache jenes Omnibus sagen," bemerkte er und sprang und wand sich durch das Gewirr des Straßenverkehrs. Als alle drei keuchend auf die Dachsitze des gelben Fahrzeuges niedersanken, meinte der Inspektor:

„Mit einem Taxi kämen wir viermal so rasch voran."

„Ganz richtig," antwortete der Anführer ruhig, „wenn wir nur eine Ahnung hätten, wohin wir gehen."

„Well, aber wohin wollen Sie denn?" fragte jener ihn anstarrend.

Valentin, die Stirne runzelnd, rauchte schweigend einige Sekunden, dann nahm er seine Zigarette in die Hand und sagte:

„Wenn Sie wissen, was ein Mensch tut, laufen Sie vor ihm her; wenn Sie aber herausbringen wollen, was er tut, halten Sie sich hinter ihm. Schlendern Sie, wenn er schlendert, bleiben Sie stehen, wenn er stehenbleibt, schreiten Sie voran so langsam, wie er es tut, dann können Sie sehen, was er sah, und können handeln, wie er gehandelt hat. Alles, was wir tun können, ist, unsere Augen offen zu halten nach einem verdächtigen Dinge."

„Welche Sorte verdächtigen Dinges meinen Sie?" fragte der Inspektor.

„Jede Sorte verdächtigen Dinges," antwortete Valentin und verfiel in hartnäckiges Schweigen.

Der gelbe Omnibus kroch die nach Norden hinaus führenden Straßen entlang, hin durch etwas, was endlose Stunden schien; der große Detektiv wollte sich nicht weiter erklären und seine Gehilfen empfanden möglicherweise einen stillen und wachsenden Zweifel hinsichtlich seines Unternehmens. Vielleicht auch fühlten sie ein stilles und wachsendes Verlangen nach ihrem Lunch, denn die Stunden vergingen und lange schon war die normale Mittagsmahlstunde verstrichen, doch die langen Straßen der Nord-Londoner Vorstädte schienen sich aus einer Länge in die andere zu schieben wie ein höllisches Teleskop. Es war eine jener Fahrten, bei denen der Mensch unaufhörlich fühlt, daß er jetzt endlich am Ende des Universums angekommen sein müsse, um dann zu finden, daß er erst am Anfang von Tufnell Park sei. London verlor sich in schmutzigen Schenken und ödem Gestrüpp und war dann wieder unerklärlich zu glänzenden Hauptstraßen und geräuschvollen Hotels geboren. Es war, wie wenn man durch dreizehn einzelne gewöhnliche Städte fuhr, von denen eine an die andere stieß. Doch obwohl die Winterdämmerung bereits über die vor ihnen liegende Straße sich senkte, saß der Pariser Detektiv immer noch schweigsam und wachsam und musterte die Stirnseiten der Straßen, die zu beiden Seiten vorüberglitten. Um die Zeit, da sie Camden Town hinter sich gelassen hatten, waren die Polizisten nahezu eingeschlafen, wenigstens machten sie so etwas wie einen Satz, als Valentin sich aufrichtete, jedem auf die Schulter klopfte und dem Kutscher zurief, anzuhalten.

Sie taumelten die Treppe hinab auf die Straße, ohne zu wissen, weshalb sie ausquartiert wurden; als sie sich um Erleuchtung umblickten, sahen sie Valentin triumphierend mit dem Finger auf ein Fenster auf der linken Seite der Straße weisen. Es war ein großes Fenster und bildete einen Teil der langen Fassade eines glänzenden und palastartigen Gasthauses, eines jener für das bessere Publikum vorgesehenen, über dem das Wort „Restaurant“ stand. Dieses Fenster war, wie alle übrigen längs der Stirnseite des Hotels, aus mit Mustern versehenem Frostglase; in seiner Mitte jedoch befand sich ein großer schwarzer Sprung wie ein Stern im Eise.

„Endlich unsere Spur,“ schrie Valentin, seinen Stock schwingend, „der Ort mit dem zerbrochenen Fenster.“

„Welches Fenster? Welche Spur?“ fragte der Hauptgehilfe, „Wieso? Wo ist der Beweis, daß dies irgend etwas mit ihnen zu tun hat?“

Valentin zerbrach beinahe seinen Bambusstock vor Zorn.

„Beweis!“ schrie er. „Guter Gott, der Mann sucht nach einem Beweise! Je nun, natürlich, die Chancen sind zwanzig gegen eins, daß es nichts mit ihnen zu tun hat. Aber was können wir sonst tun? Sehen Sie nicht, wir müssen entweder einer Möglichkeit folgen oder nach Hause gehen und uns zu Bett legen!“

Gefolgt von seinen beiden Gefährten bahnte er sich einen Weg in das Restaurant und bald saßen sie zu einem verspäteten Lunch an einem kleinen Tische beisammen und besahen sich den Stern im zertrümmerten Glase von innen. Nicht etwa, daß er von hier aus besonders belehrend gewesen wäre!

„Haben Ihr Fenster zerbrochen, wie ich sehe,“ begann Valentin zum Kellner, als er seine Rechnung bezahlte.

„Ja, Sir,“ antwortete der Aufwärter, indem er sich geschäftig über das Wechselgeld beugte, welchem Valentin schweigend ein erkleckliches Trinkgeld hinzugefügt hatte. Der Kellner richtete sich mit leichter, aber unverkennbarer Lebhaftigkeit auf.

„Ah, ja, Sir,“ sagte er. „Sehr spaßiges Ding das, Sir.“

„Wirklich? Erzählen Sie uns,“ ersuchte der Detektiv mit sorgloser Neugierde.

„Well, zwei Gäste in Schwarz kamen herein,“ begann der Kellner, „zwei von jenen fremden Pfarrern, wie sie jetzt herumlaufen. Sie haben in aller Ruhe eine billige Mahlzeit genommen und einer von ihnen bezahlte dafür und ging hinaus. Der andere war gerade dabei, sich anzuschließen, als ich nochmals auf mein Wechselgeld schaute und sah, daß er mir mehr als zweimal zu viel bezahlt hatte. ›Hier,‹ sage ich zu dem Burschen, der schon beinahe draußen war, ›Sie haben zuviel bezahlt.‹ ›O,‹ sagt er sehr kühl, ›haben wir?‹ Ja, sage ich und greife nach der Rechnung, um sie ihm zu zeigen. *Well*, ich war entwaffnet:“

„Wie meinen Sie das?“ fragte der andere.

„*Well*, ich hätte einen Eid auf sieben Bibeln geschworen, daß ich vier Schillinge auf die Rechnung gesetzt hatte. Aber jetzt sah ich, ich hatte vierzehn Schillinge geschrieben, so deutlich wie gemalt.“

„Nun?“ schrie Valentin, sich langsam, aber mit brennenden Augen entfernend. „Und dann?“

„Der Pfarrer an der Türe, der sagte ganz heiter: ›Bedauere, wenn ich Ihre Rechnung etwas durcheinanderbringe, aber ich will für das Fenster bezahlen.‹ ›Welches Fenster?‹ fragte ich. ›Das, welches ich einhauen werde,‹ sagte er und zerschlug die Scheibe dort mit seinem Regenschirm.“

Alle drei Frager stießen einen Ausruf hervor und der Inspektor meinte mit stockendem Atem:

„Sind wir hinter ausgebrochenen Irrsinnigen her?“

Der Kellner fuhr mit einem gewissen Wohlgefallen an der lächerlichen Geschichte fort:

„Ich war für einen Augenblick so verdutzt, daß ich zu nichts fähig war. Der Mann ging zur Türe hinaus und erreichte seinen Freund gerade an der Ecke. Dann gingen sie so rasch Bullock Street hinauf, daß ich sie nicht einholen konnte, obwohl ich durch die Schenke lief.“

„Bullock Street,“ sagte der Detektiv und schoß diese Straße hinab, so schnell wie das sonderbare Paar, das er verfolgte.

Ihre Fahrt führte sie jetzt zwischen kahlen Mauern hin wie durch Tunnels, Straßen mit wenigen Lichtern und selbst mit wenigen Fenstern. Straßen, die überall aus den kahlen Rückwänden gebildet zu sein schienen. Die Dämmerung nahm zu und es war für die Londoner Polizisten nicht leicht, festzuhalten, nach welcher genauen Richtung sie schritten. Der Inspektor jedoch war so viel wie sicher, daß sie möglicherweise auf irgendeinen Teil der Hampstead-Heide stoßen würden. Unerwartet unterbrach ein hervortretendes, gasbeleuchtetes Fenster wie eine Blendlaterne das blaue Zwielicht und Valentin blieb einen Augenblick vor einem kleinen zierlichen Zuckerbäckerladen stehen. Nach einer Sekunde Zögerns trat er ein. Inmitten der bunten Farben der Konditorei seinen vollen Ernst bewahrend kaufte er mit einer gewissen Sorgfalt dreizehn Schokoladezigarren. Offensichtlich bereitete er eine Anrede vor, doch bedurfte es derselben nicht.

Eine steife ältliche Jungfer im Laden hatte rein automatisch prüfend seine elegante Erscheinung betrachtet; als sie jedoch die Türe hinter ihm von der blauen Uniform des Inspektors verstellt sah, schienen ihre Augen aufzuwachen:

„O,“ sagte sie, „wenn Sie wegen des Paketes gekommen sind, das habe ich schon weggeschickt.“

„Paket!“ wiederholte Valentin, und nun war es an ihm, fragend zu blicken.

„Ich meine das Paket, das der Herr hier gelassen hat – der Geistliche.“

„Ums Himmels willen!“ rief Valentin und beugte sich vorwärts, zum ersten Male wirkliche Begierde auf dem Gesichte. „Ums Himmels willen, sagen Sie uns genau, was vorgefallen ist!“

„Nun,“ erzählte die Frau etwas unsicher, „die Geistlichen kamen vor einer halben Stunde herein und kauften etwas Pfefferminz und plauderten ein wenig, und dann gingen sie weg, der Heide zu. Aber eine Sekunde darauf kommt der eine von ihnen in den Laden zurück und sagt: ›Habe ich ein Paket liegen gelassen?‹ *Well*, ich sah überall nach und konnte keines finden; somit sagt er: ›Es tut nichts, aber wenn es zum Vorschein kommt, schicken Sie es, bitte, an diese Adresse‹ und hinterließ mir die Adresse und einen Schilling für meine Mühe. Und wirklich, obwohl ich geglaubt hatte, ich hätte überall nachgesehen, fand ich, daß er ein Paket aus braunem Papier liegen gelassen hatte, und so schickte ich es dorthin, wo er gesagt hatte. Ich erinnere mich nicht mehr der Adresse, es war irgendwo in Westminster. Aber nachdem das Ding so wichtig schien, dachte ich, vielleicht sei die Polizei darum gekommen.“

„Ist sie auch,“ sagte Valentin kurz. „Ist die Hampstead-Heide weit von hier?“

„Geradeaus fünfzehn Minuten.“ erwiderte die Frau. „und Sie kommen direkt hinaus ins Freie.“

Valentin sprang zum Laden hinaus und begann zu laufen und die anderen Polizisten folgten ihm in widerwilligem Trapp.

Die Straße, durch welche sie kamen, war so enge und in Schatten gehüllt, daß, als sie unerwartet unter den weiten Himmel hinaus ins Freie kamen, es sie überraschte, den Abend noch so hell und klar zu finden. Eine vollendete Kuppel von Pfauengrün senkte sich in Gold zwischen den schwärzlichen Bäumen und den dunkelvioletten Farnen hernieder. Die glühendgrüne Färbung war gerade tief genug, wie Kristallpunkte einen oder zwei Sterne hervorzuheben. Alles, was von Tageslicht übriggeblieben war, lag in einem goldenen Schimmer über dem

Rande von Hampstead und jener volkstümlichen Mulde, die den Namen Heidetal trägt. Die Sonntagsausflügler, welche in dieser Gegend umherschweifen, hatten sich noch nicht ganz verlaufen; unförmlich saßen einige Paare auf Bänken und hier und da kreischte noch in der Ferne in einer der Schaukeln ein Mädchen. Rings um die erhabene Niedrigkeit des Menschen vertiefte und erhöhte sich die Pracht des Himmels und auf dem Abhang stehend und über das Tal hinwegblickend erspähte Valentin, was er suchte.

Unter den dunklen und sich verlierenden Gruppen dieser Ferne war eine besonders schwarz, die sich nicht verlor – eine Gruppe von zwei Gestalten in geistlicher Kleidung. Obwohl sie so klein schienen wie Insekten, konnte Valentin doch sehen, daß die eine viel kleiner als die andere war. Obwohl die andere die Haltung eines Studierenden und ein unauffallendes Benehmen zeigte, konnte er sehen, daß der Mann gut sechs Fuß hoch war. Er preßte die Zähne aufeinander und rannte, ungeduldig seinen Stock schwingend, weiter, während sich so die Entfernung erheblich verringert hatte und die beiden schwarzen Gestalten wie in einem umfangreichen Mikroskop an Größe zunahmen, hatte er etwas entdeckt, was ihn überraschte und was er dennoch irgendwie erwartet hatte. Wer immer der lange Priester sein mochte, bezüglich der Identität des kürzeren konnte kein Zweifel bestehen. Es war sein Freund aus dem Harwichzuge, der untersetzte kleine Curé von Essex, den er wegen seines braunen Papierpaketes gewarnt hatte.

Soweit also fügte sich schließlich alles ganz vernünftig ineinander. Valentin hatte durch seine Erkundigungen am Morgen erfahren, daß ein Father Brown von Essex ein silbernes Kreuz mit Saphiren, eine Reliquie von hohem Werte, mit sich gebracht hatte, um es einigen der fremden Geistlichen auf dem Kongresse zu zeigen. Dies war unzweifelhaft das „Silber mit blauen Steinen“; und Father Brown war zweifellos der kleine Grünschnabel vom Zuge. Nun lag nichts Wunderbares in der Tatsache, daß, was Valentin herausgefunden, hatte, auch Flambeau herausfinden konnte. Es lag auch nichts Wunderbares in der Tatsache, daß, wenn Flambeau von einem Saphirkreuze hörte, er es zu stehlen versuchen würde; das war vielmehr das natürlichste von allen natürlichen Dingen. Und ebensowenig lag etwas Wunderbares in der Tatsache, daß Flambeau mit so einem einfältigen Schafe, wie es der Mann mit seinem Regenschirm und den Paketen war, seine eigenen Wege ging. Gehörte dieser doch zu jener Sorte, daß ihn der Nächstbeste an einem Bindfaden bis zum Nordpol geschleppt hätte; es lag also nichts Überraschendes darin, daß ein

Schauspieler wie Flambeau in der Verkleidung eines Priesters ihn nach der Hampstead-Heide schleppen konnte. Soweit schien das Verbrechen klar genug, und während der Detektiv den Priester ob seiner Hilflosigkeit bemitleidete, empfand er etwas wie Verachtung für Flambeau, daß dieser sich dazu hergab, sich ein so leicht zu täuschendes Opfer auszusuchen. Doch als Valentin alles überdachte, was sich inzwischen ereignet hatte, all das, was ihn zu seinem Triumph geführt hatte, spannte er sein Gehirn aufs äußerste an, um wenigstens ein ganz klein wenig Sinn oder Verstand herauszufinden. Was hatte es, wenn jemand einem Priester aus Essex ein Silberkreuz stahl, damit zu tun, daß man die Suppe auf die Papiertapete an der Wand schüttete? Oder damit, daß man Nüsse Orangen nannte, oder Fenster zuerst bezahlte und sie dann einwarf? Gewiß, er war am Ende seiner Jagd angekommen, aber das Mittelstück hatte er verfehlt. Wenn er sich einmal täuschte (was selten vorkam), hatte er gewöhnlich den Faden erhascht, aber nichtsdestoweniger den Verbrecher verfehlt. Hier hatte er den Verbrecher erhascht, noch aber konnte er des Fadens nicht habhaft werden.

Die beiden Gestalten, denen sie folgten, krochen wie schwarze Fliegen über den mächtigen, grünen Umriß des Hügels. Sie waren sichtlich in ein Gespräch vertieft und möglicherweise achteten sie gar nicht darauf, wohin sie gingen; sicherlich aber schritten sie den verwilderteren und stilleren Höhen der Heide zu. Als die Verfolger näherkamen, mußte Valentin sich zusammenkauern wie ein Indianer, sich hinter Baumgruppen decken und selbst lang ausgestreckt im tiefen Grase kriechen. Mittels dieser ungewöhnlichen Finten kamen die Jäger ihrem Wilde nahe genug, um das Gemurmel der Unterhaltung zu vernehmen, doch ließ sich nichts unterscheiden als das Wort „Vernunft“, das oft in einer hohen und beinahe kindlichen Stimme wiederkehrte. Einmal hinter einem steilen Abhange verloren die Verfolger wirklich die beiden Gestalten, denen sie folgten. Zehn angstvolle Minuten hindurch fanden sie die Spur nicht wieder und dann führte sie um einen Vorsprung eines großen, kuppelartigen Hügels, von dem man ein Amphitheater reicher und einsamer Sonnenuntergang-Szenerie überblickte. Unter einem Baume auf diesem beherrschenden, jedoch vernachlässigten Platze stand eine alte, baufällige Bank und auf dieser Bank saßen die zwei Priester immer noch in ernstem Gespräch. Das prächtige Grün und Gold hing noch am dunklen Horizonte, aber die Kuppel darüber ging langsam aus Pfauengrün in Pfauenblau über und die Sterne traten mehr und mehr als wirkliche Diamanten hervor. Stumm sich gegen seine Begleiter wendend gelang es Valentin, sich hinter dem großen ästereichen Baume hinaufzuschleichen, und in tödlichem Schweigen dort stehend vernahm er zum ersten Male die Worte der sonderbaren Priester.

Ein teuflischer Zweifel erfaßte ihn, nachdem er anderthalb Minuten gelauscht hatte. Vielleicht hatte er doch die zwei englischen Polizisten in die Einöde einer nächtlichen Heide zu einem Gange mitgeschleppt, der nicht vernünftiger war, als wollte man Feigen auf den Disteln suchen. Denn die zwei Priester sprachen genau wie zwei Priester, fromm, gelehrt und gelassen über die luftigsten Rätsel der Theologie. Der kleine Priester aus Essex, mit seinem runden Gesichte zu den erstarkenden Sternen gewendet, sprach einfacher; der andere hingegen sprach mit gebeugtem Kopfe, als wäre er nicht einmal wert, zu ihnen aufzublicken. Aber man hätte sich keine unschuldigere geistliche Unterhaltung denken können, weder in einem weißen italienischen Kloster noch in einer schwarzen spanischen Kathedrale.

Das erste, was er auffing, war der Schluß eines von Father Browns Sätzen „... was man im Mittelalter wirklich unter den ›unbestechbaren Himmeln‹ verstand".

Der größere Priester nickte mit dem gebeugten Klopfe und sagte:

„Ah, ja, diese modernen Ungläubigen appellieren an ihre Vernunft, aber wer kann all diese Millionen von Welten anblicken, ohne das Gefühl zu haben, daß es ganz gut noch wunderbarere Welten über uns gebe, wo die Vernunft etwas überaus Unvernünftiges ist?"

„Nein," entgegnete der andere Priester, „Vernunft ist immer vernünftig, selbst in der letzten Vorhölle, im verlassenen Randgebiete der Dinge. Ich weiß, man wirft der Kirche vor, sie erniedrige die Vernunft, aber genau das Gegenteil trifft zu. Die Kirche allein auf Erden erhebt die Vernunft wirklich auf ihren Gipfel. Die Kirche allein auf Erden hält daran fest, daß Gott selbst an die Vernunft gebunden ist."

Der andere Priester erhob sein strenges Gesicht zum flimmernden Himmel und meinte:

„Und dennoch, wer weiß, ob nicht in jenem unendlichen Universum –?"

„Nur physisch unendlich," erwiderte der kleine Priester, rasch sich zur Seite wendend, „nicht unendlich in dem Sinne, daß es sich den Gesetzen der Wahrheit entzöge."

Valentin hinter seinem Baume zerrte in stummer Wut an seinen Fingernägeln. In seinen Ohren klang schon das Gekicher der englischen Geheimpolizisten, die er auf eine phantastische Vermutung hin soweit mitgejagt hatte, nur um dem metaphysischen Geplauder zweier sanfter, alter Geistlichen zu lauschen. In seiner Ungeduld entging ihm die ebenso überlegte Antwort des großen Priesters, und als er wieder hinhörte, war es nochmals Father Brown, der sprach.

„Vernunft und Gerechtigkeit umfassen die fernsten und einsamsten Steine. Blicken Sie auf diese Steine. Sehen sie nicht aus, als wären sie ein jeder ein Diamant oder Saphir? Gut, Sie können sich jede tolle Botanik oder Geologie, die Sie wollen, vorstellen. Denken Sie an Wälder von Diamant und mit Blättern von Brillanten. Denken Sie, der Mond sei ein blauer Mond, ein einziger, riesiger Saphir. Aber bilden Sie sich nicht ein, daß all diese wahnsinnige Astronomie auch nur den kleinsten Unterschied für die Vernunft und Gerechtigkeit unseres Tuns ausmachen würde. Auf Ebenen von Opal und unter aus Perlen geschnittenen Klippen würden sie immer noch eine Warnungstafel finden: Du sollst nicht stehlen."

Valentin war eben im Begriffe, sich aus seiner steifen und kauernden Lage zu erheben und so leise wie möglich wegzukriechen, ergrimmt über diese eine große Torheit seines Lebens. Aber etwas in dem Schweigen des großen Priesters selbst ließ ihn noch warten, bis dieser sprach. Und als er endlich sprach, sagte er einfach, den Kopf gebeugt und die Hände auf den Knien:

„*Well*, ich glaube nach wie vor, daß andere Welten vielleicht noch über unsere Vernunft hinausragen. Das Geheimnis des Himmels ist unergründlich und ich für mich kann nur mein Haupt beugen."

Dann, immer noch mit gesenkter Stirne und ohne im mindesten Haltung oder Stimme zu verändern, fügte er hinzu:

„Geben Sie mir nur Ihr Saphirkreuz herüber, ja? wir sind hier ganz allein und ich könnte Sie niederschlagen wie eine Strohpuppe."

Die völlig unveränderte Stimme und Haltung verliehen der unerwarteten Wendung des Gespräches etwas eigenartig Gewalttätiges. Aber der Hüter der Reliquie wandte nur den Kopf um ein winziges. Er schien noch immer ein etwas albernes Gesicht den Sternen zuzuwenden. Vielleicht hatte er nicht begriffen. Oder vielleicht auch hatte er begriffen und saß nun starr vor Schrecken.

„Ja," sagte der große Priester mit derselben leisen Stimme und immer noch derselben Haltung, „ja, ich bin Flambeau." Dann nach einer Pause fügte er hinzu: „Nun also, wollen Sie mir das Kreuz herübergeben?"

„Nein," erwiderte der andere und das Wort hatte einen eigenartigen Klang. Flambeau ließ plötzlich seine ganze priesterliche Maske fallen. Der große Räuber lehnte sich auf seinem Sitze zurück und lachte leise, aber lange.

„Nein," rief er, „Sie wollen es mir nicht geben, Sie kleiner zölibatärer Einfaltspinsel? Soll ich Ihnen sagen, weshalb Sie es mir nicht geben werden? Weil ich es schon in meiner Brusttasche habe."

Der kleine Mann aus Essex wandte im Dämmerlichte sein wie es schien verdutztes Gesicht und meinte mit furchtsamer Neugierde:

„Sind – sind Sie sicher?"

Flambeau krähte vor Vergnügen.

„Wirklich, Sie sind so gut wie eine Dreiakter-Komödie," rief er aus. „Ja, du Kohlkopf, ich bin ganz sicher. Ich hatte die Idee, von dem richtigen Paket ein Duplikat zu machen, und jetzt, mein Freund, haben Sie das Duplikat und ich die Juwelen. Ein alter Kniff, Father Brown. ein sehr alter Kniff."

„Ja," sagte Father Brown und fuhr immer noch mit derselben eigentümlichen, unbestimmten Weise sich mit der Hand durchs Haar.

„Ja, ich habe davon gehört."

Der Verbrecher beugte sich mit einer Art plötzlich erwachten Interesses nach dem kleinen Landgeistlichen hinüber.

„Sie haben davon gehört?" fragte er. „wo haben *Sie* davon gehört?"

„*Well*, ich darf Ihnen natürlich seinen Namen nicht nennen," sagte der kleine Mann einfach. „Er war ein Beichtkind, Sie verstehen. Er hatte mit Erfolg an die zwanzig Jahre allein von Duplikaten brauner Papierpakete gelebt. Und als ich anfing, Verdacht zu schöpfen, dachte ich daran, wie es der arme Bursche gemacht hatte, und machte es gleich nach."

„– begannen Verdacht zu schöpfen?" wiederholte der Geächtete mit vermehrter Spannung. „Hatten Sie wirklich die Grütze, Verdacht zu schöpfen, nur weil ich Sie nach diesem verlassenen Teile der Heide gebracht habe?"

„Nein, nein," sagte Brown in entschuldigendem Tone. „Sie kamen mir verdächtig vor, schon als ich Sie zum ersten Male sah. Es ist jene kleine Anschwellung oben am Ärmel, wo ihr das Stachelarmband tragt."

„Wie, beim Tartarus," schrie Flambeau, „haben denn Sie vom Stachelarmband gehört?"

„O, unsere Pfarrkinder, Sie verstehen," sagte Father Brown, seine Augenbrauen hochziehend. „Als ich Kurat in Hartlepool war, hatte ich drei von ihnen mit Stachelarmbändern. Und da ich Sie somit von Anfang an in Verdacht hatte, sehen Sie, da sorgte ich dafür, daß das Kreuz auf alle Fälle in Sicherheit käme. Unglücklicherweise habe ich Sie beobachtet, ja. Und so sah ich Sie schließlich die Pakete vertauschen. Dann, Sie verstehen, habe ich sie wieder zurückgetauscht. Und dann ließ ich das richtige zurück."

„– ließen Sie das richtige zurück?" wiederholte Flambeau, und zum ersten Male war ein anderer Ton in seiner Stimme außer dem des Triumphes.

„*Well*, ich habe das so gemacht," sagte der kleine Priester in derselben ungekünstelten Weise. „Ich ging zu jenem Zuckerbäckerladen zurück und fragte, ob ich nicht ein Paket liegen gelassen hätte, und gab eine genaue Adresse an für den Fall, daß es gefunden würde. *Well*, ich wußte, ich hatte keines liegen gelassen, aber ich tat es, als ich wegging. Und anstatt mit jenem wertvollen Pakete hinter mir herzulaufen, haben sie es direkt an einen meiner Freunde in Westminster geschickt." Dann fügte er etwas traurig hinzu: „Ich habe das auch von einem armen Burschen in Hartlepool gelernt. Er pflegte das mit Handtaschen zu tun, die er auf den Bahnhöfen stahl, aber er ist jetzt in einem Kloster. O, man erfährt das eben so," fügte er hinzu, indem er sich mit derselben Art verzweifelten Sichentschuldigens den Kopf rieb. „Wir können nichts dafür, wir sind nun einmal Priester. Die Leute kommen und sagen uns diese Dinge."

Flambeau zog ein Paket von braunem Papier aus seiner inneren Tasche und riß es auf. Es war nichts als Papier und Bleistücke darin. Mit einer riesenhaften Bewegung sprang er auf die Füße und schrie:

„Ich glaube Ihnen nicht. Ich glaube nicht, daß ein Bauerntölpel wie Sie all das zustande bringt. Ich glaube, Sie tragen das Zeug noch bei sich – und wenn Sie es nicht herausgeben – nun, wir sind ganz allein und ich werde es mir mit Gewalt nehmen!"

„Nein," sagte Father Brown einfach und stand ebenfalls auf. „Sie werden es nicht mit Gewalt nehmen. Erstens weil ich es wirklich nicht mehr habe, und zweitens, weil wir nicht allein sind."

Flambeau stockte in seiner Vorwärtsbewegung.

„Hinter jenem Baume," sagte Father Brown darauf deutend, „sind zwei starke Polizisten und der bedeutendste lebende Geheimpolizist. Wie die hierherkommen, fragen Sie? Nun, ich brachte sie her, natürlich! Wie ich das gemacht habe? Gut, ich will es Ihnen sagen, wenn Sie es wissen wollen! Mein Gott, wir müssen tausenderlei solcher Dinge wissen, wenn wir unter der Verbrecherklasse arbeiten! Also, ich war nicht sicher, ob Sie ein Dieb seien, und es ginge niemals an, Skandal gegen jemanden aus unserem eigenen Klerus zu machen. Deshalb habe ich Sie geprüft, um zu sehen, ob irgend etwas Sie verraten würde. Gewöhnlich macht ein Mensch eine kleine Szene, wenn er Salz in seinem Kaffee findet; wenn er es nicht tut, hat er einen Grund, sich ruhig zu verhalten. Ich tauschte das Salz und den Zucker aus und Sie blieben stille. Gewöhnlich erhebt ein Mensch Einwendungen, wenn seine Rechnung dreimal zu hoch ist. Wenn er sie bezahlt, hat er einen Grund, unbeachtet bleiben zu wollen. Ich änderte die Rechnung und Sie bezahlten sie."

Die Welt schien darauf zu warten, daß Flambeau wie ein Tiger losstürze, aber er wurde wie durch einen Zauber zurückgehalten; die ungeheure Neugierde betäubte ihn.

„*Well*," fuhr Father Brown mit schwerfälliger Deutlichkeit fort, „da Sie selbst keine Spur für die Polizei hinterlassen wollten, mußte das natürlich jemand anderer besorgen. An jedem Orte, wo wir hinkamen, sorgte ich dafür, etwas zu tun, das mindestens für den Rest des Tages von uns reden machen würde. Ich habe nicht viel Schaden angestellt, einen Flecken an der Wand, verschüttete Äpfel, ein zerbrochenes Fenster, aber ich brachte das Kreuz in Sicherheit, wie denn das Kreuz immer in Sicherheit sein wird. Es ist jetzt in Westminster. Ich wundere mich einigermaßen, daß Sie es nicht mit der ›Eselspfeife‹ aufhielten."

„Womit?" fragte Flambeau.

„Es freut mich, daß Sie nie davon gehört haben." sagte der Priester. „Es ist eine faule Sache. Ich bin sicher, Sie sind dafür ein viel zu guter Mensch. Ich hätte es nicht einmal mit den ›Spots‹ mehr aufhalten können; ich bin nicht stark genug auf den Beinen."

„Wovon in aller Welt sprechen Sie?“ fragte der andere.

„Nun, ich glaube nicht, daß Sie wissen, was man unter den Spots versteht,“ sagte Father Brown angenehm überrascht. „O, Sie können nicht so tief gesunken sein.“

„Aber wie um's Himmels willen wissen denn Sie von all diesen Schrecknissen?“ schrie Flambeau.

Der Schatten eines Lächelns huschte über das runde, einfache Gesicht seines geistlichen Gegenübers.

„O, wenn man ein zölibatärer Einfaltspinsel ist, vermute ich,“ erwiderte er. „Ist es Ihnen niemals aufgefallen, daß ein Mensch, der so gut wie nichts tut als anderer Leute wirkliche Sünden anzuhören, wahrscheinlich in menschlicher Schlechtigkeit nicht ganz unerfahren ist? Übrigens, um die Wahrheit zu gestehen, eine andere Seite meines Berufes gab mir die Sicherheit, daß Sie kein Priester seien.“

„Was?“ fragte der Dieb, beinahe starr vor Staunen.

„Sie griffen die Vernunft an.“ sagte Father Brown. „Das tut kein Theologe.“

Und eben als er sich zur Seite wandte, sein Eigentum zusammenzuraffen, kamen die drei Polizisten unter den dunklen Bäumen hervor. Flambeau war Künstler und Sportsmann. Er trat zurück und machte vor Valentin eine große Verbeugung.

„Nicht mir, *mon ami*,“ wehrte Valentin mit silberner Klarheit ab, „beugen wir uns beide vor unserem Meister.“

Und sie standen einen Augenblick unbedeckten Hauptes, während der kleine Priester aus Essex nach seinem Regenschirme suchte.

Der geheime Garten

Aristide Valentin, Chef der Pariser Polizei, hatte sich zu seinem Diner etwas verspätet und einige seiner Gäste begannen vor ihm einzutreffen. Sie wurden jedoch von seinem getreuen Diener Iwan beruhigt, dem Alten mit der Narbe und einem Gesichte, das beinahe ebenso grau war wie sein Schnurrbart, und der immer an seinem Tische in der Vorhalle saß, einer mit Waffen behängten Vorhalle. Valentins Haus war vielleicht ebenso eigenartig und berühmt wie dessen Besitzer. Es war ein altes Haus mit hohen Mauern und mächtigen Pappeln, welche beinahe die Seine überhingen; aber das Seltsame seiner Bauart – und vielleicht sein Polizeiwert – bestand darin, daß es gar keinen anderen Ausgang ins Freie besaß, als den durch die Eingangstüre, die von Iwan und der Waffensammlung bewacht wurde. Der Garten war groß und gut gepflegt und es gab verschiedene Zugänge aus dem Hause in den Garten; aber es gab keinen Ausgang aus dem Garten in die Außenwelt. Ringsherum lief eine hohe, glatte unersteigbare Mauer mit eigentümlichen Stacheln auf dem Rücken, wohl kein übler Garten für einen solchen Mann, wenn man bedenkt, daß einige Hundert Verbrecher geschworen hatten, ihn aus der Welt zu schaffen.

Wie Iwan den Gästen erklärte, hatte ihr Gastgeber telephoniert, er sei noch auf zehn Minuten zurückgehalten. In Wirklichkeit war er dabei, noch einige letzte Anordnungen für Hinrichtungen und ähnliche garstige Dinge zu treffen, und obwohl ihm diese Pflichten von Grund aus widerwärtig waren, vollzog er sie doch stets mit aller Pünktlichkeit. Unbarmherzig in der Verfolgung von Verbrechern, war er sehr nachsichtig bezüglich ihrer Bestrafung. Seit er an der Spitze des französischen und im allgemeinen auch europäischen Polizeiwesens stand, verwandte er seinen großen Einfluß ehrlich zugunsten einer Milderung der Verurteilungen und einer Säuberung der Gefängnisse. Er war einer jener menschenfreundlichen Freidenker, welche das einzige Schlimme an sich haben, daß sie das Erbarmen sogar noch kälter als die Gerechtigkeit machen.

Als Valentin eintraf, steckte er bereits in schwarzer Kleidung mit der roten Rosette – eine elegante Gestalt mit dunklem, jedoch bereits ergrauendem Barte. Er begab sich geradeaus durch sein Haus in sein Studierzimmer, welches auf den dahinter liegenden Grundbesitz hinausging. Die Gartentüre war offen, und nachdem er seine Handtasche an ihren dafür bestimmten Platz versperrt hatte, stand er zwei Sekunden am offenen Fenster und blickte in den Garten hinaus.

Die scharfe Mondsichel kämpfte mit den fliegenden Fetzen und Trümmern eines Sturmes und Valentin betrachtete ihn mit einer für eine wissenschaftliche Natur, wie es die seinige war, ungewöhnlichen Nachdenklichkeit. Vielleicht besitzen solche wissenschaftliche Naturen irgendeinen seelischen Weitblick auf die schrecklichsten Probleme ihre Lebens. Wenigstens beeilte er sich, eine solche Stimmung von sich abzuschütteln, denn er wußte, er war spät daran und seine Gäste hatten schon begonnen einzutreffen. Ein Blick in den Salon genügte ihm bei seinem Eintreten, ihn zu vergewissern, daß sein hauptsächlichster Gast jedenfalls noch fehlte. Er sah all die anderen Stützen der kleinen Gesellschaft: er sah Lord Galloway, den englischen Gesandten, einen cholerischen alten Herrn mit einem rotbraunen Gesichte wie ein Apfel, und dem blauen Bändchen des Hosenbandordens. Er sah Lady Galloway, schmächtig und dünn wie ein Faden, mit silbernem Haar und einem empfindsamen und überlegenen Gesicht. Er sah deren Tochter, Lady Margaret Graham, ein bleiches und hübsches Mädchen mit einem Elfengesicht und kupferfarbenem Haar. Er sah die Herzogin von Mont St. Michel, schwarzäugig und üppig, und mit ihr ihre zwei Töchter, ebenfalls schwarzäugig und üppig. Er sah Dr. Simon, den typischen französischen Gelehrten mit Brille, braunem Spitzbart und einer von jenen parallelen Runzeln durchfurchten Stirne, welche die Strafe des Hochmutes sind, da sie durch fortwährendes Hochziehen der Brauen entstehen. Er sah Father Brown aus Cobhole in Essex, den er vor kurzem in England kennen gelernt hatte. Er sah – vielleicht mit mehr Interesse als irgend jemand von all diesen – einen großen Mann in Uniform, der sich zu den Galloways herabbeugte, ohne jedoch ein besonders herzliches Entgegenkommen zu finden, und nun herantrat, dem Gastgeber seine Aufwartung zu machen. Das war Hauptmann O'Brien von der französischen Fremdenlegion. Er war eine geschmeidige und doch etwas großtuerische Gestalt, glattrasiert, dunkelhaarig, blauäugig und, wie es bei einem Offizier jenes berühmten Regimentes siegreicher Mißerfolge und erfolgreicher Selbstmorde natürlich schien, mit einem Ausdrucke von Ungestüm sowohl wie von Schwermut. Er war von Geburt Irländer und hatte in jungen Jahren die Galloways gekannt – besonders Margaret Galloway. Von Gläubigern bedrängt, hatte er seine Heimat verlassen und brachte jetzt seine vollständige Verachtung für britische Etikette dadurch zum Ausdruck, daß er in Uniform und mit Säbel und Sporen umherschlenderte. Als er sich zur Familie des Gesandten herniederbeugte, verneigten sich Lord und Lady Galloway steif und Lady Margaret blickte zur Seite.

Doch aus welchen alten Gründen auch immer solche Leute aneinander interessiert sein mochten, ihr ausgezeichneter Gastgeber nahm kein besonderes Interesse an ihnen. Keines von ihnen war wenigstens in seinen Augen der Gast des Abends. Valentin erwartete aus besonderen Gründen einen Mann von weltumfassendem Rufe, dessen Freundschaft er sich auf einigen seiner großen Detektivreisen in den Vereinigten Staaten erworben hatte. Er erwartete Julius A. Brayne, jenen Multimillionär, dessen riesige und selbst erdrückende Schenkungen zugunsten kleiner Religionsgemeinschaften den amerikanischen Blättern Anlaß zu manchem leichten Scherz und zu manchem leichten Ernst gaben. Niemand konnte genau angeben, ob Mr. Brayne Atheist war oder Mormone oder Gesundbeter; aber er war stets bereit, Geld in jedes geistige Gefäß zu schütten, solange dieses keins war, das sich überlebt hatte. Eines seiner Steckenpferde bestand darin, auf den amerikanischen Shakespeare zu warten – ein Steckenpferd, das mehr Geduld erforderte als Angeln. Er bewunderte Walt Whitman, hielt aber Lukas P. Tanner aus Paris, Pa., für „fortschrittlicher“ als Whitman. Er hatte eine Vorliebe für alles, was er für fortschrittlich hielt. Auch Valentin hielt er für fortschrittlich, tat ihm damit aber ein großes Unrecht an.

Das Erscheinen Julius K. Braynes im Zimmer wirkte so entscheidend wie die Tischglocke. Er besaß jene große Eigenschaft, welcher sehr wenige von uns sich rühmen können, nämlich daß seine Gegenwart so fühlbar wirkte wie seine Abwesenheit. Er war von mächtiger Gestalt, ebenso fett wie stark, steckte in tadelloser Abendtoilette, ohne ihr auch nur durch so viel wie eine Uhrkette oder einen Ring nachzuhelfen. Sein Haar war weiß und wie bei einem Deutschen glatt nach rückwärts gekämmt, das Gesicht rot, leidenschaftlich und unschuldig, mit einem dunklen Knebelbarte an der Unterlippe, was diesem sonst kindlichen Gesichte etwas Theatralisches, ja selbst Mephistophelisches verlieh. Nicht lange jedoch beschränkte sich dieser Salon darauf, den berühmten Amerikaner anzustarren, sein verspätetes Kommen war schon ein häusliches Problem geworden und mit aller Beschleunigung wurde er mit Lady Galloway am Arme in das Speisezimmer geschickt.

Einen Punkt ausgenommen, waren die Galloways ganz heiter und unbefangen. Solange Lady Margaret nicht den Arm jenes Abenteurers O'Brien nahm, war ihr Vater ganz zufrieden, und sie hatte es nicht getan, sie war, wie es sich geziemte, mit Dr. Simon eingetreten. Nichtsdestoweniger war der alte Lord Galloway unruhig und beinahe grob. Während des Diners benahm er sich noch halbwegs als Diplomat, als aber bei den Zigarren drei von den jüngeren Herren – Simon, der Doktor, Brown, der Priester, und der störende O'Brien, der Verbannte in fremder Uniform – sich verzogen, um sich unter die Damen zu mischen oder im Gewächshause zu rauchen, wurde der englische Diplomat in der Tat sehr undiplomatisch. Alle sechzig Sekunden stachelte ihn der Gedanke auf, der Taugenichts von einem O'Brien könnte irgendwie Lady Margaret Zeichen machen; auf welche Weise, bemühte er sich erst gar nicht sich vorzustellen. Er war mit Brayne, dem weißhaarigen Yankee, der an alle Religionen glaubte, und Valentin, dem ergrauenden Franzosen, der an gar keine glaubte, seinem Kaffee überlassen. Miteinander streiten, das konnten sie, aber keiner von ihnen war imstande, ihn ins Gespräch zu ziehen. Nach einiger Zeit hatte die fortschreitende Wortklauberei den Gipfelpunkt der Langweile erreicht und Lord Galloway erhob sich und suchte den Salon auf. Sechs bis acht Minuten verlor er in den langen Gängen seinen Weg, bis er die hochgestimmte, dozierende Stimme des Doktors und dann die langsame des Priesters gefolgt von allgemeinem Gelächter hörte. Aber im Augenblicke, da er die Salontüre öffnete, sah er nur eines – er sah was nicht dort war. Er sah, daß Hauptmann O'Brien fehlte und daß auch Lady Margaret nicht da war.

Ungeduldig, wie er das Speisezimmer verlassen hatte, den Rauchsalon verlassend, stampfte er nochmals den Gang entlang. Sein Bestreben, seine Tochter vor dem irisch-algerischen Tunichtgut zu beschützen, war etwas wie der Mittelpunkt seines Geistes, eine nahezu fixe, verrückte Idee geworden. Als er der Rückseite des Hauses zuschritt, wo Valentins Arbeitszimmer lag, war er überrascht, seine Tochter zu treffen, welche mit blassem, achtlosem Gesichte vorüberschoß, was ein zweites Rätsel darstellte. Wenn sie mit O'Brien zusammen war, wo war O'Brien? Wenn sie mit O'Brien nicht zusammengewesen war, wo war sie gewesen? Mit dem dem Alter eigenen leidenschaftlichen Verdachte strebte er vorwärts dem hinteren, dunklen Teile des Hauses zu und traf zufällig auf eine Dienstbotentüre, welche auf den Garten hinausführte. Der Mond hatte jetzt mit seiner Sichel die ganzen Reste des Sturmes zerrissen und vor sich hergewälzt. Sein Silberlicht erhellte alle vier Winkel des Gartens. Eine hohe Gestalt in Blau schritt über den Rasen der Türe des Arbeitszimmers zu und ein Schimmer des Mondlichtes auf ihrem Umrisse ließ sie als den Hauptmann O'Brien erkennen.

Er verschwand durch die französische Glastüre in das Haus und ließ Lord Galloway in einer ganz unbeschreiblichen Geistesverfassung, giftig und zugleich unentschlossen. Der Garten, der in seinem Blau und Silber wie die Bühne eines

Theaters erschien, schien ihn zu verhöhnen mit all jener aufdringlichen Zartheit, gegen die seine weltliche Überlegenheit vergebens anzukämpfen suchte. Die Länge und Eleganz der Schritte des Irländers versetzten ihn auch in Zorn, als wäre er nicht der Vater, sondern der Nebenbuhler, und das Mondlicht machte ihn vollends rasend. Wie in einer Watteauschen Märchenlandschaft fühlte er sich von dem Zauber eines Troubadourgartens gefangen, und entschlossen, sich solch verliebten Verrücktheiten durch Unterhaltung zu entziehen, lief er hinter seinem Feinde drein. Er strauchelte dabei über eine Wurzel oder einen Stein im Grase. Er blickte zu Boden, zuerst ärgerlich, dann ein zweites Mal neugierig. Im nächsten Augenblick schien der Mond und sahen die hohen Pappeln auf etwas ganz Außergewöhnliches hernieder – auf einen ältlichen englischen Diplomaten, der davonsprang und dabei schrie oder brüllte.

Seine heiseren Schreie riefen ein bleiches Gesicht in die Türe des Studierzimmers, die blitzende Brille und die hochgezogenen Brauen Dr. Simons, der des Edelmannes erste klare Worte vernahm. Lord Galloway schrie:

„Eine Leiche im Grase, eine blutige Leiche!“

An O'Brien dachte er gar nicht mehr.

„Wir müssen sofort Valentin davon verständigen,“ meinte der Doktor, als der andere in abgerissenen Worten alles beschrieb, was er zu erkennen gewagt hatte. „Ein Glück, daß er hier ist!“ und eben als er sprach, trat der große Detektiv ins Studierzimmer, herbeigerufen durch den Schrei. Es war beinahe amüsant, seine typische Veränderung zu beobachten. Er war eingetreten mit der gewöhnlichen Unruhe des Gastgebers und Gentlemans, welcher fürchtet, daß einer seiner Gäste oder Dienstboten erkrankt ist. Als er jedoch die blutige Tatsache erfuhr, wurde er bei all seinem feierlichen Ernste plötzlich munter und geschäftsmäßig, denn, so unerwartet und gräßlich es sein mochte, es war sein Beruf.

„Seltsam, meine Herren,“ sagte er, als sie in den Garten hinauseilten, „daß ich Geheimnisse um die Erde herum verfolgt haben sollte und nun kommt eines und nistet sich in meinem eigenen Garten ein. Wo ist der Ort?“

Sie überquerten den Rasen mit etwas weniger Zuversicht, da ein leichter Dunst vom Flusse sich zu erheben begonnen hatte, doch unter der Führung des verstörten Galloway fanden sie den in das tiefe Gras gesunkenen Körper, den Körper eines sehr großen und breitschulterigen Mannes. Er lag mit dem Gesichte nach unten, so daß man nur gewahrte, daß seine starken Schultern von schwarzem Tuche bekleidet waren und sein mächtiger Kopf außer einigen

Haarbüscheln, die wie nasses Seegras an dem Schädel klebten, kahl war. Eine Scharlachschlange von Blut kroch unter seinem Gesichte hervor.

„Wenigstens," meinte Simon mit einem tiefen und eigentümlichen Ausdruck, „ist es niemand aus unserer Gesellschaft!"

„Untersuchen Sie ihn, Doktor," rief Valentin ziemlich hastig, „er könnte noch nicht ganz tot sein."

Der Doktor bückte sich nieder.

„Er ist nicht ganz kalt, aber ich fürchte, er ist tot genug," entschied er. „Helfen Sie mir einmal, ihn aufzurichten."

Sorgfältig hoben sie ihn einen Zoll hoch vom Boden empor, und alle Zweifel, ob er wirklich tot sei, waren sofort aufs gräßlichste beseitigt, denn – das Haupt fiel herab. Es war gänzlich vom Körper getrennt gewesen. Wer immer ihm den Hals durchgeschnitten haben mochte, der hatte ihm auch den Nacken durchgeschnitten. Selbst Valentin erschrak ein wenig.

„Er muß stark gewesen sein wie ein Gorilla," murmelte er.

Obwohl an anatomische Operationen gewöhnt, hob Dr. Simon den Kopf nicht ohne einiges Beben auf. Er war am Nacken und der Kinnlade leicht zerfranst, das Gesicht aber zeigte keinerlei Verletzung. Es war ein plumpes, gelbes Gesicht, gleichzeitig eingefallen und doch aufgedunsen, mit einer Adlernase und schweren Augenlidern – das Gesicht eines lasterhaften römischen Kaisers mit vielleicht einer leichten Annäherung an einen chinesischen Kaiser. Alle Anwesenden schienen es mit dem kältesten Auge des Fremden anzusehen. Nichts anderes ließ sich beim Aufheben des Körpers über den Mann feststellen, als der weiße Schimmer eines Vorhemdes, befleckt von einem roten Schimmer von Blut. Es war, wie Dr. Simon sagte, der Mann hatte nicht zu ihrer Gesellschaft gehört. Er konnte aber ganz gut versucht haben, sich zu ihr zu gesellen, denn er war in einer solcher Gelegenheit entsprechenden Weise gekleidet.

Valentin ließ sich auf seine Hände und Knie nieder und untersuchte auf etwa zwanzig Meter im Umkreise mit seiner peinlichsten beruflichen Sorgfalt den Boden, wobei er etwas weniger sorgfältig von dem Doktor und ganz oberflächlich von dem englischen Lord unterstützt wurde. Nichts belohnte ihr Herumkriechen, als einige ganz kurze Stücke abgezwickter oder abgehackter Zweige, die Valentin für einen Augenblick prüfend aufhob und dann beiseite warf.

„Zweige,“ sagte er gravitätisch, „Zweige und ein ganz Fremder mit abgeschnittenem Kopfe, das ist alles, was auf der Wiese zu finden ist.“

Eine beinahe schaudernde Stille entstand, und dann stieß der fassungslose Galloway scharf hervor:

„Wer ist dort? Wer ist dort drüben an der Gartenmauer?“

Eine kleine Gestalt mit einem lächerlich großen Kopfe näherte sich ihnen unschlüssig im Mondscheindunste; einen Augenblick sah sie wie ein Kobold aus, doch entpuppte sie sich schließlich als der harmlose, kleine Priester, den sie im Salon zurückgelassen hatten.

„Übrigens,“ bemerkte er bescheiden, „Sie wissen, es gibt keine Tore zu diesem Garten.“

Valentins schwarze Augenbrauen zogen sich etwas ärgerlich zusammen, wie sie es angesichts der Soutane grundsätzlich taten. Doch er war zu gerecht, um die Bedeutung der Bemerkung abzuleugnen.

„Sie haben recht,“ erwiderte er, „ehe wir herausfinden, wie er getötet wurde, müßten wir herausfinden, wie er dazu kam, hier zu sein. Nun hören Sie mich an, meine Herren! Wenn es ohne Beeinträchtigung meiner Stellung und Pflichten sich machen läßt, werden wohl alle einverstanden sein, daß gewisse ausgezeichnete Namen besser aus der Geschichte ausgeschaltet bleiben. Es sind Damen hier und ein fremder Gesandter. Wenn wir es als ein Verbrechen ansehen, muß es auch als ein Verbrechen verfolgt werden. Bis dahin aber kann ich von meiner eigenen Verschwiegenheit Gebrauch machen. Ich bin das Haupt der Polizei: ich bin so öffentlich, daß ich mir gestatten kann, privat zu sein. Wenn es dem Himmel gefällt, werde ich jeden meiner Gäste entlassen, ehe ich meine Leute hereinrufe, um nach irgend jemand anderem zu suchen. Meine Herren, auf Ihr Ehrenwort, niemand von Ihnen wird das Haus bis morgen mittags verlassen: es sind Schlafzimmer für jedermann bereit. Simon, ich glaube, Sie wissen, wo mein Diener Iwan in der Vorhalle zu finden ist; er ist ein vertrauenswürdiger Mann. Sagen Sie ihm, er solle einen anderen Diener als Wache lassen und sofort zu mir kommen. Lord Galloway, Sie sind sicherlich die geeignetste Person, den Damen mitzuteilen, was geschehen ist, und eine Panik zu verhindern. Auch Sie müssen bleiben. Father Brown und ich werden bei der Leiche bleiben.“

Wenn dieser Geist des Befehlshabers aus Valentin sprach, gehorchte man ihm wie einem Signalhorne. Dr. Simon ging nach dem Waffensaal hinein und störte Iwan auf, des amtlichen Detektivs Privatdetektiv. Galloway begab sich nach dem Salon und erzählte äußerst taktvoll die schreckliche Neuigkeit, so daß zur Zeit, als sich die Gesellschaft dort zusammenfand, die Damen schon bestürzt und wieder beschwichtigt waren. Inzwischen standen der gute Priester und der gute Atheist bewegungslos zu Haupt und Füßen des toten Mannes im Mondlicht gleich symbolischen Statuen ihrer eigenen beiden Philosophien des Todes.

Iwan, der Vertraute mit der Narbe und dem Schnurrbarte, kam aus dem Hause geschossen wie eine Kanonenkugel und lief über den Rasen auf Valentin zu wie ein Hund auf seinen Herrn. Sein fahles Gesicht hatte sich ganz belebt von der Glut dieser häuslichen Detektivgeschichte und mit beinahe unangenehmer Gier fragte er seinen Herrn um Erlaubnis, die Überreste untersuchen zu dürfen.

„Ja, sieh nach, Iwan, wenn du willst,“ erlaubte Valentin. „Aber mache nicht zu lange, wir müssen hineingehen und dies drinnen alles durchdreschen.“

Iwan griff nach dem Kopfe – und ließ ihn dann fast wieder fallen.

„Wie?“ keuchte er, „es ist – nein, nicht, er kann es nicht sein. Kennen Sie diesen Mann, Sir?“

„Nein,“ erwiderte Valentin gleichgültig, „wir werden besser hineingehen.“

Sie trugen den Körper mitsammen auf ein Sofa im Studierzimmer und versammelten sich dann alle im Salon.

Der Detektiv ließ sich ruhig und sogar zögernd an einem Schreibtische nieder, aber sein Blick war der stählerne Blick eines Richters beim Urteilsspruche. Er machte rasch ein paar Notizen auf ein Stück Papier und fragte dann kurz:

„Ist alles hier?“

„Mr. Brayne fehlt,“ bemerkte die Herzogin von Mont St. Michel umherblickend.

„Nein,“ fügte Lord Galloway mit heiserer, grimmer Stimme hinzu. „Und auch Mr. Neil O'Brien nicht, kommt mir vor. Ich sah diesen Herrn im Garten herumlaufen, als die Leiche noch warm war.“

„Iwan,“ befahl der Detektiv, „geh und hole Hauptmann O'Brien und Mr. Brayne. Mr. Brayne raucht, wie ich weiß, im Speisezimmer eine Zigarre zu Ende.

Hauptmann O'Brien geht, glaube ich, im Rauchzimmer auf und nieder. Ich bin nicht ganz sicher."

Der getreue Diener verschwand blitzartig aus dem Zimmer, und ehe noch jemand sich rühren oder sprechen konnte, fuhr Valentin mit der gleichen soldatischen Kürze in seiner Auseinandersetzung fort:

„Jedermann hier weiß, daß ein toter Mann im Garten gefunden wurde, dessen Kopf glatt vom Rumpfe abgeschnitten ist. Dr. Simon, Sie haben ihn untersucht. Glauben Sie, daß es, um jemand den Hals in dieser Weise durchzuschneiden, großer Kraft bedürfen würde? Oder vielleicht nur eines sehr scharfen Messers?"

„Ich möchte behaupten, daß es mittels eines Messers überhaupt nicht getan werden könnte," bemerkte der bleiche Doktor.

„Haben Sie irgendeine Idee," fuhr Valentin fort, „mit was für einem Werkzeug es getan werden könnte?"

„Um mit zeitgemäßer Wahrscheinlichkeit sprechen zu können, ich habe wirklich keine," erwiderte der Doktor, indem er wie im Schmerze seine Brauen hochzog. „Es ist nicht leicht, selbst plump einen Nacken durchzuschlagen, und dieser war glatt abgeschnitten. Man konnte das mit einer Streitaxt oder einem alten Scharfrichterbeil tun, oder auch mit einem Zweihänder."

„Aber beim Himmel nochmal!" rief die Herzogin beinahe in einem hysterischen Anfalle aus, „hier herum gibt es doch keine Streitäxte und Zweihänder?"

Valentin war noch mit dem Papiere vor sich beschäftigt.

„Sagen Sie mir," fragte er rasch weiterschreibend, „hätte man es mit einem langen französischen Kavalleriesäbel tun können?"

Ein leises Klopfen kam von der Türe, das aus irgendwelchem unbekannten Grunde jedermanns Blut erstarren machte wie das Klopfen in „Macbeth". Inmitten dieses eisigen Schweigens vermochte Dr. Simon zu sagen:

„Einen Säbel – ja. ich glaube, das ginge."

„Danke Ihnen," bemerkte Valentin. „Herein, Iwan!"

Der getreue Iwan öffnete die Türe und ließ Hauptmann O'Brien eintreten, den er endlich, von neuem den Garten durchmessend, gefunden hatte.

Der irische Offizier stand unentschlossen und herausfordernd auf der Schwelle.

„Was wollen Sie von mir?“ fragte er.

„Bitte, setzen Sie sich,“ lud Valentin in glattem Tone ein. „Wie, Sie tragen Ihren Säbel nicht? Wo ist er?“

„Ich ließ ihn auf dem Tische in der Bibliothek,“ erwiderte O'Brien, bei seiner aufgeregten Stimmung sich in seinen irischen Dialekt verlierend. „Er war mir lästig, er war so –“

„Iwan,“ befahl Valentin, „bitte, geh und hole des Hauptmanns Schwert aus der Bibliothek,“ und dann, während der Diener verschwand: „Lord Galloway sagt, er sah Sie den Garten verlassen, gerade bevor er die Leiche fand, was machten Sie im Garten?“

Der Hauptmann warf sich sorglos in einen Stuhl.

„O, mein Junge,“ rief er in reinem Irisch, „den Mond bewundern, mich mit der Natur unterhalten.“

Ein dumpfes Schweigen trat ein und verweilte, und endlich kam von neuem jenes schwache und schreckliche Klopfen. Iwan erschien wieder und trug eine leere Säbelscheide.

„Das ist alles, was ich finden kann,“ bemerkte er.

„Leg es auf den Tisch,“ befahl Valentin, ohne aufzublicken.

Ein Schweigen erfüllte den Raum gleich jenem Meere unendlichen Schweigens rings um die Anklagebank des verurteilten Mörders. Die schwachen Ausrufe der Herzogin waren längst verklungen und Lord Galloways geschwollener Haß war befriedigt und sogar ernüchtert. Die Stimme, die sich erhob, kam somit ganz unerwartet.

„Ich glaube, ich kann Ihnen sagen,“ fiel Lady Margaret mit jener klaren, zitternden Stimme ein, mit der eine mutige Frau öffentlich spricht, „ich kann Ihnen sagen, was Mr. O'Brien im Garten machte, nachdem er selbst zum Schweigen gezwungen ist. Er machte mir einen Heiratsantrag. Ich lehnte ab; ich sagte ihm, unter meinen familiären Verhältnissen könne ich ihm nichts als Achtung entgegenbringen. Er war darüber ein wenig ärgerlich; er schien nicht viel auf meine Achtung zu geben. Ich bezweifle,“ fügte sie mit kaum merklichem Lächeln hinzu, „ob ihm jetzt überhaupt noch etwas daran liegt. Denn ich biete sie ihm jetzt an. Ich will überall beschwören, daß er nie etwas Derartiges begangen hat."

Lord Galloway war zu seiner Tochter hinübergesteuert und suchte sie mit etwas, was er für Flüstern halten mochte, einzuschüchtern.

„Halte deinen Mund, Maggie," sagte er, „weshalb solltest du den Burschen decken? Wo ist sein Säbel? Wo ist sein verdammter Kavallerie – –"

Er hielt inne, zurückgehalten durch den sonderbaren Blick, mit dem seine Tochter ihn betrachtete, einen Blick, der in der Tat eine geisterhafte Anziehungskraft für die ganze Gruppe besaß.

„Du alter Tor!" sagte sie mit leiser Stimme, ohne sich um irgendwelche Rücksichtnahme zu bekümmern, „was glaubst du denn beweisen zu können? Ich sagte dir, dieser Mann war unschuldig, solange er bei mir war. Aber wenn er nicht unschuldig war, so war er doch bei mir. Wenn er einen Mann im Garten ermordete, wer war es, der es gesehen haben mußte? Wer mußte zum mindesten darum gewußt haben? Ist dein Haß gegen Neil so groß, daß du deine eigene Tochter –?"

Lady Galloway kreischte auf. Jedermann saß in Gruseln bei dem Gedanken an jene teuflischen Tragödien, die einst zwischen Liebenden sich abgespielt haben. Sie sahen das stolze, weiße Gesicht der schottischen Aristokratin und ihres Verehrers, des irischen Abenteurers, gleich alten Ahnenbildern in einem düsteren Hause. Das lange Schweigen war voll von formlosen, geschichtlichen Erinnerungen an ermordete Ehemänner und vergiftete Buhlerinnen.

Inmitten dieser krankhaften Stille fragte eine unschuldige Stimme:

„War es eine sehr lange Zigarre?"

Der Gegensatz der Gedanken war ein so scharfer, daß sich alles nach dem Sprecher umzublicken gezwungen sah.

„Ich meine," sagte der kleine Father Brown aus der Zimmerecke, „ich meine jene Zigarre, welche Brayne beendet. Sie scheint beinahe so lange wie ein Spazierstock."

Trotz der Belanglosigkeit der Frage sprachen Zustimmung sowohl als Verwirrung aus Valentins Gesicht, als er den Kopf erhob.

„Ganz richtig," bemerkte er schroff. „Iwan, geh und sieh nochmals nach Mr. Brayne und bring' ihn sofort hierher."

In dem Augenblicke, als das Faktotum die Türe geschlossen hatte, wandte sich Valentin mit einem ganz neuen Ernste an die junge Dame.

„Lady Margaret," sagte er, „ich bin sicher, wir alle fühlen Dankbarkeit sowohl wie Bewunderung für Ihre Tat, daß Sie ohne Rücksicht auf sich selbst des Hauptmanns Gebaren aufklärten. Aber noch bleibt eine Tücke. Lord Galloway traf Sie, wenn ich mich entsinne, als Sie aus dem Studierzimmer nach dem Salon unterwegs waren, und es lagen nur wenige Minuten dazwischen, als er den Garten betrat und den Hauptmann noch herumwandernd fand."

„Sie dürfen nicht vergessen," antwortete Margaret mit leiser Ironie in ihrer Stimme, „daß ich ihn eben abgewiesen hatte; er konnte daher nicht gut Arm in Arm mit mir zurückkehren. Immerhin, er ist ein Ehrenmann, und so wartete er mein Eintreten ab – und wurde des Mordes beschuldigt."

„In jenen wenigen Augenblicken könnte er wirklich" – bemerkte Valentin ernst.

Das Klopfen kam von neuem und Iwan steckte sein narbiges Gesicht herein.

„Bitte um Verzeihung," meldete er, „aber Mr. Brayne hat das Haus verlassen."

„Verlassen!" schrie Valentin und sprang zum ersten Male auf die Füße.

„Fort! Ausgerissen! Verduftet!" antwortete Iwan in humorvollem Französisch. „Auch sein Hut und Rock sind fort und ich will Ihnen etwas sagen, was alles übertrumpft. Ich lief zum Hause hinaus, um Spuren von ihm zu finden und fand auch eine, eine große noch dazu!"

„Was meinen Sie?" fragte Valentin.

„Ich werde Ihnen sogleich zeigen," sagte sein Diener und erschien wieder mit einem blinkenden, blanken, an der Spitze und auf dem Rücken mit Blut befleckten Kavalleriesäbel. Alle Anwesenden starrten ihn an, als wäre es ein Donnerkeil, aber der erfahrene Iwan fuhr ganz ruhig fort:

„Ich fand dies," sagte er, „fünfzig Meter weit von hier auf der Pariser Straße, in die Büsche geworfen. Mit anderen Worten, ich fand es genau dort, wo Ihr ehrenwerter Mr. Brayne es hinwarf, als er weggelaufen ist."

Neuerdings herrschte ein Schweigen, doch von ganz anderer Art. Valentin ergriff den Säbel, untersuchte ihn, überlegte mit unaffektierter Gedankensammlung und wandte sich dann mit dem Ausdrucke des Respektes O'Brien zu.

„Hauptmann," sagte er, „wir sind sicher, Sie werden uns diese Waffe jederzeit überlassen, wenn sie zu polizeilicher Prüfung benötigt werden sollte. Inzwischen," fügte er hinzu, indem er den Stahl in die klirrende Scheibe stieß, „lassen Sie mich Ihnen Ihr Schwert zurückgeben."

Angesichts des militärischen Symbolismus dieser Handlung konnten sich die Zuschauer kaum des Beifalles enthalten.

Für Neil O'Brien war dieses Ereignis in der Tat der Wendepunkt seines Daseins. Um die Zeit, da er wiederum in dem geheimnisvollen, in die Farben des Morgens getauchten Garten umherwanderte, war die tragische Nutzlosigkeit seines gewohnten Benehmens von ihm gefallen: er war ein Mann voll von Ansprüchen auf ein Glück. Lord Galloway erwies sich als Ehrenmann und hatte sich entschuldigt. Lady Margaret gab sich als mehr denn nur als Dame, zum mindesten als Frau, und mochte ihm wohl Besseres als eine Entschuldigung geboten haben, als sie vor dem Frühstück zwischen den alten Blumenbeeten einherwandelten. Die ganze Gesellschaft fühlte sich erleichterter und menschlicher, denn wenn auch das Rätsel des Toten blieb, die Last des Verdachtes war von allen genommen und mit dem sonderbaren Millionär – einem Manne, den kaum jemand kannte – mit nach Paris entwichen. Der Teufel war aus dem Hause geworfen, er hatte sich selbst hinausgeworfen.

Noch blieb aber das Rätsel, und als O'Brien sich neben Dr. Simon auf einen Gartensitz warf, nahm diese eingefleischte wissenschaftliche Natur es sofort wieder auf. Viel war aber nicht aus O'Brien herauszuholen, dessen Gedanken bei angenehmeren Dingen weilten.

„Ich kann nicht sagen, daß mich das viel interessiert," sagte der Irländer offen heraus, „besonders nachdem jetzt alles so ziemlich aufgeklärt scheint. Offenbar haßte Brayne diesen Fremden aus irgendeinem Grunde, lockte ihn in den Garten und tötete ihn mit meinem Säbel. Dann floh er in die Stadt und warf unterwegs den Säbel weg. Übrigens sagt mir Iwan, der tote Mann habe einen Yankee-Dollar in der Tasche gehabt. Somit war es ein Landsmann von Brayne. Und das scheint die Sache zu erhärten. Ich sehe keinerlei Schwierigkeit in dieser Geschichte."

„Es bestehen da fünf ganz gewaltige Schwierigkeiten," fuhr der Doktor ruhig fort, „gleich einer hohen Mauer innerhalb der Mauern. Mißverstehen Sie mich nicht! Ich bezweifle nicht, daß Brayne es vollführt hat, wohl aber, wie er es getan hat. Erste Schwierigkeit: weshalb sollte ein Mann einen anderen mit einem großen plumpen Säbel töten, wenn er ihn beinahe mit einem Taschenmesser töten könnte, um es dann wieder in die Tasche zu stecken? Zweite Schwierigkeit: Weshalb geschah kein Lärm oder Schrei? Sieht für gewöhnlich ein Mann einen anderen, einen krummen Säbel schwingend, auf sich zukommen, ohne daß er eine Bemerkung dazu macht? Dritte Schwierigkeit: Ein Diener wachte den ganzen Abend an der Eingangstüre, und in Valentins Garten kann nicht einmal eine Ratte irgendwo herein. Wie kam der tote Mann in den Garten? Vierte Schwierigkeit: Dieselben Umstände vorausgesetzt, wie kam Brayne aus dem Garten?"

„Und die fünfte?" fragte Neil, die Augen auf den englischen Priester geheftet, der langsam den Pfad heraufkam. „Ist eine Kleinigkeit, meine ich," erwiderte der Doktor, „aber ich glaube, eine merkwürdige. Als ich zuerst sah, wie der Kopf abgehauen war, vermutete ich, der Mörder hätte mehr als einen Streich geführt. Aber bei genauem Zusehen fand ich viele Schnitte, die den Hauptschnitt kreuzten, mit anderen Worten, sie wurden geführt, als das Haupt schon abgetrennt war. Haßte Brayne seinen Gegner so tödlich, daß er dessen Körper im Mondlichte mit dem Säbel bearbeitete?"

„Entsetzlich!" bemerkte O'Brien und schauderte.

Der kleine Priester Brown war, während sie sprachen, herangekommen und hatte mit charakteristischer Schüchternheit gewartet, bis sie geendet hatten. Dann sagte er verlegen:

„Verzeihen Sie, wenn ich unterbreche, aber ich wurde geschickt, Ihnen die Neuigkeit mitzuteilen –"

„Neuigkeit?" Wiederholte Simon und starrte ihn ziemlich nachdenklich durch seine Brille an.

„Ja, es tut mir leid," sagte Father Brown milde. „Es ist nämlich ein neuer Mord vorgekommen."

Beide Männer sprangen von ihrem Sitze auf, so daß dieser taumelte.

„Und was noch merkwürdiger ist," fuhr der Priester fort, seinen Blick gelassen auf die Rhododendren richtend, „er ist von derselben gräßlichen Art; es ist eine weitere Enthauptung. Man fand den zweiten Kopf noch blutend im Flusse, wenige Yards von Braynes Weg nach Paris; man vermutet somit –"

„Um's Himmels willen!" schrie O'Brien, „ist Brayne von einer fixen Idee befallen?"

„Es gibt amerikanische Vendettas," erwiderte der Priester unbeweglich. Dann fügte er hinzu: „Sie sollen nach der Bibliothek kommen und sehen."

Hauptmann O'Brien folgte mit einem ausgesprochenen Gefühl des Unwohlseins den anderen zur Untersuchung. Als Soldat haßte er diese geheimnisvolle Metzelei. Wo sollten diese sonderbaren Amputationen schließlich enden? Erst war *ein* Kopf abgehauen und dann ein zweiter; in diesem Falle, sagte er sich bitter, traf es nicht zu, daß zwei Köpfe besser sind als einer. Als er das Studierzimmer durchquerte, strauchelte er beinahe angesichts eines auffallenden Zusammentreffens. Auf Valentins Tisch lag das farbige Bild noch eines dritten blutigen Kopfes, und es war der Valentins selbst. Ein zweiter Blick zeigte ihm, daß es sich nur um ein nationalistisches Blatt, genannt „Die Guillotine", handelte, welches jede Woche einen seiner politischen Gegner mit rollenden Augen und verzerrten Zügen genau wie nach einer Enthauptung darstellte; und Valentin galt ihm als ein solcher eingefleischter Gegner von Bedeutung. O'Brien jedoch war Irländer mit etwas Keuschheit selbst in seinen Sünden. Und diese große, intellektuelle Brutalität, welche ausschließlich Frankreich eigen ist, widerte ihn an. Er fühlte Paris in seiner Gesamtheit, angefangen von den Grotesken an den gotischen Kirchen bis zu den rohen Karikaturen in den Zeitungen. Er erinnerte sich der riesenhaften Spässe der Revolution. Er sah die ganze Stadt als eine einzige häßliche Energie, angefangen von der blutigen Skizze auf Valentins Tisch bis hinauf, wo über einem Berge und Walde von Wasserspeiern der große Teufel auf Notre Dame herabgrinste.

Die Bibliothek war lang, niedrig und dunkel. Das Licht, welches eindrang, kam unter niedrigen Fensterläden hervor und hatte noch etwas von dem frischen Hauche des Morgens an sich. Valentin und sein Diener Iwan warteten auf sie am oberen Ende eines langen, leicht geneigten Pultes, auf dem die sterblichen, im Zwielicht ungeheuerlich aussehenden Reste lagen. Die große schwarze Gestalt und das gelbe Gesicht des im Garten gefundenen Mannes stellten sich ihnen wesentlich unverändert dar. Der zweite Kopf, der an jenem Morgen aus dem Schilfe gefischt worden war, lag triefend und tropfend daneben; Valentins Leute waren noch damit beschäftigt, die Reste dieser zweiten Leiche zu suchen, von denen man annahm, daß sie abgetrieben worden seien. Father Brown, der O'Briens Empfindsamkeit nicht im mindesten zu teilen schien, ging zum zweiten Kopfe hinüber und untersuchte ihn mit einer flüchtigen Sorgfalt. Er war wenig mehr als ein Bündel nassen weißen Haares, umsäumt vom Silberglanze des rötlichen, klaren, von der Seite einfallenden Morgenlichts; das Gesicht, das von einer häßlichen, purpurroten, beinahe kriminalen Art zu sein schien, war viel gegen Bäume und Steine gestoßen, als es vom Wasser weitergeschwemmt worden war.

„Guten Morgen, Hauptmann O'Brien," sagte Valentin in gelassener Herzlichkeit. „Sie haben wohl schon von Braynes jüngstem Versuche im Fleischerhandwerk gehört?"

Father Brown stand noch über den Kopf mit dem weißen Haare gebeugt und sagte, ohne aufzublicken:

„Es ist wohl ganz sicher, daß Brayne auch diesen Kopf abgeschnitten hat."

„Der gesunde Menschenverstand scheint das zu sagen," erwiderte Valentin, die Hände in den Taschen. „Ermordet in derselben Weise wie der andere. Gefunden wenige Yards entfernt von dem anderen. Und abgetrennt mit derselben Waffe, die er, wie wir wissen, mitgenommen hatte."

„Ja, ja, ich weiß," bemerkte Brown unterwürfig, „Und doch, Sie verstehen, zweifle ich, ob Brayne diesen Kopf abgeschnitten haben kann."

„Weshalb nicht?" fragte Dr. Simon mit begreiflichem Staunen.

„Well, Doktor," erwiderte der Priester, indem er flüchtig aufblickte, „kann jemand sich seinen eigenen Kopf abhauen? Ich weiß es nicht."

O'Brien fühlte eine ganze Welt von Tollheit um seine Ohren zusammenkrachen, aber der Doktor sprang mit ungestümer Geschäftigkeit vorwärts und schob das weiße Haar beiseite.

„O, es ist kein Zweifel, es ist Brayne," sagte der Priester ruhig. „Er hatte genau diesen Schnitt im linken Ohr."

Der Detektiv, der den Priester festen und funkelnden Auges betrachtet hatte, öffnete den zusammengepreßten Mund und stieß scharf hervor:

„Sie scheinen ja eine ganze Menge über ihn zu wissen, Father Brown?"

„Gewiß," antwortete der kleine Mann einfach. „Ich hatte seit einigen Wochen mit ihm zu tun. Er trug sich mit dem Gedanken, sich unserer Kirche anzuschließen."

Die Glut des Fanatikers sprang in Valentins Auge, und mit geballten Fäusten trat er auf den Priester zu.

„Und vielleicht," schrie er mit sengendem Hohne, „vielleicht auch mit dem Gedanken, all sein Geld Ihrer Kirche zu vermachen!"

„Vielleicht auch damit," gab Brown einfältig zur Antwort, „es ist möglich."

„In diesem Falle," schrie Valentin mit fürchterlichem Lächeln, „könnten Sie in der Tat eine Menge über ihn wissen. Über sein Leben und seinen – –"

Hauptmann O'Brien legte eine Hand auf Valentins Arm. „Lassen Sie dieses verleumderische Geschwätz, Valentin," sagte er, „oder es könnte nochmals von einem Säbel die Rede sein."

Doch Valentin hatte unter dem festen, demütigen Blicke des Priesters seine Selbstbeherrschung wiedergefunden.

„Nun," warf er kurz hin, „anderer Leute Privatmeinungen können warten. Sie, meine Herren, sind noch durch Ihr Versprechen, zu bleiben, gebunden; Sie müssen ihm selbst Geltung verschaffen – einer gegenüber dem anderen. Hier, Iwan wird Ihnen Weiteres mitteilen, was für Sie von Wichtigkeit ist. Ich muß mich an die Arbeit machen und an die Behörde berichten, wir können dies nicht länger geheimhalten ... Ich werde in meinem Studierzimmer beim Schreiben sein, falls noch irgend etwas Neues dazukommen sollte."

„Gibt es noch etwas, Iwan?" fragte Dr. Simon, als der Chef der Polizei den Raum verlassen hatte.

„Nur eines noch, glaube ich, Sir," sagte Iwan, und sein altes, graues Gesicht legte sich in Falten, „aber das ist wichtig in seiner Art. Es betrifft den alten Hanswurst dort, den Sie im Gras gefunden haben," und er deutete ohne eine Spur von Ehrfurcht auf den großen schwarzen Körper mit dem gelben Kopfe. „Wir haben jedenfalls herausgefunden, wer es ist."

„Wirklich?" rief der erstaunte Doktor.

„Er hieß Arnold Becker," erklärte der Unterdetektiv, „obwohl er sich unter vielen anderen Namen verbarg. Er war so etwas wie ein Landstreicher, und man weiß, daß er in Amerika gewesen ist; dadurch kam er mit Brayne in Berührung. Wir selbst hatten nicht viel mit ihm zu tun, denn er arbeitete meist in Deutschland. Natürlich waren wir in Verbindung mit der deutschen Polizei. Aber ganz merkwürdigerweise gab es einen Zwillingsbruder von ihm namens Louis Becker, der uns viel zu schaffen machte, wir fanden es tatsächlich erst gestern noch für notwendig, ihn zu guillotinieren. Nun, es ist ein wunderliches Zusammentreffen, meine Herren, aber als ich diesen Burschen lang im Grase liegen sah, empfand ich den größten Schlag meines Lebens, hätte ich nicht mit meinen eigenen Augen Louis Becker guillotiniert gesehen, geschworen hätte ich, es sei Louis Becker, der dort im Grase lag. Dann natürlich fiel mir sein Zwillingsbruder in Deutschland ein, und als ich diesen Faden verfolgte –"

Der explizierende Iwan hielt inne, und zwar aus dem einfachen Grunde, weil niemand ihm zuhörte. Der Hauptmann und der Doktor starrten beide auf Father Brown, der aufgesprungen war und sich die Schläfen drückte, wie dies jemand in plötzlichem und heftigem Schmerze tut.

„Halt, halt, halt!" schrie er, „eine Minute nur, denn ich sehe zur Hälfte. Wird Gott mir die Kraft geben? Wird mein Verstand sich ganz aufraffen und alles sehen? Himmel, hilf! Ich war doch sonst ziemlich gut im Denken. Ich konnte früher den Inhalt jeder Seite des Aquinaten wiedergeben. Wird mein Kopf springen – oder werde ich sehen? Ich sehe halb – nur halb."

Er vergrub den Kopf in die Hände und stand wie unter der Marter des Denkens oder des Betens erstarrt, während die anderen drei nur immer auf dieses letzte Wunderzeichen ihrer abenteuerlichen zwölf Stunden starrten.

Als Father Browns Hände fielen, enthüllten sie ein ganz frisches und ernstes Gesicht wie von einem Kinde. Er tat einen tiefen Seufzer und begann sodann:

„Sagen und erledigen wir dies so kurz als möglich. Hören Sie mich an. Es wird dies die rascheste Art sein, Sie alle von der Wahrheit zu überzeugen." Er wandte sich an den Doktor. „Dr. Simon, Sie sind ein starker Kopf und ich hörte Sie heute morgen die fünf schwersten Fragen über diese Geschichte stellen. Gut. Wenn Sie sie nochmals stellen wollten, ich will sie beantworten."

Simon fiel der Zwicker in Zweifel und Neugier von der Nase, doch er antwortete sofort.

Well, die erste Frage ist wohl, weshalb sollte überhaupt ein Mann einen anderen mit einem plumpen Säbel töten, wenn er es mit einem Dolche hätte tun können?"

„Mit einem Dolche kann man nicht enthaupten," erwiderte Brown ruhig, „und für *diesen* Mord war das Enthaupten absolut notwendig."

„Weshalb?" schrie O'Brien interessiert.

„Und die nächste Frage?" fuhr Father Brown fort.

„Ja, weshalb stieß der Mann keinen Schrei oder irgendeinen Laut aus?“ fragte der Doktor. „Säbel sind in Gärten gewiß etwas Ungewöhnliches.“

„Zweige!“ erwiderte der Priester nachdenklich, und wandte sich gegen das Fenster, das auf den Schauplatz des Todes hinausblickte. „Niemand beachtete diesen Punkt, die Zweige. Weshalb sollten sie auf jenem Rasen liegen (sehen Sie einmal), so weit von jedem Baum? Sie wurden nicht abgehauen, sie wurden abgerissen. Der Mörder beschäftigte sein Opfer durch einige Tricks mit dem Säbel, indem er ihm zeigte, wie er einen Zweig mitten in her Luft entzweischneiden könne oder sonstwie. Dann, während sein Feind sich bückte, den Erfolg zu sehen, ein stummer Streich und das Haupt fiel.“

„Nun,“ sagte der Doktor langsam, „das klingt ganz glaubwürdig. Aber meine beiden nächsten Fragen werden jedermann verblüffen.“

Der Priester stand immer noch nachdenklich, den Blick zum Fenster hinausgerichtet und wartete.

„Sie wissen, daß der ganze Garten wie ein luftdichter Raum verschlossen war,“ fuhr der Doktor fort, „Gut, wie kam der Fremde dann in den Garten?“

Ohne sich umzudrehen, antwortete der kleine Priester: „Es war niemals ein fremder Mann im Garten.“

Schweigen trat ein und ein plötzlicher Ausbruch beinahe kindlichen Lachens löste die Spannung. Die Ungeheuerlichkeit von Browns Bemerkung veranlaßte Iwan zu offenem Hohne.

„O,“ rief er, „also wir zerrten nicht vergangene Nacht den großen fetten Kerl auf das Sofa dort? Er war wohl gar nicht in den Garten gekommen?“

„In den Garten gekommen?“ wiederholte Brown noch immer sinnend. „Nein, nicht ganz.“

„Zum Teufel nochmal,“ rief Simon, „ein Mensch kommt in den Garten oder er kommt nicht hinein!“

„Nicht notwendigerweise,“ erwiderte der Priester mit mattem Lächeln. „Welches ist die nächste Frage, Doktor?“

„Sie sind wohl krank,“ meinte Dr. Simon scharf, „aber wenn Sie wollen, werde ich die nächste Frage stellen. Wie kam Brayne aus dem Garten?“

„Er kam nicht aus dem Garten,“ sagte der Priester, immer noch zum Fenster hinausblickend.

„Kam nicht aus dem Garten?“ platzte Simon heraus.

„Nicht ganz,“ bestätigte Father Brown.

Simon schüttelte in einem Wutanfalle französischer Logik seine Fäuste. „Ein Mensch kommt aus einem Garten oder er kommt einfach nicht heraus,“ schrie er.

„Nicht immer,“ gab Brown zur Antwort.

Dr. Simon sprang ungeduldig auf seine Füße.

„Ich habe keine Zeit für solch sinnloses Geschwätz übrig,“ bemerkte er ärgerlich. „Wenn Sie nicht einsehen, daß ein Mensch entweder auf der einen Seite einer Mauer oder auf der anderen ist, will ich Sie nicht weiter belästigen, Father.“

„Doktor,“ bat der Geistliche sehr freundlich, „wir sind immer sehr gut mitsammen gestanden. Und wenn auch nur um alter Freundschaft willen, warten Sie noch und stellen Sie Ihre fünfte Frage.“

Der ungeduldige Simon sank in einen Stuhl und sagte kurz:

„Das Haupt und die Schultern waren in sonderbarer Weise abgeschnitten. Es schien nach eingetretenem Tode geschehen zu sein.“

„Ja,“ sagte der Priester regungslos, „es wurde so gemacht, um Sie genau das eine Falsche vermuten zu lassen, das Sie vermuteten. Es geschah, um Sie als selbstverständlich annehmen zu lassen, daß der Kopf zu dem Körper gehörte.“

Das Grenzgebiet des Verstandes, auf dem alles Ungeheuerliche entsteht, war in dem Kelten O'Brien in schreckliche Bewegung geraten. Er fühlte die chaotische Gegenwart all der Ritter und Meerweiber, welche der Menschen unnatürliche Einbildungskraft hervorgebracht hat. Eine Stimme, älter als seine Vorväter, schien ihm ins Ohr zu raunen: Halte dich ferne dem ungeheuerlichen Garten, wo der Baum wächst mit der doppelten Frucht. Meide den bösen Garten, wo der Mann starb mit den zwei Köpfen! Und doch, während diese eklen symbolischen Gestalten an dem alten Spiegel seiner irischen Seele vorüberzogen, war sein französierter Verstand ganz frisch und so aufmerksam und ungläubig auf den sonderbaren Priester gerichtet, wie bei all den anderen.

Father Brown hatte sich endlich umgewendet und stand im dichten Schatten gegen das Fenster gerichtet, doch selbst in diesem Schatten konnte man sehen, daß er grau wie Asche war. Nichtsdestoweniger sprach er ganz vernünftig, als gäbe es auf der ganzen Welt keine Keltenseele.

„Meine Herren," sagte er, „Sie fanden nicht den fremden Körper Beckers im Garten. Sie fanden überhaupt keinen fremden Körper im Garten. Trotz Dr. Simons Appell an die Vernunft behaupte ich immer noch, dass Becker nur teilweise zugegen war. Sehen Sie her! (Er wies auf den schwarzen Rumpf der geheimnisvollen Leiche.) Sie sahen nie in Ihrem Leben diesen Mann. Sahen Sie vielleicht diesen?"

Er schob rasch den großen gelben Kopf des Unbekannten zur Seite und brachte an dessen Stelle den weißbehaarten Kopf daneben. Und da, vollständig und eins lag unverkennbar Julius K. Brayne.

„Der Mörder," fuhr Brown ruhig weiter, „hieb den Kopf seines Feindes ab und schleuderte das Schwert weit über die Mauer. Aber er war zu gerieben, um nur das Schwert fortzuwerfen. Er warf auch den Kopf über die Mauer. Dann brauchte er nur einen anderen Kopf auf den Körper setzen, und (da er auf seiner Privatuntersuchung bestand) Sie alle hielten das für einen gänzlich neuen Mann."

„Einen anderen Kopf aufsetzen!" meinte O'Brien betroffen. „Welchen anderen Kopf? Köpfe wachsen nicht so ohne weiteres an den Büschen, nicht?"

„Nein," antwortete Father Brown trocken, während er auf seine Schuhspitzen niederblickte, „es gibt nur einen Ort, wo sie wachsen. Sie wachsen im Korbe der Guillotine, neben dem nicht ganz eine Stunde vor dem Morde der Chef der Polizei, Aristide Valentin, gestanden hatte. O, meine Freunde, hört mich nur noch eine Minute lang an, ehe ihr mich in Stücke zerreißt. Valentin ist ein ehrlicher Mann, wenn Verranntsein in eine bestreitbare Sache Ehrlichkeit ist. Aber sahen Sie nie in seinem kalten grauen Auge, daß er nicht bei vollem Verstande ist? Er würde alles tun, alles, um das, was er den Aberglauben des Kreuzes nennt, zu brechen. Dafür hat er gekämpft und danach gehungert und jetzt hat er dafür gemordet. Braynes ungezählte Millionen waren bisher unter so viele Sekten verstreut worden, daß sie nur wenig das Gleichgewicht der Dinge zu stören vermochten. Valentin jedoch hörte von einem Gerüchte, daß Brayne wie so viele unruhige Skeptiker uns zutrieb, und das war etwas anderes. Brayne wollte der verarmten Kirche Frankreichs Ströme von Reichtum zufließen lassen;

ja, er wollte sogar für sechs nationalistische Blätter wie die ›Guillotine‹ die Kosten bestreiten. Die Schlacht war auf einem Punkte schon zum Stehen gebracht und das entfachte den Fanatiker. Er beschloß, den Millionär zu beseitigen, und er tat es auf eine Weise, wie man von dem größten Detektiv erwarten durfte, daß er das Verbrechen begehen würde. Er nahm unter einem kriminologischen Vorwande den abgetrennten Kopf Beckers an sich und brachte ihn in seiner amtlichen Handtasche mit nach Hause. Er hatte diesen letzten Streit mit Brayne gehabt, den Lord Galloway nicht bis zu Ende hörte; nachdem er darin unterlag, führte er ihn hinaus in den versiegelten Garten, plauderte über Fechtkunst, benutzte Zweige und einen Säbel zur Darstellung und –“

Iwan mit der Narbe sprang auf.

„Sie Narr,“ brüllte er jenen an. „Sie werden mit zu meinem Herrn kommen und ich nehme Sie beim –“

„Wieso? Ich wollte ja eben dorthin gehen,“ erwiderte Brown tiefernst. „Ich muß ihn ersuchen, zu beichten usw.“

Indem sie den unglücklichen Brown wie eine Geisel oder ein Opfer vor sich hertrieben, brachen sie mitsammen in die überraschende Stille von Valentins Arbeitszimmer.

Der große Detektiv saß an einem Pulte, anscheinend zu sehr beschäftigt, um auf das lärmende Eindringen zu achten. Sie stockten einen Augenblick, bis etwas in jenem aufrechten und geschmeidigen Rücken den Doktor plötzlich herantreten ließ. Ein Blick genügte ihm. Neben Valentins Ellenbogen stand eine kleine Schachtel mit Pillen, und Valentin saß tot in seinem Stuhle. Und auf dem leblosen Gesichte des Selbstmörders lag mehr als nur der Stolz eines Kato.

Die verdächtigen Tritte

Wenn du einmal ein Mitglied jenes auserlesenen Klubs „Die zwölf echten Fischer“ triffst, welches anläßlich des jährlichen Klubdiners das Vernon-Hotel betritt, wirst du, wenn er seinen Überzieher abnimmt, bemerken, daß sein Frack grün und nicht schwarz ist. Wenn (vorausgesetzt, daß du die unerhörte Kühnheit hast, solch ein Wesen anzusprechen) du ihn nach dem Grunde fragst, wird er wahrscheinlich antworten, es geschehe das, um eine Verwechselung mit dem Kellner zu vermeiden. Du wirst dann ganz niedergeschmettert weggehen, aber auch ein ebenso ungelöstes Geheimnis, wie eine erzählenswerte Geschichte hinter dir lassen.

Wenn (um denselben Faden unwahrscheinlicher Mutmaßung weiterzuspinnen) du dann einen milden, hart arbeitenden, kleinen Priester namens Father Brown treffen und ihn fragen solltest, was er für den eigenartigsten Zufall seines Lebens halte, würde er wahrscheinlich antworten, daß im ganzen genommen er seinen besten Streich im Vernon-Hotel vollführt habe, wo er einfach dadurch ein Verbrechen verhindert und vielleicht auch eine Seele gerettet habe, daß er ein paar Schritten auf einem Gange gelauscht hatte. Vielleicht ist er ein klein wenig stolz auf diese seine kühne und wunderbare Mutmaßung, und es ist möglich, daß er darauf zu sprechen kommt. Nachdem es jedoch unermeßlich unwahrscheinlich ist, daß du jemals hoch genug in der Gesellschaft steigen wirst, um auf einen der „Zwölf echten Fischer“, oder je so tief bis zu den verrufenen Vierteln und Verbrechern hinabsinken wirst, um auf Father Brown zu stoßen, fürchte ich, wirst du überhaupt nie die Geschichte vernehmen, wenn nicht von mir.

Das Vernon-Hotel, in welchem „Die zwölf echten Fischer“ ihr jährliches Mahl abhielten, war eine Einrichtung, wie sie nur in einer oligarchischen Gesellschaft bestehen kann, welche fast bis zur Übergeschnapptheit erpicht auf feine Lebensart ist. Es war das Erzeugnis einer verkehrten Welt – ein „exklusives“ kaufmännisches Unternehmen. Das will besagen, es war ein Ding, das sich nicht dadurch bezahlte, daß es die Leute anzog, sondern daß es sie tatsächlich von sich wies. Inmitten einer Plutokratie lebend werden die Geschäftsleute so schlau, lästiger zu werden als ihre Kunden. Sie schaffen geradezu Schwierigkeiten, damit ihre reichen und aufdringlichen Kunden Geld und diplomatisches Geschick aufwenden, um sie zu überwinden. Wenn es in London ein fashionables Hotel gäbe, das niemand betreten dürfte, der unter sechs Fuß hoch wäre: die Gesellschaft würde sich ergebenst in Gruppen von sechs Fuß hohen Leuten zusammenschließen, um dort speisen zu können. Wenn es ein teures Restaurant gäbe, das aus purer Laune seines Besitzers nur Donnerstag nachmittags offen wäre, es wäre am Donnerstag nachmittags zum Erdrücken voll.

Das Vernon-Hotel stand wie durch Zufall in der Ecke eines Platzes in Belgravia. Es war ein kleines Hotel und auch ein sehr unbequemes. Aber eben seine Beschwerlichkeiten wurden als die Schutzmauern einer besonderen Masse angesehen. Vor allem aber galt eine derselben als von vitalster Bedeutung, nämlich der Umstand, daß nicht mehr als vierundzwanzig Personen gleichzeitig dort speisen konnten. Die einzige große Speisetafel war die berühmte Terrassentafel, welche nach dem Freien hinaus auf einer Art offener Veranda stand und den Blick über einen der ausgesuchtesten alten Gärten Londons gewährte. So kam es, daß man selbst der vierundzwanzig Plätze an diesem Tische sich nur bei warmem Wetter erfreuen konnte, und da dies die Schwierigkeit des Genießens nur erhöhte, machte es letzteres nur um so begehrenswerter. Der Besitzer des Hotels war ein Jude namens Lever, und er hatte nahezu eine Million dadurch gemacht, daß er es erschwerte, hineinzugelangen. Natürlich verband er mit dieser Beschränkung der Ausdehnung seines Unternehmens den sorgfältigsten Schliff in allem. Weine und Gerichte waren so gut wie nur irgendwo in Europa, und das Benehmen der Aufwärter entsprach aufs allergenaueste den fixen Gewohnheiten der oberen Zehntausend Englands. Der Besitzer kannte alle seine Kellner wie die Finger an seiner Hand; es waren deren insgesamt genau fünfzehn. Volksvertreter im Parlament zu werden, war viel leichter, als Kellner in diesem Hotel zu werden. Jeder Kellner war ein Meister in ängstlichem Schweigen und unaufdringlicher Zuvorkommenheit, gleich als wäre er der Kammerdiener eines großen Herrn. Und in der Tat stand gewöhnlich wenigstens je ein Kellner bereit für jeden speisenden Gast.

Der Klub der „Zwölf echten Fischer“ würde nirgend anderswo zu speisen sich herbeigelassen haben, als an einem solchen Orte, denn er bestand auf luxuriöser Abgeschlossenheit, und der bloße Gedanke, daß irgendein anderer Klub in demselben Hotel auch nur speiste, würde ihn aufs höchste aufgebracht haben. Bei Gelegenheit ihres jährlichen Klubessens pflegten die „Fischer“ all ihre Schätze hervorzuholen, als wären sie in einem Privathause, insbesondere das berühmte Gedeck von Fisch-Messern und -Gabeln, die nun einmal das Wahrzeichen des Klubs darstellten, und von denen jedes Stück in Form eines Fisches aufs feinste in Silber gearbeitet und am Knaufe mit einer großen Perle versehen war. Sie wurden jedesmal für den Gang des Fisches aufgelegt, und dieser Gang war von jeher das großartigste des großartigen Mahles. Der Verein besaß eine große Zahl von Zeremonien und Gebräuchen, aber weder eine Geschichte, noch einen Zweck; darin bestand eben das Aristokratische desselben. Du brauchtest gar nichts zu sein, um einer der „Zwölf Fischer" sein zu können; wenn du nicht schon eine gewisse Sorte Person warst, hörtest du überhaupt nichts davon. Seit zwölf Jahren bestand er. Sein Vorsitzender war Mr. Audley, sein Vize der Herzog von Chester.

Wenn ich die Atmosphäre dieses Hotels einigermaßen zeichnen könnte, dürfte sich der Leser mit Recht wundern, wie ich dazu kam, darum zu wissen, und er wird sogar darüber grübeln, wie eine so gewöhnliche Person wie mein Freund Father Brown dazu kam, sich in dieser goldenen Fütterungsanstalt zu finden. Was das anbelangt, ist meine Geschichte einfach, ja sogar alltäglich. Es gibt in der Welt einen sehr bejahrten Aufrührer und Demagogen, der in die vornehmsten Ruhesitze mit der erschütternden Nachricht einbricht, daß alle Menschen Brüder sind, und wo immer dieser Gleichmacher auf seinem fahlen Rosse hinkam, war es Father Browns Aufgabe, ihm zu folgen. Einer der Kellner, ein Italiener, war an jenem Nachmittage von einem Schlaganfalle getroffen worden, und sein jüdischer Dienstherr gestattete, wenn auch ein wenig die Nase rümpfend ob solchen Aberglaubens, daß nach dem nächsten katholischen Priester geschickt würde. Was der Kellner Father Brown gebeichtet hat, geht uns nichts an, und zwar aus dem ausgezeichneten Grunde, weil der Geistliche es für sich behielt; anscheinend jedoch veranlaßte es ihn, behufs Absendung einer Mitteilung, oder um irgend etwas Krummes gerade zu machen, einen Auftrag oder eine Feststellung niederzuschreiben. Mit der bescheidenen Dreistigkeit, die er auch im Buckingham-Palaste hervorgekehrt hätte, bat daher Father Brown um ein Zimmer und um ein Schreibzeug. Mr. Lever war in zwei Teile zerrissen. Er war ein zuvorkommender Mann und besaß auch jene schlechte Nachbildung von Güte, die Abneigung gegen jede Schwierigkeit, gegen jeden Auftritt. Gleichzeitig aber wirkte die Anwesenheit auch nur eines einzigen außergewöhnlichen Fremden innerhalb seines Hotels an diesem Abende wie ein Flecken auf etwas, das eben erst gereinigt worden war. Niemals hatte es im Vernon-Hotel irgendein Grenzgebiet, eine gemischte Zone gegeben, niemand wartete in der Vorhalle, und Zufallsgäste setzten niemals den Fuß hinein. Es gab dort fünfzehn Kellner, und zwölf Gäste waren da. Es wäre etwas ebenso Unerhörtes gewesen, an jenem Abend einen neuen Gast vorzufinden, wie in der eigenen Familie beim Frühstück einen ganz neuen Bruder neben sich sitzen zu sehen. Außerdem galt des Priesters Erscheinen als nicht erstklassig und seine abgetragenen Kleider noch weniger; ein kurzer Blick nur auf ihn aus der Ferne hätte eine Krise im Klub hervorrufen können. Mr. Lever verfiel endlich auf einen Ausweg, um, da er schon das Unglück nicht ungeschehen machen konnte, es zu verschleiern. Wenn du (was du nie tun wirst) das Vernon-Hotel betrittst, kommst du durch einen kurzen. mit einigen abgedunkelten, aber bedeutenden Gemälden geschmückten Gang nach der Hauptvorhalle, welche zu deiner Rechten in Gänge mündet. Diese führen nach den Gasträumen, und zu deiner Linken bemerkst du einen ähnlichen Gang hin nach der Küche und dem Bureau des Hotels. Unmittelbar zu deiner Linken ist die Ecke eines Glasgehäuses, das in die Vorhalle hereinragt –, gewissermaßen ein Haus innerhalb des Hauses, gleich dem alten Hotel-Büfett, das wahrscheinlich einst diesen Platz einnahm.

In diesem Geschäftsraume saß der Vertreter des Besitzers (niemand an diesem Orte erschien je in eigener Person, wenn irgend es sich machen ließ), und gerade dahinter auf dem Wege zum Dienstbotenabteil befand sich die Herrengarderobe, die letzte Grenze dieses den Gästen zustehenden Gebietes. Zwischen dem Geschäftsraume und der Garderobe lag jedoch ein kleines Privatzimmer ohne anderen Ausgang, das manchmal von dem Besitzer für heikle und wichtige Angelegenheiten benützt wurde, wie zum Beispiel um einem Herzog tausend Pfund zu leihen oder ihm sechs Pence zu verweigern. Es ist ein Beweis der großen Duldsamkeit Mr. Levers, daß dieser geheiligte Ort auf etwa eine Stunde durch etwas wie etwa gar nur einen Priester, der auf ein Stück Papier vor sich hinkritzelte, profaniert wurde. Die Geschichte welche Father Brown niederschrieb, war höchstwahrscheinlich eine viel bessere als die vorstehende, nur wird sie nie veröffentlicht werden. Ich kann nur das eine konstatieren, daß sie beinahe ebenso lang war und daß die letzten zwei oder drei Abschnitte die am wenigsten aufregenden und fesselnden waren. Denn es war um die Zeit, als er dabei angekommen war, dass der Priester seinen Gedanken nachzuhängen sich erlaubte und seine animalischen Sinne zu erwachen begannen. Die Zeit der Dämmerung und des Abendessens rückte heran: sein eigener kleiner, vergessener Raum war ohne Licht und vielleicht war es, wie es manchmal zu geschehen pflegt, die zunehmende Dunkelheit, die seine Sinne schärfte.

Während Father Brown den letzten und am wenigsten wesentlichen Teil seines Schriftstückes niederschrieb, ertappte er sich, wie er sogar im Rhythmus eines von außen kommenden Geräusches schrieb, gerade wie man häufig im

Rhythmus des fahrenden Eisenbahnzuges denkt. Als er sich dessen bewußt wurde, erkannte er auch, was es war: nur das gewöhnliche Auftreten von Füßen, die an der Türe vorbeigingen, was ja in einem Hotel nichts außergewöhnliches ist. Nichtsdestoweniger starrte er zur dunkelnden Decke empor und lauschte. Nachdem er einige Minuten träumerisch zugehört, sprang er plötzlich auf die Füße, den Kopf ein wenig zur Seite neigend. Dann setzte er sich wieder nieder und vergrub seine Stirne in seine Hände, nicht nur ausschließlich lauschend, sondern gleichzeitig denkend.

Die Schritte, welche man draußen jeden Augenblick vernahm, waren solche, wie man sie in jedem Hotel hören kann. Und doch, als Ganzes genommen hatten sie etwas sehr Sonderbares an sich. Man hörte keine anderen Schritte, als diese. Es war immer ein sehr stilles Hotel gewesen, denn die wenigen hier verkehrenden Gäste gingen sofort nach ihren Zimmern, und die gut geschulten Kellner hatten Auftrag, nahezu unsichtbar zu sein, solange man nicht nach ihnen verlangte. Es ließ sich kein Ort denken, an dem weniger Grund vorlag, irgend etwas Unregelmäßiges zu vernehmen. Aber diese Schritte waren so eigentümlich, daß man nicht entscheiden konnte, ob sie regelmäßig ober unregelmäßig waren, Father Brown folgte ihnen mit dem Finger auf dem Tischrande, wie ein Mann, der auf dem pianoforte eine Melodie sucht.

Zuerst kam eine lange Reihe von raschen, kleinen Schritten, wie sie etwa ein leichtfüßiger Mann machen würde, um ein Wettgehen zu gewinnen. Bei einem gewissen Punkte hielten sie inne und wurden zu einer Art langsamen, schlendernden Auftretens, wobei sie nicht ein Viertel der Zahl jener Schritte ausmachten, jedoch ungefähr dieselbe Zeit einnahmen. Im Augenblicke, da das letzte dröhnende Auftreten verhallte, kam wieder das Laufen oder Trippeln leichter, eiliger Schritte und dann von neuem der dumpfe Ton schwereren Gehens. Es war unzweifelhaft dasselbe Paar Schuhe, teils weil, wie schon gesagt, kein anderes Paar Schuhe um die Wege war, und teils weil sie ein unbedeutendes, jedoch nicht zu überhörendes Knarren an sich hatten.

Father Brown besaß jene Art von Kopf, die nicht umhin kann, Fragen zu stellen, und über diese anscheinend alltägliche Frage zerbrach er sich beinahe eben diesen Kopf. Er hatte Menschen laufen gesehen, die sich anschickten, zu springen. Er hatte Menschen einen Anlauf zum Gleiten nehmen gesehen. Doch weshalb um alles in der Welt sollte ein Mensch einen Anlauf nehmen, um zu gehen? Oder anders, weshalb sollte er gehen, um dann zu laufen? Und doch, keine andere Erklärung wollte sich mit den Possen dieses unsichtbaren Paares von Füßen decken. Der Mann lief entweder sehr rasch die Hälfte des Ganges entlang, um sehr langsam die andere Hälfte des Ganges entlang zu schreiten, oder er schritt sehr langsam an dem einen Ende, um am anderen plötzlich in das Tempo des Laufens zu fallen. Keine Vermutung schien viel Sinn zu haben. In dem Kopfe des Priesters wurde es dunkler und dunkler wie in seinem Zimmer. Und doch, als er anhaltend zu denken begann, schien das Dunkel der Zelle allein schon seinen Gedanken mehr Leben zu verleihen; wie in einer Art Gesicht begann er die phantastischen Füße zu schauen, wie sie in unnatürlichem und bedeutungsvollem Tun den Gang entlang hüpften. War es ein heidnischer religiöser Tanz? Oder irgendeine ganz neue Art wissenschaftlicher Übung? Father Brown begann sich eingehend zu befragen, worauf die Schritte schließen lassen konnten. Erst der langsame Schritt; es war sicherlich nicht der des Besitzers. Leute von seiner Sorte bewegen sich in raschem Getrippel oder sie sitzen stille. Es konnte auch kein Kellner oder Bote sein, der auf einen Auftrag wartete; es klang nicht danach. Wesen niederer Ordnung taumeln wohl manchmal umher, wenn sie leicht betrunken sind, im allgemeinen jedoch und in so glanzvoller Umgebung stehen oder sitzen sie in gezwungener Haltung. Nein, dieser schwere und doch springende Schritt mit etwas wie sorglosem Nachdrucke, nicht sonderlich geräuschvoll und doch des Geräusches achtend, das er verursachte, war nur einem Lebewesen dieser Erde eigen. Das war ein Mann aus dem westlichen Europa und wahrscheinlich einer, der nie um seinen Lebensunterhalt gearbeitet hatte.

Eben als der Priester zu dieser festen Gewißheit gelangte, wechselte der Schritt zum raschen Tempo und rannte an der Türe vorbei, so behend wie eine Ratte. Der Lauscher bemerkte, daß, obwohl dieser Schritt viel rascher war, er auch viel geräuschloser war, beinahe als liefe der Mann auf den Zehenspitzen. Und dennoch verband sich damit in seinem Empfinden nichts Geheimes, sondern irgend etwas anderes, etwas, dessen er sich nicht zu entsinnen vermochte. Er war wütend über dieses halbe Sicherinnern. Sicher, jenen eigenartig raschen Gang hatte er schon irgendwo gehört. Plötzlich sprang er auf die Füße, einen neuen Gedanken im Kopfe, und schritt der Türe zu. Sein Zimmer besaß keinen direkten Ausgang nach dem Korridor hinaus, sondern führte auf der einen Seite in den Glasverschlag und auf der anderen in die dahinter liegende Garderobe. Er versuchte die Türe zu dem ersteren zu öffnen und fand sie verschlossen. Dann sah er nach dem Fenster, einer viereckigen Scheibe jetzt voll purpurner Wolken, gespalten vom fahlen Sonnenuntergange, und für einen Augenblick witterte er Übles, wie ein Hund Ratten wittert.

Der vernünftige Teil seines Ichs (vielleicht der klügere, vielleicht auch nicht) gewann die Oberhand. Er erinnerte sich, daß der Besitzer ihm gesagt hatte, er wolle die Türe absperren und würde später zurückkehren, um ihn herauszulassen. Auch sagte er sich, daß noch ein Dutzend Dinge, an die er nicht gedacht hatte, die verrückten Schritte draußen erklären kannten. Dann fiel ihm ein, daß es gerade noch hinreichend licht war, um die Arbeit vollenden zu können. Indem er sein Papier zum Fenster brachte, um noch die letzte Abendhelle auszunützen, beschäftigte er sich fest entschlossen von neuem mit dem nahezu vollendeten Schriftstücke. An die zwanzig Minuten hatte er so geschrieben, wobei er sich näher und näher auf das Papier herniederbeugte; dann setzte er sich plötzlich aufrecht. Er hatte die merkwürdigen Füße von neuem vernommen.

Diesmal wiesen sie eine dritte Eigentümlichkeit auf. Bisher war der Unbekannte gegangen, flüchtig zwar und mit blitzartiger Behendigkeit, aber er war gegangen. Jetzt lief er. Man konnte die raschen, weichen, springenden Schritte den Gang entlang kommen hören, gleich den Fußbällen eines fliehenden und springenden, Panthers. Wer immer da kommen mochte, er war ein sehr starker, gelenkiger Mann in stummer, doch heftiger Erregung. Doch als das Geräusch gleich einem flüsternden Wirbelwinde beim Glasverschlage angekommen war, verfiel es plötzlich wieder in das alte, langsame Schlendern.

Father Brown warf das Papier zur Seite, und da er wußte, daß die Türe zum Verschlage geschlossen war, trat er ohne weiteres auf der anderen Seite in die Garderobe. Der hier beschäftigte Bedienstete war im Augenblick abwesend, wahrscheinlich weil die einzigen Gäste sich bei Tisch befanden und sein Amt eine Sinekure war. Nachdem er sich durch einen grauen Wald von Überziehern durchgetastet hatte, fand er, daß der dunkle Ankleideraum auf einen erleuchteten Gang mündete, getrennt durch einen Schalter oder eine Halbtüre, wie die meisten Schalter, über welche wir alle schon Schirme hinübergereicht und Marken dafür entgegengenommen haben. Unmittelbar über dem halbmondförmigen Bogen dieser Öffnung brannte ein Licht. Es beleuchtete nur schwach Father Brown, der als dunkler Umriß gegen das Sonnenuntergangsfenster sich abhob. Ein nahezu theatralisches Licht aber lag auf dem Mann, der außerhalb der Garderobe im Gange stand.

Er war elegant, sehr einfach gekleidet, im Frack; stark, doch ohne daß der Eindruck dieser Stärke sich fühlbar machte. Man hatte das Empfinden, er würde imstande sein, wie ein Schatten dahinzugleiten, wo viel kleinere Männer aufgefallen wären und Anstoß erregt hätten. Sein Gesicht, jetzt zurückgeworfen und von der Lampe beleuchtet, schien gebräunt und lebhaft, das Gesicht eines Ausländers. Seine Gestalt war regelmäßig, sein Auftreten zeugte von guter Laune und Zuversicht; nur ein Kritiker hätte zu erkennen vermocht, daß sein schwarzer Frack um einen Schatten nicht seiner Figur und seinem Auftreten entsprach und sogar in eigentümlicher Weise etwas ausgebaucht und angeschwollen aussah. Im Augenblick, da er Browns schwarzer Umrisse im Sonnenuntergange ansichtig wurde, warf er ein Stückchen Papier mit einer Nummer darauf hin und befahl mit leutseliger Gebietermiene:

„Ich möchte meinen Hut und Rock, bitte: ich sehe, ich muß sofort weggehen."

Father Brown nahm ohne ein Wort das Papier und ging gehorsam den Rock zu suchen; es war nicht das erstemal in seinem Leben, daß er niedrige Arbeit tat. Er brachte ihn herbei und legte ihn auf den Schalter, während der Fremde, der in seiner Westentasche herumsuchte, lachend bemerkte: „Ich habe kein Silber bei mir; Sie können das behalten," ein Zehnfrankstück hinwarf und seinen Rock nahm.

Father Browns Gestalt blieb ganz dunkel und stille, aber in jenem Augenblick hatte er seinen Kopf verloren. Sein Kopf war immer am wertvollsten, wenn er ihn verloren hatte. In solchen Augenblicken machte er aus zweimal zwei vier Millionen. Oftmals war die katholische Kirche (die mit dem gesunden Menschenverstande vermählt ist) nicht damit einverstanden. Oft auch war er selbst damit nicht einverstanden. Aber es war wirkliche Eingebung – von großer Bedeutung in seltenen Krisen –, daß, wer immer seinen Kopf verliert, ihn dadurch rettet.

„Ich glaube, Sir," erwiderte er höflich, „Sie haben doch Silber in Ihrer Tasche."

Der große Herr starrte.

„Verflucht noch einmal," rief er, „wenn ich Ihnen Gold gebe, weshalb halten Sie sich darüber auf?"

„Weil Silber manchmal wertvoller ist als Gold," erwiderte der Priester sanft, „das heißt, in größeren Mengen."

Der Fremde sah ihn eigenartig an. Dann blickte er noch eigenartiger gegen den Haupteingang hin den Gang hinab. Schließlich kehrte sein Blick zu Father Brown zurück und wandte sich sehr eingehend zum Fenster über Father Browns Kopf empor, das noch mit dem Nachglühen des Gewitters gefärbt war. Jetzt schien er sich zu etwas entschlossen zu haben. Er legte eine Hand auf den Schalter, schwang sich leicht wie ein Akrobat hinüber und warf sich auf den Priester, indem er die gewaltige Hand um dessen Kragen legte.

„Stillgehalten!" stieß er flüsternd hervor. „Ich will Sie nicht bedrohen, aber –"

„– aber ich will Sie bedrohen," fuhr Father Brown mit der Stimme einer rollenden Trommel fort, „ich will Sie bedrohen mit dem Wurm, der nicht stirbt, und dem Feuer, das nicht verlöscht."

„Sie sind eine merkwürdige Sorte von Garderobier," meinte der andere.

„Ich bin ein Priester, Monsieur Flambeau," versetzte Father Brown, „und ich bin bereit, Ihre Beichte zu hören!"

Einige Augenblicke stand der andere und schnappte nach Luft, dann taumelte er zurück in einen Stuhl.

Die ersten beiden Gänge des Mahles der „Zwölf wahren Fischer" waren als stillschweigender Erfolg vorübergegangen. Ich besitze kein Stück der Speisenfolge, und wenn schon, würde ich niemanden davon wissen lassen. Sie war in einer Sorte von Über-Französisch abgefaßt; wie es Köche anwenden, für Franzosen daher unverständlich. Es gab im Klub eine Überlieferung, daß die Vorspeisen verschiedenartig und mannigfaltig bis zum Punkte der Verrücktheit sein mußten. Sie würden in tiefem Ernste hingenommen, denn sie waren eingestandenermaßen unnütze Besonderheiten, wie das ganze Mahl und der ganze Klub. Es bestand ferner eine Überlieferung, daß die Suppen leicht und anspruchslos zu sein hatten – eine Art einfacher und strenger Vorfasten auf das Fischfest, das bevorstand. Die Unterhaltung war jenes eigenartige, seichte Gerede, welches das britische Reich beherrscht, es im geheimen regiert und das doch einem gewöhnlichen Engländer unverständlich bliebe, selbst wenn er es belauschen könnte. Kabinettminister von beiden Seiten wurden bei ihrem Taufnamen mit einer Art gelangweilter, ernster Zurückhaltung genannt. Der radikale Schatzkanzler, von dem man annahm, daß ihn die ganze Torypartei wegen seiner Erpressereien verfluche, wurde wegen seiner minderwertigen Dichtereien oder auch wegen seines Reitsattels beim letzten Rennen hochgehoben. Der Toryführer. den angeblich alle Liberalen als einen Tyrannen haßten, wurde in die Quere genommen und – im ganzen betrachtet – als Liberaler gepriesen. Man gewann den Eindruck, daß Politiker etwas sehr Wichtiges seien. Und dennoch, alles an ihnen schien wichtig, nur nicht ihre Politik.

Mr. Audley, der Vorsitzende, war ein liebenwürdiger, ältlicher Herr, der noch Gladstonekrägen trug: er war eine Art Sinnbild jener ganzen verschwommenen und doch bestimmten Gesellschaft. Niemals hatte er etwas getan – nicht einmal etwas Böses. Er war nicht leichtlebig, er war nicht einmal besonders reich. Er war einfach mit von der Partie, und damit hatte die Sache ihr Ende. Keine Partei konnte ihn ignorieren, und wenn er gewünscht hätte, Minister zu sein, würde man ihn gewiß dazu gemacht haben. Der Herzog von Chester, der stellvertretende Vorsitzende, war ein junger und eben emporkommender Politiker, das heißt, er war ein angenehmer, junger Mensch mit flachgebürstetem, tadellosem Haar und einem mit Sommersprossen bedeckten Gesichte, von mäßigem Verstande und enorm begütert. In der Öffentlichkeit war sein Auftreten stets erfolgreich und sein Grundsatz war außerordentlich einfach. Wenn ihm ein Witz einfiel, machte er ihn, und man pflegte ihn dann als glänzend zu bezeichnen. Wenn ihm kein Witz einfiel, sagte er, es sei nicht die Zeit zu Witzen, und das wurde dann „fähig" genannt. Im Privatverkehre, in einem Klub seiner eigenen Gesellschaftsklasse war er recht nett, freimütig und harmlos wie ein Schuljunge. Mr. Audley, der sich nie mit Politik beschäftigte, behandelte seine Gefährten mit etwas mehr Ernst. Manchesmal brachte er sogar die Gesellschaft in Verwirrung durch Andeutungen, wie, es bestehe ein gewisser Unterschied zwischen einem Liberalen und einem Konservativen. Er selbst war ein Konservativer, selbst in seinem Privatleben. Er hatte eine Locke grauen Haares rückwärts über seinen Kragen herabhängen, wie gewisse altmodische Staatsmänner, und von hinten gesehen sah er aus wie der Mann, dessen das Reich bedurfte. Von vorne gesehen sah er aus wie ein gutmütiger, sich etwas gehen lassender Junggeselle, der in Albany wohnte – und das war er auch.

Wie schon bemerkt, gab es vierundzwanzig Sitze längs des Tisches auf der Terrasse und nur zwölf Mitglieder im Klub. Somit stand ihnen die Terrasse in der verschwenderischesten Weise zur Verfügung. Sie saßen längs der inneren Seite der Tafel und daher ohne Gegenüber, und ungehindert beherrschte der Blick den Garten, dessen Farben noch Leben besaßen, wenngleich der Abend für diese Jahreszeit etwas verdüstert sich niedersenkte. In der Mitte der Reihe saß der Vorsitzende, am rechten Ende der Vizepräsident. Bevor die zwölf Gäste sich auf ihre Sitze niederließen, war es aus irgendeinem unbekannten Grunde Sitte, daß alle fünfzehn Kellner wie Truppen, welche vor dem König die Waffen präsentierten, in einer Reihe die Wand entlang standen, während der fette Besitzer in froher Überraschung sich gegen die Klubmitglieder verbeugte, als hätte er niemals von ihnen gehört. Doch vor dem ersten Klirren von Messer und Gabel war diese Armee von Dienern verschwunden, während nur noch der eine oder die zwei, welche zur Wegnahme oder Verteilung der Teller notwendig waren, in tödlichem Schweigen umherschossen. Mr. Lever, der Besitzer, war natürlich längst vorher unter Höflichkeitskrämpfen verschwunden. Es wäre übertrieben, ja in der Tat unehrerbietig, zu sagen, daß er jemals noch in voller Wirklichkeit erschien. Wenn jedoch der wichtigste Gang, der Fisch, aufzutragen war, da gab es – wie soll ich es ausdrücken? – so etwas wie einen lebendigen Schatten, ein Aufleuchten seiner Persönlichkeit, das besagte, daß er in der Nähe weilte. Der geheiligte Fischgang bestand (für das Auge des gewöhnlichen Sterblichen) in einer Art ungeheuren Puddings, etwa in der Größe und Gestalt eines Hochzeitskuchens, worin irgendeine beträchtliche Anzahl interessanter Fische schließlich ihre ihnen von Gott verliehene Gestalt verloren hatten. Die zwölf wahren Fischer ergriffen ihre berühmten Fischmesser und Fischgabeln und machten sich mit so furchtbarem Ernste daran, als koste jeder Zoll des Puddings so viel wie die Silbergabel, mit der er verspeist wurde. Und das kostete er auch, soviel ich weiß. Dieser Gang wurde mit Interesse und verzehrendem Schweigen behandelt, und erst, als sein Teller nahezu geleert war, machte der junge Herzog die vorgeschriebene übliche Bemerkung:

„Das verstehen sie nirgends so wie hier!"

„Nirgends!" bestätigte Mr. Audley in tiefem Basse, indem er sich an den Redner wandte und mit seinem ehrwürdigen Haupte eine Anzahl Male nickte. „Nirgends, auf Ehre, so wie hier. Es wurde mir geschildert, daß man im Café Anglais –"

Hier wurde er unterbrochen und auf einen Augenblick selbst aus dem Geleise gebracht durch das Wegnehmen seines Tellers, doch erfaßte er von neuem den kostbaren Faden seines Gedankens: „– es wurde mir geschildert, daß man das im Café Anglais ebenso zubereite. Nicht die Spur davon, Sir!" versicherte er, indem er sein Haupt in grausamer Wut schüttelte wie ein aufhängender Richter. „Nicht die Spur davon!"

„Überschätzter Ort," meinte ein gewisser Oberst Pound, indem er seinem Blicke nach zum erstenmal seit mehreren Monaten sprach.

„O, ich weiß nicht," erwiderte der Herzog von Chester, der ein Optimist war, „ganz famos für gewisse Dinge. Nicht zu überbieten in –"

Ein Kellner kam rasch den Salon entlang und stand plötzlich starr. Sein Stehenbleiben war so geräuschlos wie sein Gang, doch alle jene bestimmungslosen und liebenswürdigen Herren waren so an den absolut glatten Gang des unsichtbaren Mechanismus, der sie umgab und ihr Leben erhielt, gewöhnt, daß ein Kellner, der etwas Unerwartetes tat, ihnen einen Ruck gab wie ein Mißton. Sie fühlten sich wie du oder ich, wenn auf einmal die leblose Welt den Gehorsam versagen würde – wie wenn ein Stuhl davonlaufen würde.

Der Kellner stand und starrte einige Sekunden, während auf jedem Gesichte am Tische eine eigentümliche Scham zutage trat, voll und ganz ein Erzeugnis unserer Zeit. Es ist die Vermischung des modernen Menschlichkeitsdusels mit dem schrecklichen modernen Abgrunde zwischen den Seelen der Reichen und der Armen. Ein echter historischer Aristokrat würde dem Kellner alles mögliche an den Kopf geworfen haben, anfangend mit leeren Flaschen und aufhörend höchst wahrscheinlich mit Bargeld. Ein echter Demokrat würde mit kameradschaftlicher Geradheit in der Stimme gefragt haben, was zum Teufel er denn habe. Aber diese modernen Plutokraten konnten einen armen Mann nicht in ihrer Nähe vertragen, weder als Sklaven noch auch als Freund. Daß irgend etwas mit der Bedienung nicht stimmte, war für sie eine höchst peinliche Zwickmühle. Brutal wollten sie nicht sein, und wohlwollend sein zu wollen, davor schreckten sie zurück. Sie wollten, das Ding, was immer es auch sei, wäre vorüber. Und es war vorüber. Der Kellner drehte sich, nachdem er ein paar Sekunden steif wie vom Starrkrampf befallen dagestanden hatte, herum und schoß wie verrückt hinaus. Als er wieder erschien, war er in Begleitung eines zweiten Kellners, mit dem er tuschelte und in südländischer Lebhaftigkeit gestikulierte. Dann ging der erste Kellner weg, ließ den zweiten zurück und erschien wieder mit einem dritten. Um die Zeit, als ein vierter Kellner dieser hurtigen Synode sich zugesellt hatte, empfand Mr. Audley im Interesse des Taktes für notwendig, das Schweigen zu brechen. Das tat er an Stelle einer Präsidentenglocke mit einem sehr lauten Räuspern, sowie indem er sagte:

„Famos, wie der junge Moocher in Birma wirkt! Ich glaube kein anderes Volk der Welt besitzt –"

Ein fünfter Kellner war wie ein Pfeil auf ihn zugeschwirrt und raunte ihm ins Ohr.

„Sehr leid! Wichtig! Kann Sie der Besitzer sprechen?“

Der Vorsitzende wandte sich verwirrt, und in stummem Starren sah er Mr. Lever in schwerfälliger Eilfertigkeit herankommen. Die Haltung des guten Besitzers war in der Tat seine gewöhnliche, keineswegs aber das gewöhnliche war sein Gesicht. Sonst pflegte es ein frisches Kupferbraun zu sein, jetzt war es ein kränkliches Gelb.

„Sie werden verzeihen. Mr. Audley,“ begann er in asthmatischer Atemlosigkeit. „Ich hege eine große Befürchtung. Nämlich Ihre Fischteller, sie sind mitsamt den Messern und Gabeln weggeräumt worden!“

„Well, ich hoffe,“ erwiderte der Vorsitzende mit etwas Wärme.

„Sehen Sie ihn?“ schnappte der aufgeregte Hotelwirt. „Sehen Sie den Kellner, der sie wegnahm? Kennen sie ihn?“

„Den Kellner kennen?“ antwortete Mr. Audley entrüstet. „Natürlich nicht!“

Mr. Lever rang mit einer Bewegung von Todesangst die Hände. „Ich habe ihn niemals geschickt,“ sagte er. „Ich weiß nicht, wann und weshalb er kommt. Ich schicke meinen Kellner, um die Teller abzuräumen, und er findet sie bereits weggeräumt!“

Mr. Audley blickte beinahe zu verwirrt drein, um wirklich der Mann zu sein, dessen das Reich bedarf: niemand von der Gesellschaft war imstande, etwas zu sagen, ausgenommen der Mann aus Holz – Oberst Pound –, der zu unnatürlichem Leben galvanisiert zu sein schien. Steif erhob er sich von seinem Stuhle, ließ alle anderen sitzen, quetschte sich den Glasscherben ins Auge und sprach mit heiserer, gedämpfter Stimme, als hätte er das Sprechen zur Hälfte verlernt:

„Meinen Sie, daß jemand unser Silber-Fischservice gestohlen hat?“

Der Besitzer wiederholte seine Händebewegung, diesmal nur noch mit noch größerer Hilflosigkeit, und im Nu standen alle am Tische auf den Füßen.

„Sind Ihre Kellner hier?“ fragte der Oberst in seiner leisen, rauhen Art.

„Ja, es sind alle hier. Ich habe das selbst konstatiert,“ rief der junge Herzog, sein knabenhaftes Gesicht in die Mitte drängend. „Ich zähle sie jedes Mal, wenn ich hereinkomme; sie sehen so spaßig aus. wenn sie so längs der Wand dastehen."

„Aber man kann sich doch gewiß nicht so genau erinnern," begann Mr. Audley in schwerfälligem Zögern.

„Ich entsinne mich ganz genau, sage ich Ihnen," rief der Herzog erregt. „Es waren nie mehr als fünfzehn Kellner an diesem Platze, und es waren nicht mehr als fünfzehn heute abend, das kann ich beschwören; nicht mehr und nicht weniger!"

Zitternd, als träfe ihn ein Schlaganfall der Überraschung, wandte sich der Besitzer zu ihm: „Sie sagen – Sie sagen," stammelte er, „daß Sie sahen alle meine Kellner?"

„Wie gewöhnlich," bestätigte der Herzog: „was soll es damit?"

„Nichts," erwiderte Lever mit vertieftem Nachdrucke. „nur daß Sie es nicht taten. Denn einer von ihnen liegt tot im Zimmer oben."

Für einen Augenblick herrschte beängstigende Stille im Zimmer. Es mag sein – so übernatürlich ist das Wort „tot" –, daß ein jeder von diesen Tagedieben auf eine Sekunde in seine Seele Einblick hielt und sie wie eine kleine vertrocknete Erbse erblickte. Einer von ihnen – der Herzog glaube ich – meinte sogar mit der idiotischen Liebenswürdigkeit des Reichen:

„Können wir vielleicht etwas tun?"

„Er hat einen Priester gehabt," antwortete der Jude nicht ohne Rührung.

Dann wie beim Getöse des Jüngsten Gerichtes erwachten sie zu ihrer eigenen Lage. Denn ein paar unheimliche Sekunden lang hatten sie wirklich das Empfinden gehabt, der fünfzehnte Kellner könnte der Geist des toten Mannes von dort oben gewesen sein. Sie hatten unter jenem Drucke vor sich hingestarrt, denn Geister waren für sie etwas ebenso Entsetzliches wie Bettler. Aber die Erinnerung an das Silber brach den Zauber des Wundersamen, brach ihn unvermittelt und erzeugte eine heftige Gegenwirkung. Der Oberst warf seinen Stuhl rücksüber und schritt eilig der Türe zu.

„Wenn ein fünfzehnter Mann hier war, meine Freunde," sagte er. „war der fünfzehnte Bursche ein Dieb. Sofort hinab an die Vorder- und Hintertüre und alles besetzt! Dann wollen wir weiterreden. Die vierundzwanzig Perlen des Klubs sind es wert, daß wir sie herbeischaffen."

Mr. Gudley schien anfangs zu zögern, ob es sich schicke, wegen irgend etwas so in Eile zu geraten; als er aber den Herzog in jugendlichem Ungestüm die Treppen hinabschießen sah, folgte er mit etwas gereifteren Bewegungen. Im gleichen Augenblicke rannte ein sechster Kellner ins Zimmer und erklärte, er habe den Stoß Fischteller auf einem Anrichtetisch gefunden, aber ohne eine Spur des Silbers.

Der Haufe der Gäste und Kellner, der Hals über Kopf die Gänge hinabstürzte, teilte sich in zwei Gruppen. Die meisten der „Fischer“ folgten dem Besitzer nach dem nach vorne gelegenen Raume, um zu fragen, ob irgend jemand hinausgegangen sei. Oberst Pound mit dem Vorsitzenden, dem Vize und noch einigen anderen stürmte den zu den Dienerschaftsräumen führenden Weg als den wahrscheinlicheren der Flucht entlang. Dabei kamen sie an der dunklen Nische oder Höhle des Kleiderraumes vorüber und sahen dort eine untersetzte, schwarzberockte Gestalt, vermutlich einen Diener, der sich ein wenig rückwärts im Schatten hielt.

„Hallo! Sie dort!“ rief der Herzog. „Haben Sie jemanden vorüberkommen gesehen?“

Die untersetzte Gestalt beantwortete die Frage nicht direkt, sondern sagte nur:

„Vielleicht habe ich, was Sie suchen, meine Herren.“

Sie hielten an, unschlüssig und neugierig, während jener ruhig nach dem Hintergrund der Dunkelkammer ging und dann zurückkehrte, beide Hände voll glänzenden Silbers, das er mit der Ruhe eines Verkäufers auf der Bank vor sich ausbreitete. Es nahm schließlich die Form eines Dutzend eigentümlich geformter Gabeln und Messer an.

„Du – du –“ begann der Oberst endlich ganz außer Fassung. Dann guckte er in das dämmerige, kleine Loch und erkannte zwei Dinge, erstens, daß der untersetzte, schwarzberockte Mann wie ein Geistlicher gekleidet war, und zweitens, daß das Fenster dahinter geborsten war, wie wenn jemand mit Gewalt durchgebrochen wäre.

„Wertvolle Sachen zum Aufbewahren in einer Garderobe, nicht?“ bemerkte der Geistliche mit heiterer Ruhe.

„Haben – haben Sie diese Dinger gestohlen?“ stotterte Mr. Audley starren Blickes.

„Wenn schon," erwiderte jener vergnügt, „so bringe ich sie jetzt wenigstens wieder zurück."

„Aber Sie haben es doch nicht getan? Nicht?" warf der Oberst dazwischen, immer noch das zerbrochene Fenster anstarrend.

„Offen gestanden, nein," gab jener frohgelaunt zurück und setzte sich ganz ernsthaft auf einen Stuhl nieder.

„Aber Sie wissen, wer!" forschte der Oberst weiter.

„Seinen wirklichen Namen kenne ich nicht," antwortete der Priester sanft, „aber ich weiß einiges von seinem Kampfwerte und ein gutes Stück mehr von seinen geistlichen Nöten. Ich lernte ihn von seiner physischen Seite stark schätzen, als er versuchte, mich zu erwürgen, und von der moralischen, als er bereute."

„O wirklich – bereute?" rief der junge Chester unter krähendem Lachen.

Father Brown stand auf und, die Hände auf dem Rücken, bemerkte er: „Spassig, nicht, daß ein Dieb und Landstreicher bereuen sollte, wenn so viele andere, die reich sind und ohne Sorgen, hart und leichtfertig bleiben und ohne Früchte für Gott und die Menschheit? Aber verzeihen Sie gefälligst, damit überschreiten Sie ein wenig die Grenze meines Gebietes. Wenn Sie die Reue als eine vorkommende Tatsache bezweifeln, hier, bitte, sind Ihre Messer und Gabeln. Sie sind die „Zwölf wahren Fischer" und hier sind all Ihre Silberfische. Er aber hat mich zum Menschenfischer gemacht."

„Haben Sie den Burschen gefangen?" fragte der Oberst mit gerunzelter Stirne.

Father Brown blickte ihm voll ins Gesicht.

„Ja," sagte er, „ich fing ihn mit einer unsichtbaren Angel und einer unsichtbaren Leine, die lang genug ist, ihn bis ans Ende der Erde laufen zu lassen und ihn mit einem einzigen Zucken des Garnes zurückzubringen."

Ein langes Schweigen folgte. Die anwesenden Männer verzogen sich einer um den anderen, um den Gefährten das wiedergewonnene Silber zurückzubringen. Nur der Oberst mit dem grimmigen Gesichte saß immer noch auf dem Tische, seine langen, dürren Beine schlenkernd und seinen dunklen Schnurrbart kauend. Endlich wandte er sich in aller Ruhe zu dem Priester:

„Muß ein geriebener Bursche gewesen sein, aber ich glaube, ich kenne einen noch geriebeneren."

„Das war er auch," gab dieser zurück, „aber ich verstehe nicht ganz, welchen anderen Sie noch meinen."

„*Sie* meine ich," erwiderte der Oberst mit kurzem Lachen. „Ich verlange nicht, daß der Kerl ins Loch kommt, machen Sie sich darob keine Sorge, aber eine Handvoll Silbergabeln gäbe ich, wenn ich genau wüßte, wie Sie in diese Geschichte verwickelt wurden und das Zeug wieder von ihm herausbekamen. Ich denke, Sie sind der allermodernste Gauner der geehrten Anwesenden."

Father Brown schien die grimmige Biederkeit des alten Soldaten eher zu gefallen. „Nun," meinte er lächelnd, „über die Identität des Mannes darf ich Ihnen nichts sagen, noch auch etwas von seiner Erzählung: aber ich sehe keinen besonderen Grund, weshalb ich Ihnen nicht die rein äußerlichen Tatsachen, die ich selbst herausfand, mitteilen sollte." Mit unerwarteter Behendigkeit schwang er sich über die Schranke und setzte sich neben Oberst Pound, indem er wie ein kleiner Junge auf einem Zaun die kurzen Beine schlenkerte. Wie wenn er zu einem alten Freunde vor dem Kaminfeuer spräche, so unbefangen begann et seine Geschichte zu erzählen. „Sehen Sie, Oberst," hub er an, „ich war in jene kleine Kammer dort eingeschlossen und hatte etwas zu schreiben, als ich ein paar Füße in diesem Gange einen Tanz aufführen hörte, der so merkwürdig war wie ein Totentanz. Erst kamen kurze, spassig kleine Schritte wie von einem Manne, der um die Wette auf den Zehenspitzen läuft: dann kamen langsame, sorglose, knarrende Schritte wie von einem großen Manne, der herumschlendert und dabei Zigarren raucht. Aber ich schwöre Ihnen, beide wurden von denselben Füßen hervorgebracht und folgten sich abwechselnd; erst das Laufen, dann das Gehen und dann wieder das Laufen. Erst ohne mir etwas dabei zu denken, dann aber tausenderlei vermutend, wunderte ich mich, weshalb ein Mensch diese beiden Rollen auf einmal spielen wollte. Die eine Gangart kannte ich, sie war gerade wie die Ihrige, Oberst. Es war der Schritt eines wohlgenährten Herrn, der auf etwas wartet, der umherschlendert, eher weil er physisch behend, als geistig ungeduldig ist. Ich kannte auch die andere Gangart, aber es fiel mir nicht ein, welche es war. Welches Geschöpf hatte ich doch auf meinen Reisen angetroffen, das auf den Zehenspitzen in dieser ungewöhnlichen Weise einherhüpfte? Dann hörte ich von irgendwoher das Klirren von Tellern und die Antwort stand klar vor mir, so gewaltig wie die Peterskirche. Es war der Schritt eines Kellners, jenes Laufen mit vorgebeugtem Oberkörper, die Augen gesenkt, mit den Ballen den Boden hinter sich stoßend, mit fliegenden Frackschößen und wehender Serviette. Dann überlegte ich anderthalb Minuten. Und ich glaube, ich durchschaute das Verbrechen in allen seinen Einzelheiten, so klar, als beginge ich es selbst.“ Oberst Pound blickte ihn durchdringend an, doch des Sprechers milde, graue Augen waren in beinahe inhaltslosem Sinnen zur Decke gerichtet.

„Ein Verbrechen ist wie jedes andere Kunstwerk. Sehen Sie mich nicht erstaunt an, Verbrechen sind keineswegs die einzigen Kunstwerke, die aus der Höllenwerkstätte hervorgehen. Aber jedes Kunstwerk, ob höllisch oder göttlich, weist ein unerläßliches Kennzeichen auf, nämlich das, daß sein Kern, so vielgestaltig auch die Ausführung sein mag, durchaus einfach ist. So haben wir z. B. in Hamlet die Groteske des Totengräbers, die Blumen der Wahnsinnigen, den phantastischen Putz Osrics, die Fahlheit des Geistes und den grinsenden Schädel, aber all diese Absonderlichkeiten sind wie ein Drahtgewirr geflochten um die einfache, tragische Gestalt, eines Mannes in Schwarz. Nun gut,“ fuhr er fort, indem er langsam und mit einem Lächeln von seinem Sitze herabglitt, „auch dies ist die einfache Tragödie eines Mannes in Schwarz. Ja,“ bemerkte er unbeirrt, als er den Oberst verwundert aufblicken sah, „diese ganze Geschichte dreht sich um einen schwarzen Frack. Hier, wie in Hamlet, sind die Rokokoverschnörkelungen – Sie selbst zum Beispiel. Da haben wir den toten Kellner, der zur Hand war, als er nicht zur Hand sein sollte, da haben wir die unsichtbare Hand, die von Ihrem Tisch das Silber fegte und dann in nichts zerrann. Aber jedes geschickt ausgeführte Verbrechen beruht im letzten Grunde auf irgendeiner ganz einfachen Tatsache, einer Tatsache, die an sich selbst nichts Geheimnisvolles hat. Die Täuschung, das Geheimnis entsteht erst durch die Entdeckung, dadurch daß die Gedanken der Menschen immer weiter und weiter geleitet werden. Dieses große und fein angelegte und (bei ungestörtem Verlaufe) sehr einträgliche Verbrechen war aufgebaut auf die simple Tatsache, daß die Abendkleidung eines Gentleman und die eines Kellners ein und dieselbe ist. Alles übrige war Spiegelfechterei und noch dazu ganz ausnehmend gute Spiegelfechterei.“

„Noch bin ich nicht sicher,“ meinte der Oberst im Aufstehen, und indem er seine Schuhe besah, „ob ich verstehe.“

„Oberst,“ erwiderte Father Brown, „ich sage Ihnen, daß dieser Erzengel von Unverschämtheit, der Ihre Gabeln gestohlen hat, zwanzigmal im vollen Lichte all dieser Lampen auf und nieder gelaufen ist, vor aller Augen! Er ging nicht hin und verbarg sich in finstern Winkeln, wo der Verdacht seine Entdeckung verursacht haben würde. Er war beständig in den erleuchteten Gängen auf den Füßen, und überall, wohin er kam, schien er mit vollem Rechte zu sein. Fragen

Sie mich nicht, wie er aussah; Sie haben ihn heute abend selbst sechs- oder siebenmal gesehen. Sie warteten mit all den anderen hohen Herren dort am Ende des Ganges, hinter dem die Terrasse liegt. So oft er unter Sie trat, geschah es in der blitzartigen Weise eines Kellners, mit gesenktem Kopfe, fliegender Serviette und eiligen Laufes. Er schoß auf die Terrasse hinaus, machte sich irgendwie am Tischtuche zu schaffen und schoß wieder zurück zum Bureau und hinab zu den Räumen der Kellner. Sowie er in den Gesichtskreis des Bureaubediensteten und der Kellner gekommen war, hatte er sich in jedem Zoll seines Körpers, in jeder instinktiven Bewegung in einen anderen Mann verwandelt. Mit der geistesabwesenden Überlegenheit, welche diese von all ihren Herren gewohnt sind, schlenderte er unter den Kellnern umher. Ihnen war es nichts Neues, daß irgendein Taugenichts von der Tischgesellschaft in allen Teilen des Hauses herumrannte wie ein Tier im zoologischen Garten; sie wissen, daß nichts besser die oberen Zehntausend kennzeichnet als ein Herumstrolchen, wo es ihnen paßt. War er dann des Lustwandelns in diesem besonderen Gange müde, so kehrte er um und verschwand wieder hinter dem Bureau; genau dahinter, im Schatten des Bogens verwandelte er sich wie durch Zauberschlag und lief wieder emsig zwischen den „Zwölf Fischern“ hin, der Typus des ergebensten Dieners, weshalb sollten die Herren einen zufälligen Kellner beachten? Weshalb sollte bei den Kellnern ein tadellos umherschlendernder Gentleman Verdacht erregen? Ein paarmal vollführte er sogar die gewagtesten Tricks. In den Privaträumen des Besitzers verlangte er lärmend eine Flasche Soda, er sei durstig. Herablassend bemerkte er, er wolle sie selbst tragen, und das tat er auch. Rasch und korrekt trug er die Flasche mitten zwischen Ihnen hindurch, ohne Zweifel ein Kelln er mit einem Auftrage. Natürlich, lange ließ sich das nicht durchhalten, aber es war ja nur notwendig bis nach dem Fischgange. Sein schlimmster Augenblick war, als die Kellner in einer Reihe standen, doch selbst da brachte er es fertig, gerade um die Ecke herum, an der Wand zu lehnen in einer Weise, daß in jenem gefährlichen Augenblicke die Kellner ihn für einen Gast und die Gäste ihn für einen Kellner hielten. Alles übrige ging wie der Blitz. Wenn je ein Kellner ihn fern von der Tafel angehalten hätte, würde er einen nachlässigen Aristokraten angehalten haben. Er brauchte sich alles nur gut einzuteilen, zwei Minuten ehe der Fisch abzutragen war; da mußte er ein flinker Kellner werden und selbst abräumen. Er stellte die Teller auf einen Anrichtetisch beiseite, stopfte das Silber in seine Brusttasche, gab dieser ein gerundetes Aussehen und rannte dann wie ein Wiesel – ich hörte ihn kommen –, bis er den Ankleideraum erreichte. Dort hatte er wieder ein Plutokrat zu sein, ein Plutokrat, der unerwartet in irgendeiner Sache abgerufen wurde. Er brauchte nur seine Marke dem Kleiderbewahrer zu reichen und dann elegant wie er gekommen war wegzugehen. Nur – nur daß eben zufällig ich der Kleiderbewahrer war."

„Und Sie, was machten Sie mit ihm?" unterbrach ihn der Oberst. „Was sagten Sie zu ihm?"

„Verzeihen Sie," antwortete der Priester, „aber hier hört die Geschichte auf."

„– und beginnt erst der interessante Teil," brummte Pound. „Ich glaube, seinen Gaunerstreich verstehe ich, aber mir scheint, den Ihrigen habe ich noch nicht begriffen"

„Ich muß gehen," schloß Father Brown. Sie schritten mitsammen den Gang entlang der Vorhalle zu, wo sie das frische Sommersprossengesicht des Herzogs von Chester erblickten, der ihnen frohgestimmt entgegenlief.

„Kommen Sie mit, Pound," rief er atemlos. „überall habe ich nach Ihnen gesucht. Das Diner nimmt ganz prächtig seinen Fortgang und der alte Audley ist beauftragt, zu Ehren der Rettung der Gabeln eine Rede zu halten, Wir müssen irgendeine neue Zeremonie einführen, nicht? Zum Andenken an das Ereignis. Was schlagen Sie vor?"

„Nun," erwiderte der Oberst, indem er ihn mit einer gewissen grimmigen Zustimmung ins Auge faßte, „ich würde vorschlagen, wir tragen in Zukunft grüne Fräcke anstatt der schwarzen. Man weiß nie, was für Mißverständnisse entstehen können, wenn man wie ein Kellner aussieht."

„A bah!" wehrte der junge Mann, „ein Gentleman sieht nie wie ein Kellner aus."

„Noch auch ein Kellner wie ein Gentleman, denke ich," gab Oberst Pound mit demselben bitteren Lachen auf dem Gesichte zurück, „Hochwürdiger Herr, Ihr Freund muß sehr gerieben gewesen sein, um den Gentleman spielen zu können."

Father Brown knöpfte sich seinen Alpakaüberzieher bis zum Halse hinauf zu, denn die Nacht war windig: dann nahm er sein Alltagsregendach vom Ständer. „Ja," meinte er, „es muß eine sehr harte Arbeit sein, ein Gentleman zu sein; aber manchmal schon habe ich mir gedacht, es muß beinahe ebenso anstrengend sein, Kellner zu sein." Und mit einem „guten Abend" stieß er die schweren Türen dieses Vergnügungspalastes auf. Die goldenen Pforten schlossen sich hinter ihm und schnellen Schrittes wanderte er durch die dunstigen, finsteren Straßen dahin auf der Suche nach einem Penny-Omnibus.

Israel Gows Ehre

Ein stürmischer Abend von Oliv und Silber neigte sich, als Father Brown in einen grauen schottischen Plaid gehüllt dem Ende eines grauen schottischen Tales zuschritt und das wunderliche Schloß Glengyle gewahrte. Gleich einer Sackgasse schloss es die Talenge ab und sah aus, als sei hier die Welt zu Ende. Mit seinen steilen Dächern und Spitztürmen von seegrünem Schiefer in der Art der alten französich-schottischen Schlösser erweckte es einem Engländer die Erinnerung an die unheimlichen Spitzhüte der Zauberinnen in den Märchenbüchern; und die Tannenwälder, welche die grünen Türme umwogten, sahen in ihrem Schwarz gewissermaßen aus wie Rabenscharen. Diese Note von etwas Träumerischem, fast Schläfrigem und Teuflischem war nicht reine Laune der Landschaft. Denn es lagerte über dem Platze eine jener Wolken von Stolz, Wahnsinn und geheimnisvollem Leid, die schwerer über den Edelsitzen Schottlands lasten, als über denen anderer Menschenkinder. Denn Schottland besitzt ein doppeltes Maß von jenem Gifte, das man Erbteil nennt: das Bewußtsein des Blutes im Edelmann und das des Verhängnisses im Kalvinisten.

Der Priester hatte sich auf einen Tag von seiner Arbeit in Glasgow frei gemacht, um mit seinem Freunde Flambeau, dem Liebhabergeheimpolizisten, zusammenzutreffen, der sich mit einem anderen mehr amtlichen Kollegen in Schloß Glengyle befand, um die Untersuchung über das Leben und den Tod des verstorbenen Grafen von Glengyle durchzuführen. Diese geheimnisvolle Person war der letzte Vertreter eines Geschlechtes, dessen Tapferkeit, Verschrobenheit und gewalttätige Verschlagenheit es sogar bei unheimlichen, vornehmen Kreisen seiner Nation gefürchtet machte. Niemand hatte so tiefen Anteil an jenem Labyrinth von Ehrgeiz, jenem Lügengewebe, das um Maria Stuart, Schottlands Königin, gewoben worden war. Das in der Landbevölkerung erhaltene Sprichwort verriet klar genug Beweggrund und Zweck jener Machenschaften:

„Was der grüne Saft den Bäumen,
Ist den Ogilvies das rote Gold.“

Viele hundert Jahre lang hatte es keinen ehrenwerten Herrn auf Schloß Glengyle gegeben und mit dem Zeitalter Viktorias hätte man meinen mögen, hätten sich all ihre Übergeschnapptheiten erschöpft. Der letzte Glengyle jedoch genügte seiner Stammesüberlieferung, indem er das einzige tat, was noch zu tun übrig blieb: er verschwand. Ich meine damit nicht, daß er ins Ausland ging. Allem Gerede nach war er, wenn irgendwo, noch im Schlosse. Doch obwohl sein Name im Kirchenbuche und dem dicken, roten Hofalmanach stand, bekam den Träger doch niemand zu sehen.

Wenn überhaupt jemand ihn zu Gesicht bekam, war es ein einsamer Knecht, ein Mittelding zwischen Diener und Gärtner. Er war so taub, daß das gewöhnliche Volk ihn für stumm hielt, während die Scharfsinnigeren ihn als Idioten bezeichneten. Ein hagerer, rothaariger Arbeiter mit verbissenem Unterkiefer, aber ganz ausdruckslosen blauen Augen, hörte er auf den Namen Israel Gow und war der einzige und schweigsame Diener auf diesem verlassenen Besitztum. Doch die Ausdauer, mit welcher er Kartoffeln grub, und die Regelmäßigkeit, mit der er in der Küche verschwand, hinterließen im Volke den Eindruck, er bereite die Mahlzeiten für seinen Herrn zu und als sei der merkwürdige Graf noch im Schlosse verborgen. Wenn man noch irgendeines weiteren Beweises bedurfte, so war es der, daß sein Diener ständig versicherte, der Herr sei nicht zu Hause. Eines Morgens wurden der Bürgermeister und der Prediger (denn die Gengyles waren Presbyterianer) auf das Schloß entboten. Dort fanden sie, daß der Gärtner, Diener und Koch seinen vielen Berufen noch den eines Leichenbestatters hinzugefügt und seinen edlen Herrn in einen Sarg vernagelt hatte, wieviel oder wie wenig diese sonderbare Tatsache untersucht worden war, lag noch nicht sehr klar zutage, denn in der Sache hatte niemals eine amtliche Untersuchung stattgefunden, bis Flambeau vor einigen Tagen nach dem Norden abgereist war. Bis dahin hatte der Leichnam Lord Glengyles (wenn dieser es war) seit einiger Zeit in dem kleinen Friedhofe auf dem Hügel gelegen.

Als Father Brown durch den düsteren Garten schritt und in den Schatten des Schlosses trat, hing dichtes Gewölk hernieder und die Luft war gewitterschwül und feucht. Im letzten Schimmer des grünlich-goldenen Sonnenunterganges sah er einen schwarzen menschlichen Umriß, einen Mann in einem altmodischen Zylinder, auf der Schulter einen großen Spaten tragend. Die Zusammenstellung gemahnte merkwürdig an einen Totengräber, doch als Brown des tauben, Kartoffel grabenden Dieners gedachte, schien sie ihm ganz natürlich. Er wußte einiges von den schottischen Bauern, er kannte ihre Ehrerbietung, die es ganz gut notwendig erscheinen lassen konnte, bei einer amtlichen Untersuchung in „Schwarz“ zu erscheinen. Er kannte auch ihre Sparsamkeit, die darob nicht eine

Stunde Kartoffelgrabens verlieren würde. Selbst des Mannes Aufschrecken und argwöhnischer Blick, als der Priester vorüberging, standen hinreichend im Einklang mit der Wachsamkeit und Eifersucht eines solchen Typs.

Die große Pforte ward von Flambeau selbst aufgetan, er hatte einen hageren, eisengrauhaarigen Mann bei sich, der in der Hand Papiere hielt: Inspektor Graven vom Polizeiamt Scotland Yard. Die Vorhalle war zum größten Teile nackt und leer, nur die bleichen, höhnischen Gelichter von ein paar jener gottlosen Ogilvies blickten unter ihren schwarzen Perücken aus gedunkelter Leinwand herab.

Als Father Brown in ein inneres Zimmer folgte, bemerkte er, daß die beiden Berufsgenossen an einem langen, eichenen Tische gesessen hatten, dessen Ende mit beschriebenen Papieren, Whisky und Zigarren belegt war. Seine ganze übrige Länge nahmen einzelne Gegenstände ein, die in Abständen voneinander aufgestellt waren, Gegenstände, so unerklärlich, wie sie nur sein konnten. Man sah da etwas wie ein Häufchen glitzernden zerbrochenen Glases. Dann gab es etwas wie einen höheren Haufen braunen Staubes. Ein drittes sah aus wie ein einfacher Stock aus Holz.

„Sie scheinen eine Art geologischen Museums hier zu haben," sagte er, als er sich niedersetzte und mit einem kurzen Kopfnicken nach dem braunen Staube und den Glassplittern wies.

„Kein geologisches Museum," erwiderte Flambeau, „sagen wir, ein psychologisches Museum."

„O, um's Himmels willen." rief der Polizeibeamte lachend, „fangen wir doch nicht mit so langen Worten an."

„Wissen Sie nicht, was Psychologie bedeutet?" fragte Flambeau freundlich erstaunt. „Psychologie bedeutet übergeschnappt sein."

„Ich verstehe noch nicht recht," gab der Beamte zurück.

„Nun," sagte Flambeau mit Bestimmtheit, „ich meine, daß wir bezüglich Lord Glengyles nur eine Tatsache herausgefunden haben. Er war irrsinnig."

Gows schwarzer Schattenriß mit seinem Zylinderhut und Spaten zog vor dem Fenster vorüber und hob sich gegen den dunkelnden Abendhimmel ab. Father Brown starrte ihn gleichgültig an und begann:

„Ich kann es begreifen, irgend etwas muß bei dem Manne nicht ganz richtig gewesen sein, sonst hätte er sich nicht lebendig begraben, noch auch solche Eile gehabt, sich tot begraben zu lassen. Über was veranlaßte Sie, anzunehmen, daß es Irrsinn gewesen sei?"

„Nun," sagte Flambeau, „hören Sie nur einmal das Verzeichnis von Dingen, die Mr. Craven im Hause vorgefunden hat."

„Wir müssen eine Kerze haben," bemerkte Craven plötzlich, „es zieht ein Gewitter herauf und es wird zu finster zum Lesen."

„Haben Sie unter Ihren Merkwürdigkeiten Kerzen gefunden?" fragte Brown lächelnd.

Flambeau blickte ernst auf und heftete seine dunklen Augen auf seinen Freund.

„Das ist auch sonderbar," sagte er.

„Fünfundzwanzig Kerzen und keine Spur von einem Kerzenleuchter."

Immer rascher verdunkelte sich das Zimmer und immer rascher heulte der Sturm, als Brown den Tisch entlang schritt bis dorthin, wo ein Bündel Wachskerzen inmitten anderen wertlosen Krams lag. Dabei bückte er sich zufällig über den Haufen rotbraunen Staubes und ein scharfes Niesen unterbrach die Stille.

„Hallo!" rief er. „Schnupftabak."

Er nahm eine der Kerzen, zündete sie vorsichtig an, kam zurück und steckte sie in den Hals der Whiskyflasche. Die ruhelose Nachtluft pfiff durch das rissige Fenster und ließ die lange Flamme gleich einem Banner wehen. Und rings um das Schloß konnte man das meilenweite Rauschen schwarzer Tannenwälder vernehmen, die wie ein schwarzes Meer gegen einen Felsen brandeten.

„Ich werde das Inventar verlesen," begann Craven ernst und nahm eines der Papiere zur Hand, „die Liste dessen, was wir lose und unaufgeklärt im Schlosse vorfanden. Ich muß vorausschicken, daß der Ort für gewöhnlich aufgeräumt und vernachlässigt war, ein paar Zimmer jedoch waren sichtlich in einfachem, keineswegs dürftigem Stile von irgend jemand bewohnt gewesen, von jemand, der nicht mit dem Diener Gow identisch war. Das Verzeichnis lautet wie folgt:

„Erstens: Eine beträchtliche Menge von Edelsteinen, fast alles Diamanten, sämtlich lose, ohne irgendwelche Fassung. Es ist natürlich begreiflich, daß die

Ogilvies Familienjuwelen besaßen, aber das sind gerade jene, die fast immer zu bestimmten Ornamenten vereint sind. Man möchte meinen, die Ogilvies hätten die ihrigen wie Kupfergeld lose in der Tasche herumgetragen.

Zweitens: Haufen und Haufen von losem Schnupftabak, weder in Horn noch in Beutel verwahrt, sondern in Haufen auf den Kaminen, dem Anrichtetisch, dem Klavier, kurz überall herumliegend. Es sieht aus, als habe der alte Herr sich nicht die Mühe machen wollen, in eine Tasche, zu langen oder einen Deckel aufzumachen.

Drittens: Da und dort im Hause sonderbare Haufen kleiner, winziger Metallstücke, einige wie Stahlsprungfedern, andere in Form mikroskopischer Räder, als habe man irgendein mechanisches Spielwerk ausgeweidet.

Viertens: Die Wachskerzen, welche in Flaschenhälsen gesteckt haben müssen, weil es sonst nichts gibt, um sie hineinzustecken. Nun möchte ich Sie darauf aufmerksam machen, wieviel sonderbarer all dieses ist als alle unsere früheren Entdeckungen. Für den Kern des Rätsels sind wir vorbereitet; wir haben alle auf einen Blick erkannt, daß etwas mit dem letzten Grafen nicht in Ordnung war. Wir kamen hierher, um herauszufinden, ob er wirklich hier gelebt hat, wirklich hier gestorben ist, ob die rothaarige Vogelscheuche, die ihn begrub, mit seinem Tode etwas zu tun hatte. Aber einmal von all dem das Schlimmste angenommen, die dunkelste oder melodramatischste Lösung die Sie wollen. Nehmen wir an, der Diener ermordete wirklich den Herrn, oder nehmen wir an, der Herr ist wirklich nicht tot, oder nehmen wir an, der Herr ist als Diener verkleidet oder der Diener wurde anstatt des Herrn begraben; denken Sie sich was immer für eine Schaudergeschichte aus, so haben Sie für eine Kerze ohne Leuchter noch immer keine Erklärung, noch weshalb ein ältlicher Herr aus guter Familie die Gewohnheit haben sollte, auf dem Klavier seinen Schnupftabak zu lagern. Den Kern der Geschichte konnten wir uns vorstellen; der Rahmen, die Fransen, das ist das Geheimnisvolle daran. Selbst bei lebhaftester Einbildungskraft kann der menschliche Verstand Schnupftabak und Diamanten und Uhrwerk und Wachs nicht in Zusammenhang bringen."

„Mir scheint, ich verstehe den Zusammenhang," warf der Priester ein. „Dieser Glengyle war ein verbitterter Gegner der französischen Revolution. Er war begeisterter Anhänger des ›ancien régime‹ und bemüht, das Familienleben der letzten Bourbonen buchstäblich wieder ins Leben zu rufen. Er gebrauchte Schnupftabak, weil es der Luxusartikel des achtzehnten Jahrhunderts war;

Wachskerzen, weil sie die Beleuchtung des achtzehnten Jahrhunderts waren, die eisernen Mechanikteilchen geben die Schmiedeliebhaberei Ludwigs XVI. wieder, und die Diamanten sind für das Diamantenhalsband Marie Antoinettes."

Aber die beiden anderen starrten ihn mit großen Augen an.

„Was für eine ganz sonderbare Idee!" rief Flambeau. „Glauben Sie wirklich, das ist die Wahrheit?"

„Ich bin vollkommen sicher, sie ist es nicht," erwiderte Father Brown, „nur sagten Sie, niemand könne Schnupftabak mit Diamanten und Uhrwerk mit Wachskerzen in Zusammenhang bringen. Ich gebe Ihnen diesen Zusammenhang aus dem Stegreif, aber ich bin ganz sicher, die eigentliche Wahrheit liegt tiefer."

Er hielt einen Augenblick inne und lauschte dem Klagen des Windes in den Türmen, dann sagte er: "Der verstorbene Graf Glengyle war ein Dieb. Er lebte ein zweites und noch dunkleres Leben als verwegener Einbrecher. Er besaß keine Leuchter, denn er gebrauchte diese Kerzen nur kurz geschnitten in der kleinen Laterne, die er bei sich trug. Den Schnupftabak verwendete er wie die ärgsten französischen Verbrecher den Pfeffer, um ihn plötzlich in dichter Masse einem Verfolger oder Häscher ins Gesicht zu schleudern. Aber der ausschlaggebende Beweis liegt in dem sonderbaren Zusammentreffen der Diamanten und kleinen Stahlräder. Das macht Ihnen doch sicher alles klar? Diamanten und kleine Stahlräder sind die einzigen Werkzeuge, mit denen man eine Glasscheibe ausschneiden kann."

Der Ast einer verwitterten Tanne schlug im Winde heftig gegen das Fenster hinter ihnen wie in einer Einbruchsparodie, aber sie wandten sich nicht danach um. Ihre Blicke waren auf Father Brown geheftet.

„Diamanten und Rädchen," murmelte Craven mehrmals. „Ist das alles, was Sie dies als die wahre Erklärung ansehen läßt?"

„Ich halte es nicht für die wahre Erklärung," erwiderte der Priester gemächlich, „aber Sie sagten, niemand kann die vier Dinge miteinander in Verbindung bringen. Der wahre Sachverhalt ist natürlich ein viel eintönigerer. Glengyle hatte auf seinem Besitztume Edelsteine gefunden oder glaubte sie gefunden zu haben. Irgend jemand hatte ihn mit diesen losen Brillanten beschwindelt und ihm gesagt, sie seien in den Höhlen des Schloßbesitzes gefunden worden. Die Rädchen haben etwas mir der Diamantenschleiferei zu tun. Er verstand die

Sache nur sehr oberflächlich und betrieb sie in kleinem Maßstabe mit Hilfe von Hirten und unerfahrenen Leuten. Schnupftabak ist der einzige große Luxusartikel solcher schottischer Hirten, es ist das einzige Mittel, womit man sie gefügig machen kann. Sie hatten keinen Leuchter, weil sie keinen brauchten, sie trugen die Kerzen in der Hand, wenn sie die Höhlen durchforschten."

„Ist das alles?" fragte Flambeau nach einigem Sinnen. „Sind wir endlich der albernen Wahrheit auf den Grund gekommen?"

„O nein," sagte Father Brown.

Während der Wind in den fernen Tannenforsten mit langgezogenem, geradezu höhnischem Heulen erstarb, fuhr Father Brown mit vollkommen teilnahmsloser Miene fort:

„Ich wies nur darauf hin, weil Sie sagten, man könne nicht in annehmbarer Weise Schnupftabak mit Uhrwerk, Kerzen und funkelndem Gestein in Verbindung bringen. Zehnerlei falsche Philosophien lassen sich auf das Weltall anwenden und zehnerlei falsche Theorien werden für Schloß Glengyle passen. Wir wollen jedoch die richtige Erklärung von Schloß und Weltall. Aber gibt es keine anderen?"

Craven lachte, während Flambeau sich lächelnd erhob und bedächtig den Tisch entlang schritt. "Fünftens, sechstens, siebtens usw." sagte er, „alles gewiß mehr abwechslungsreich, als belehrend. Da ist eine sonderbare Sammlung nicht von Bleistiften, sondern von Blei aus Bleistiften. Ein nichtssagender Stock aus Bambus, oben ziemlich zersplittert. Es könnte möglicherweise das Werkzeug sein, womit das Verbrechen begangen wurde. Nur daß kein Verbrechen vorhanden ist. Die einzigen anderen Gegenstände sind ein paar alte Missale und kleine Heiligenbilder, welche die Ogilvies, glaube ich, noch aus dem Mittelalter her aufbewahrten; ihr Familienstolz war eben doch stärker als ihr Puritanismus. Wir fügten sie nur dem Museum bei, weil sie in merkwürdiger Weise zerschnitten und entstellt scheinen."

Der draußen rasende Sturm trieb gerade schreckhafte Wolkenungetüme über Glengyle hin und hüllte den Raum in Finsternis, als Father Brown die kleinen, handgemalten Blätter zur Hand nahm, sie zu prüfen. Er äußerte sich noch, ehe die Finsternis gewichen war: doch es schien die Stimme eines ganz anderen Menschen.

„Mr. Craven.“ sagte er im Tone eines um zehn Jahre Jüngeren, „Sie haben eine gesetzliche Vollmacht, nicht wahr, hinauf zu gehen und das Grab zu untersuchen? Je eher wir das tun und dieser entsetzlichen Geschichte auf den Grund kommen, um so besser. Ich an Ihrer Stelle würde mich sofort aufmachen.“

„Sofort,“ wiederholte der erstaunte Detektiv, „und weshalb sofort?“

„Weil das hier hochernst ist,“ antwortete Brown; „das ist nicht ausgeschütteter Schnupftabak oder lose Kiesel, das hier kann eine hundertfache Bewandtnis haben. Meines Wissens gilt es nur einen Grund, weshalb dies hier geschehen sein kann, und dieser Grund reicht hinauf bis zu den Anfängen der Welt. Diese Heiligenbilder sind nicht nur eben abgegriffen oder zerfetzt oder bekritzelt, wie es aus Unbedacht oder Fanatismus Kinder oder Protestanten getan haben könnten. Mit diesen hier hat man sehr sorgfältig und sehr eigentümlich verfahren. An jeder Stelle, wo der reichvergoldete Name Gottes in der alten Handmalerei vorkommt, ist er vorsätzlich ausgeschnitten. Das einzige was sonst noch entfernt wurde, ist der Heiligenschein um den Kopf des Jesukindes. Deshalb sage ich, machen wir von unserer Vollmacht, unserem Spaten und unserer Hacke Gebrauch und gehen wir hinauf, den Sarg zu öffnen.“

„Aber weshalb denn meinen Sie das?“ fragte der Londoner Beamte.

„Ich meine,“ antwortete der kleine Priester und seine Stimme schien im Heulen des Windes anzuschwellen, „ich meine, daß der böse Geist von Anbeginn in diesem Augenblick in hundertfacher Elefantengröße auf der Turmspitze dieses Schlosses sitzt, brüllend wie in der Apokalypse. Der ganzen Geschichte steckt irgendeine Zauberei zugrunde.

„Zauberei,“ wiederholte Flambeau leise, denn er war ein zu aufgeklärter Mann, um sich nicht in diesen Dingen auszukennen; „aber was können diese anderen Sachen bedeuten?“

„O, etwas Fluchwürdiges, vermute ich,“ erwiderte Brown ungeduldig, „Was weiß ich? Wie kann ich all ihre Irrgänge dort unten erraten? Vielleicht kann man aus Schnupftabak und einem Bambusrohr ein Folterwerkzeug herstellen, vielleicht haben Umnachtete ihre Freude an Wachs und Stahlspänen. Vielleicht stellt man aus Bleistiften Zaubertränke her! Unser kürzester Weg, das Geheimnis aufzuklären, führt hinauf zum Grabe.“

Seine Gefährten merkten es kaum, daß sie ihm gehorchten und folgten, bis ein Nachtwindstoß sie im Garten fast zu Boden warf. Nichtsdestoweniger hatten sie ihm wie Automaten gehorcht; denn Craven fand sich mit einer Hacke in der Hand und der Vollmacht in der Tasche, Flambeau schleppte den schweren Spaten des absonderlichen Gärtners mit sich, und Father Brown trug das kleine goldbemalte Buch, aus dem der Name Gottes ausgeschnitten war.

Der Pfad den Hügel hinauf zum Friedhof war gewunden, aber kurz: nur in diesem heulenden Sturme schien er mühsam und lang. Soweit das Auge reichte und je höher hinauf sie stiegen, desto weiter und weiter erstreckte sich das Meer von Tannen, jetzt alle unter dem Winde nach derselben Seite gebeugt. Und dieses ganze umfassende Gewoge schien ebenso zwecklos wie endlos, so zwecklos, als pfiffe jener Wind um irgendeinen zwecklosen, unbewohnten Planeten. Durch all das unermeßliche Wachstum graublauer Forste sang schrill und hoch das alte Klagen, das im Tiefinnern alles Heidnischen wohnt. Man hätte meinen mögen, die Stimmen aus dem undurchdringlichen Blättermeere seien die Schreie der verlorenen und unstäten heidnischen Götter, Götter, die in diesen grundlosen Forsten umherstreiften, um nie wieder ihren Weg zum Himmel zurückfinden zu können.

Sie waren auf dem grasbedeckten Scheitel des Hügels angelangt, einem der wenigen freien Plätze, der sich deutlich vom ächzenden und stöhnenden Tannenwald abhob. Eine ärmliche Einfriedung halb aus Holz und halb aus Draht, rüttelte im Sturmwinde, um ihnen die Umgrenzung des Friedhofes kenntlich zu machen.

Doch eben als Inspektor Craven am Rande des Grabens angekommen war und Flambeau seinen Spaten zu Boden gesenkt hatte, um sich darauf zu stützen, machte etwas sie beide ebenso erbeben wie das wankende Holz und der klingende Draht. Am Fußende des Grabes wuchsen große, hohe Disteln, grau und silbern verblüht. Ein paarmal, als ein Knollen Distelwolle vom Winde losgelöst vorüberflog, sprang Craven leicht zur Seite, als wäre es ein Pfeil.

Flambeau grub seinen Spaten durch das pfeifende Gras in den aufgeweichten Lehmboden. Dann schien er einzuhalten und sich wie auf einen Stab darauf zu lehnen.

„Vorwärts," ermunterte der Priester freundlich, „wir suchen ja nur nach der Wahrheit, was fürchten Sie?"

„Ich fürchte mich, sie zu finden," versetzte Flambeau.

Der Londoner Beamte sprach plötzlich mit hoher, krähender Stimme, die zwanglos und unbefangen klingen sollte. „Ich möchte wissen, weshalb er sich tatsächlich so verborgen hielt. Ich vermute etwas Widerwärtiges. War er ein Aussätziger?“

„Etwas Schlimmeres noch,“ erwiderte Flambeau.

„Und was denken Sie sich,“ fragte der andere, „wäre schlimmer als ein Aussätziger?“

„Ich stelle mir das gar nicht vor,“ gab Flambeau zurück. Schweigend grub er einige bange Minuten weiter und sagte dann mit unterdrückter Stimme: „Ich fürchte, es ist da etwas nicht ganz richtig.“

„So war es auch mit der Form jenes Papierstückes, wie Sie wissen,“ sagte Father Brown ruhig, „und wir kamen sogar über das Papierstück hinweg.“

Flambeau grub mit blindem Eifer weiter. Inzwischen hatte der Sturm die drückenden grauen Wolkenmassen, die wie Rauch an den Hügeln hingen, hinweggefegt und einzelne mattgraue Sternenfelder enthüllt, bis Flambeau die Gestalt eines einfachen Holzsarges freilegte und diesen ein wenig aus der Erde emporhob.

Craven trat mit seiner Hacke näher, als ihn eine Distel streifte, vor der er aufschreckte. Dann noch ein fester Schritt und er hieb und riß so kräftig wie zuvor Flambeau, bis der Deckel nachgab, und alles, was darunter war, im grauen Sternenschimmer vor ihnen lag.

„Knochen,“ sagte Craven, und dann fügte er hinzu, „aber es ist ein Mann,“ als sei dies etwas Unerwartetes.

„Ist er,“ fragte Flambeau mit sonderbar schwankender Stimme, „ist er in Ordnung?“

„Es scheint,“ erwiderte der Beamte rauh und beugte sich über das fahle und vermodernde Skelett im Sarge. „Warten Sie einen Augenblick.“

Ein tiefes Stöhnen überlief Flambeaus riesige Gestalt.

„Und nun, wenn ich darüber nachdenke,“ rief er, „warum in aller Welt sollte er denn nicht sein wie er sollte? Was ist es, das einen Menschen überkommt auf diesen verwünschten, kalten Bergen? Ich glaube, es ist das düstere stumpfsinnige Einerlei: all diese Waldungen und dazu über allem das ewige Schrecknis der

Unbewußtheit. Es ist wie der Traum eines Atheisten. Tannenbäume und noch mehr Tannenbäume und noch Millionen von Tannenbäumen –"

„Himmel!" rief der Mann bei dem Sarge, „er hat ja keinen Kopf!"

Wahrend die anderen starr dastanden, zeigte der Priester zum erstenmal einen Anfall von Fassungslosigkeit.

„Keinen Kopf!" wiederholte er. „Keinen Kopf?" als hätte er erwartet, daß irgend etwas anderes fehle.

Törichte Visionen von einem den Glengyles geborenen kopflosen Kinde, von einem im Schlosse sich verbergenden kopflosen Jünglinge, von einem kopflosen Manne, der diese altertümlichen Hallen oder diesen prächtigen Garten durchmaß, zogen an ihrem Geiste vorüber. Doch selbst in diesem Augenblicke des Erstarrens schlug die Sage keine Wurzel in ihnen und schien jeder Vernunft zu ermangeln. Sie standen und lauschten wie verzaubert den rauschenden Wäldern und heulenden Winden, gerade wie erschöpfte Tiere. Das Denken schien etwas ganz Außerordentliches, das sich plötzlich jeder Macht entzogen habe.

„Es gibt drei kopflose Menschen," sagte Father Brown, „und die stehen um dieses offene Grab herum."

Der bleiche Londoner Detektiv öffnete den Mund zum Sprechen und hielt ihn wie ein dummer Junge offen, während ein langgezogenes Windesheulen durch die Wolken fuhr; dann besah er sich die Axt in seiner Hand, wie wenn sie nicht zu ihm gehöre, und ließ sie fallen.

„Father," sagte Flambeau mit jener kindlichen, schweren Stimme, die er so selten anwandte, „was sollen wir tun?"

Die Antwort seines Freundes kam mit der raschen Bestimmtheit eines Gewehrschusses.

„Schlafen!" rief Father Brown. „Schlafen, wir sind am Ziele angelangt, wissen Sie, was Schlaf ist? Wissen Sie, daß derjenige, der schläft, an Gott glaubt? Es ist ein Sakrament, denn es ist ein Glaubensakt und eine Nahrung zugleich. Und wir benötigen ein solches und wäre es auch nur ein natürliches. Etwas hat uns befallen, was den Menschen sehr selten befällt, vielleicht das Schlimmste, was einen befallen kann."

Cravens offener Mund schloß sich in der Frage: „Was meinen Sie?"

Der Priester hatte sein Gesicht dem Schlosse zugewandt, als er antwortete.

„Wir haben die Wahrheit gefunden und die Wahrheit ergibt keinen Sinn."

Er ging schweren, achtlosen Schrittes, wie man es bei ihm nicht gewohnt war, voran und den Pfad hinab, und als sie das Schloß erreichten, überließ er sich dem Schlaf mit der Sorglosigkeit eines Hundes.

Trotz seines mystischen Lobliedes auf den Schlummer war, den schweigsamen Gärtner ausgenommen, Father Brown früher als alle anderen auf und rauchte seine Pfeife, wobei er jenem Sachverständigen bei seiner wortlosen Arbeit im Gemüsegarten zusah. Um Tagesanbruch hatte der rasende Sturm mit einem rauschenden Regen geschlossen und der Tag begann mit eigenartiger Frische. Es schien sogar, als hätte der Gärtner mit sich selbst eine Unterhaltung geführt, als er jedoch der Detektive ansichtig wurde, steckte er mürrisch seinen Spaten in ein Beet und etwas von Frühstück brummend, schritt er langsam die Kohlbeete entlang und schloß sich in der Küche ein.

„Der ist ein brauchbarer Kerl," sagte Father Brown. „Er widmet sich den Kartoffeln in ganz auffallender Weise. Und dennoch," fügte er unbefangen und nachsichtig hinzu, „er hat seine Fehler; wer von uns hätte deren nicht? Er gräbt dieses Beet nicht regelmäßig um. Dort zum Beispiel," und er stampfte plötzlich auf eine Stelle zu. „Ich bin wirklich sehr im Zweifel über diese Kartoffel."

„Und weshalb?" fragte Craven belustigt über des kleinen Mannes neuen Einfall.

„Ich bin darüber im Zweifel," meinte der, „weil auch der alte Gow selbst darüber im Zweifel war. Er grub seinen Spaten ganz planmäßig überall hinein, nur nicht hier. Es muß da eine ganz ausnehmend schöne Kartoffel liegen."

Flambeau zog den Spaten heraus und trieb ihn heftig an der Stelle ein. Unter einem Haufen Erde kam etwas zum Vorschein, das nicht wie eine Kartoffel aussah, sondern eher einem ungeheuerlichen, gewölbten Pilze glich. Doch als dieser den Spaten berührte, gab er einen harten Klang, rollte auf die Seite wie ein Ball und grinste sie an.

„Der Graf von Glengyle," sagte Brown traurig und blickte bedrückt auf den Totenschädel nieder.

Dann nach einem Augenblicke Nachdenkens entnahm er Flambeau den Spaten, und mit den Worten: „Wir müssen ihn wieder verbergen" vergrub er den Schädel in die Erde. Sodann lehnte er seinen kleinen Körper mit dem großen

Kopf auf den breiten Griff des Spatens, der fest und aufrecht im Boden steckte, und seine Augen waren leer und seine Stirne gerunzelt. "Wenn man nur wenigstens," murmelte er, „die Bedeutung dieser letzten Widernatürlichkeit entziffern könnte!" Und auf den breiten Spatengriff gelehnt, barg er sein Gesicht in die Hände, wie man in der Kirche zu tun pflegt.

An allen Seiten färbte sich der Himmel in Blau und Silber; die Vögel zwitscherten in den lichten Bäumen des Gartens und so laut schien es, als sprächen die Bäume selbst. Nur die drei Männer schwiegen.

„Na, ich gebe alles auf," sagte endlich Flambeau ärgerlich. „Mein und dieser Welt Gehirn vertragen sich nicht miteinander, und damit Schluß! Schnupftabak, zerschnittene Gebetbücher, das Gehwerk von Spieldosen – was –"

Brown erhob seine gedankenschwere Stirne und schlug mit einer bei ihm ungewohnten Ungeduld auf den Spatengriff. „O, weg, weg, fort damit!" rief er. „Das ist ja alles sonnenklar. Ich erklärte mir den Schnupftabak und das Uhrwerk usw., als ich heute früh die Augen aufschlug. Und seitdem habe ich den alten Gow, den Gärtner, durchschaut, der weder so taub noch so blöde ist, wie er tut. Es liegt gar nichts Unsinniges in all diesem losen Kram. Auch in bezug auf das zerschnittene Gebetbuch war ich im Irrtum, es ist nichts Unrechtes daran. Aber es ist diese letzte Enthüllung. Gräber zu entweihen und toter Leute Schädel zu stehlen – darin liegt doch das Unrechte? Darin liegt doch gewiß Teufelswerk? Das reimt sich nicht zu der ganz einfachen Geschichte vom Schnupftabak und den Kerzen." Und wieder auf und ab schreitend, rauchte er verdrießlich seine Pfeife.

„Mein Freund," sagte Flambeau mit grimmem Humor. „Sie müssen mit mir vorsichtig sein und bedenken, daß ich einst ein Verbrecher war. Der große Vorteil dieses Zustandes bestand darin, daß ich mir stets selbst meine Geschichte zurechtlegte und sie dann so schnell, als es mir paßte, ausführte. In dieser Weise aber als Detektiv herumzuwarten, ist zuviel für meine französische Ungeduld. Mein ganzes Leben habe ich, im Guten wie im Bösen, alles sofort und ohne Aufschub getan. Duelle focht ich stets am nächsten Morgen aus, Rechnungen bezahlte ich stets auf der Stelle, niemals verschob ich auch nur einen Besuch beim Zahnarzt –"

Father Browns Pfeife entfiel seinem Munde und zerbrach auf dem Kiespfade in drei Stücke. Er ließ seine Augen rollen und stand da ganz wie ein Idiot.

„Himmel, was für ein Dummkopf ich bin! Himmel, was für ein Dummkopf," wiederholte er. Dann brach er in ein schallendes Gelächter aus.

„Der Zahnarzt!" wiederholte er. „Sechs Stunden in geistigen Abgründen, und das alles, weil ich niemals an den Zahnarzt dachte! Solch ein einfacher, solch ein schöner und friedlicher Gedanke! Freunde, wir haben eine Nacht in der Hölle verbracht; jetzt aber ist die Sonne aufgegangen, die Vögel singen und die strahlende Gestalt des Zahnarztes erfüllt die Welt mit Trost."

„Ich muß doch der Sache auf den Grund kommen," schrie Flambeau, einige Schritte vorwärts machend, „und wenn ich von den Foltern der Inquisition Gebrauch machen muß."

Father Brown mußte sich Zwang antun, um nicht auf dem sonnenbeschienenen Rasen einen Tanz aufzuführen, und rief mit der bittenden Stimme eines Kindes: „O, laßt mich ein bißchen töricht sein! Sie wissen nicht, wie unglücklich ich gewesen bin. Und jetzt weiß ich, daß in dieser ganzen Geschichte es sich um keine schwere Sünde handelt. Nur und vielleicht um ein wenig Verrücktheit – und was ist daran Schlimmes?"

Er wandte sich um und blickte die anderen voll Ernst an.

„Dies ist nicht die Geschichte eines Verbrechens," sagte er, „es ist vielmehr die einer seltsamen und übelangewandten Ehrlichkeit. Wir haben es vielleicht mit dem einzigen Manne auf Erden zu tun, der sich nicht mehr aneignete, als was ihm zukam. Er ist eine Studie von roher, lebendiger Logik, welche die Religion dieser Rasse gewesen ist. Jener alte Reim auf das Haus Glengyle galt buchstäblich sowohl, wie im übertragenen Sinne. Er bedeutete nicht nur, daß die Glengyles nach Reichtum strebten, es traf auch zu, daß sie buchstäblich Gold anhäuften; sie besaßen eine gewaltige Sammlung von Zieraten und Gerätschaften aus diesem Metall. Sie waren in der Tat Geizhälse, deren Manie eben darin bestand.

Durchgehen Sie einmal im Lichte dieser Tatsache alles, was wir im Schlosse fanden. Diamanten ohne die dazu gehörigen Goldringe, Kerzen ohne ihre goldenen Leuchter, Schnupftabak ohne die goldenen Dosen, einen Spazierstock ohne seinen goldenen Knopf, Bleistifte ohne die goldenen Halter, Uhrwerke ohne die goldenen Gehäuse. Und so verrückt es auch klingen mag, da die Heiligenscheine und der Name Gottes in den alten Missalen von echtem Golde waren, waren auch sie entfernt worden."

Der Garten erschien jetzt lichter, das Gras munterer unter der steigenden Sonne, da die unsinnige Wahrheit offenbar ward. Flambeau zündete sich eine Zigarette an, während sein Freund fortfuhr.

„– entfernt worden," knüpfte Father Brown an. „entfernt worden, aber nicht gestohlen! Diebe würden niemals dieses Geheimnis hinterlassen haben. Diebe hätten die goldenen Tabaksdosen mitsamt dem Schnupftabak und allem anderen mitgenommen, die goldenen Bleiftifthalter, das Blei samt dem Nest, wir haben es mit einem Manne von ganz eigenartigem Gewissen, aber doch von Gewissen zu tun. Ich entdeckte diesen verrückten Moralisten heute früh im Gemüsegarten und vernahm dort die ganze Geschichte.

Der verstorbene Archibald Ogilvie war der einzige vom Stamme der Glengyle, der dem Begriffe eines guten Menschen noch am nächsten kam. Aber seine verbissene Tugend verkehrte ihn zum Menschenfeind; er beklagte die Unehrlichkeit seiner Vorfahren, aus der er weiß Gott wie auf eine allgemeine Unehrlichkeit des Menschengeschlechtes schloß. Ganz besonderes Mißtrauen hegte er gegen die Philanthropie oder Freigebigkeit, und er schwor, daß, wenn er einen Mann fände, der nur und ganz seinem Rechte lebe, er ihm all das Gold von Glengyle überlasse. Nachdem er der Menschheit diese Herausforderung entboten hatte, schloß er sich ein ohne die geringste Erwartung, darauf je eine Antwort zu erhalten. Eines Tages jedoch brachte ihm ein tauber und anscheinend aus dem Gleichgewicht geratener Bursche aus einem entfernten Dorfe ein verspätetes Telegramm und Glengyle reichte ihm dafür in seiner bissigen Herablassung ein neues Zweipencestück. Das heißt, er glaubte, ihm dieses gegeben zu haben, als er jedoch sein Geld besah, fand er, daß das Zweipencestück noch da war, dafür aber ein Zwanzigschillingstück fehlte. Der Vorfall eröffnete ihm Ausblicke für hohnvolle Spekulationen. Auf jeden Fall würde der Bursche seine Art verraten. Entweder würde er als Dieb, der eine Münze gestohlen hat, sich nicht mehr sehen lassen, oder er würde hübsch brav zurückkehren und gierig seine Belohnung einfordern. Mitten in der Nacht wurde Lord Glengyle aus dem Bette geklopft – denn er lebte allein – und genötigt, dem tauben Idioten die Türe zu öffnen. Der Idiot überbrachte ihm – nicht das Zwanzigschillingstück, sondern neunzehn Schillinge und 10 Pence, den ganzen Rest.

Die unerhörte Korrektheit dieser Handlungsweise wirkte wie Feuer auf das Hirn des gräflichen Sonderlings. Er schwor, er sei Diogenes, der lange nach einem ehrlichen Menschen gesucht und ihn endlich gefunden habe. Er machte ein neues Testament, welches ich eingesehen habe. Er nahm den sklavisch getreuen Burschen in sein mächtiges, vernachlässigtes Haus und zog ihn zu seinem Diener heran und – nach Art der Sonderlinge – auch zu seinem Erben. Und wie wenig auch immer dieses eigentümliche Geschöpf begreifen mochte, die beiden fixen Ideen seines Herrn begriff es vollständig. Erstens, daß der Buchstabe des Rechtes über alles geht, und zweitens, daß ihm selbst alles Gold von Glengyle zukomme. Das ist alles und sonst ist nichts daran. Er hat das Haus von allem Golde entblößt und nicht ein Stückchen genommen, das nicht Gold war, auch nicht einmal ein Stäubchen Schnupftabak. Er hob die Goldblättchen aus den alten Handmalereien, ganz befriedigt, all das übrige unberührt gelassen zu haben. Das alles begriff ich, aber die Geschichte mit dem Totenschädel konnte ich nicht begreifen. Ich war wirklich in Unruhe über diesen menschlichen, unter Kartoffeln begrabenen Kopf. Es verstimmte mich – bis Flambeau das Wort sprach."

„Es wird wieder alles in Ordnung kommen. Er wird den Schädel in das Grab zurückbringen, sobald er das Gold aus dem Zahn genommen haben wird."

Und tatsächlich, als Flambeau an jenem Morgen über den Hügel wanderte, sah er jenes seltsame Wesen, den gerechten, armen Teufel an dem entweihten Grabe arbeiten, das bunte Halstuch im Bergwinde flatternd und auf dem Kopfe den schlichten Zylinder.

Der Unsichtbare

Durch das kalte, blaue Dämmerlicht zweier steiler Straßen in Camden Town glühte der Eckladen, eine Konditorei, wie das Ende einer Zigarre. Vielleicht wäre es richtiger zu sagen: wie die Glutreste eines Feuerwerks, denn es war ein vielfarbiges und vielteiliges Licht, gebrochen durch reichliche Spiegelscheiben, das über vielen goldverzierten und grellfarbigen Kuchen und Süßigkeiten flimmerte. Gegen dieses eine feurige Schaufenster preßten sich die Nasen zahlreicher Gassenjugend, denn die Schokoladen waren alle in jenes metallige Rot und Gold und Grün gehüllt, das fast noch besser ist als die Schokolade selbst; und der mächtige weiße Hochzeitskuchen im Schaufenster war gleichsam ebenso unerreichbar wie anziehend, als ob der ganze Nordpol eine solche Leckerspeise wäre. Solch herausfordernder Regenbogenglanz konnte natürlich die Jugend der Nachbarschaft bis zu zehn oder zwölf Jahren anlocken. Doch diese Ecke besaß auch für die reifere Jugend ihre Anziehung und ein junger Mann nicht unter vierundzwanzig starrte in dasselbe Schaufenster. Auch für ihn hatte der Laden einen feurigen Reiz, doch diese Anziehungskraft fand ihre Erklärung nicht ausschließlich in der Schokolade, die zu verachten er jedoch weit entfernt war. Er war von hohem Wuchs, stark gebaut, hatte rotes Haar und ein entschlossenes Gesicht, doch zeugte sein Benehmen von Sorglosigkeit. Unter dem Arm trug er eine flache graue Mappe mit Federzeichnungen, welche er mit mehr oder weniger Erfolg an Verleger verkaufte, seit sein Onkel (der ein Admiral war) ihn wegen seines Sozialismus enterbt hatte, und zwar infolge eines Vortrages über das Wirtschaftssystem. Sein Name war Johann Turnbull Angus.

Nachdem er endlich eingetreten, begab er sich durch die Konditorei in das hintere Zimmer, eine Art billiges Restaurant, und lüftete nur den Hut vor dem dort bedienenden Fräulein. Es war ein brünettes, elegantes, flinkes Mädchen in Schwarz, von lebhaften Farben und sehr munteren dunklen Augen, und nachdem die üblichen Augenblicke verstrichen waren, folgte sie ihm in den inneren Raum, nach seiner Bestellung zu fragen.

Er bestellte sichtlich nichts Außergewöhnliches. „Ich wünsche, bitte," sagte er mit klarer Betonung, „einen Fünfpfennigwecken und eine kleine Tasse schwarzen Kaffee." Knapp ehe das Mädchen sich noch umwandte, fügte er hinzu, „auch wünsche ich Sie zu heiraten."

Das junge Ladenmädchen wurde plötzlich steif: „Derartige Scherze verbitte ich mir!"

Der rothaarige Jüngling richtete seine grauen Augen mit unerwartetem Ernste auf sie. "Wirklich und wahrhaftig," sagte er, „es ist mir ernst, – so ernst wie mit dem Fünfpfennigwecken. Es kostet, so wie der Wecken, man muß dafür bezahlen. Es ist unverdaulich wie der Wecken, es schmerzt."

Das brünette Fräulein hatte die dunklen Augen nicht eine Sekunde von ihm gewandt, sie schien ihn vielmehr mit fast tragischer Genauigkeit zu beobachten. Am Ende ihrer Beobachtung angelangt, überflog sie etwas wie ein Schatten eines Lächelns und sie ließ sich auf einen Stuhl nieder.

„Meinen Sie nicht," bemerkte Angus geistesabwesend, „daß es eigentlich grausam ist, diese Fünfpfennigwecken zu essen? Wenn man sie wachsen läßt, könnten Zehnpfennigwecken daraus werden. Ich werde diesen brutalen Sport aufgeben, wenn wir verheiratet sind."

Das brünette Fräulein erhob sich und schritt ans Fenster, sichtlich mit tiefem doch nicht mitgefühllosem Nachdenken beschäftigt. Als sie sich endlich mit entschlossener Miene wieder umwandte, bemerkte sie hocherstaunt, daß der junge Mann verschiedene Sachen aus dem Schaufenster nahm und sorgfältig auf einen Tisch verteilte. Darunter befand sich die Pyramide von buntfarbigen Süßigkeiten, mehrere Teller Sandwiches, und die beiden Karaffen mit dem geheimnisvollen Portwein und Sherry, die jeder englischen Konditorei eigen sind. In die Mitte dieser zierlichen Aufmachung hatte er sorgfältig den riesigen weißen verzuckerten Kuchen gestellt, der das größte Zierstück des Fensters gewesen war.

„Was in aller Welt tun Sie denn?" fragte sie.

„Meine Pflicht, meine liebe Laura," begann er.

„O, um's Himmels willen, hören Sie endlich auf, mit mir so zu reden," rief sie. „Ich meine, was soll denn all das bedeuten?"

„Ein Hochzeitsmahl, Miß Hope."

„Und was ist das?" fragte sie ungeduldig, auf den Riesenzuckerberg deutend.

„Der Hochzeitskuchen, Frau Angus," erwiderte er.

Das brünette Fräulein trat auf diesen Gegenstand zu, hob ihn ziemlich geräuschvoll auf und stellte ihn wieder in das Schaufenster: dann kehrte sie zurück, stützte ihre zierlichen Ellenbogen auf den Tisch und blickte den jungen Mann zwar nicht ungnädig, aber doch ziemlich gereizt an.

„Sie lassen mir gar keine Zeit zum Überlegen," begann sie.

„Solch ein Narr bin ich nicht," antwortete er, „das ist so meine christliche Demut."

Ihre Augen waren noch auf ihn gerichtet, doch ihr Lächeln hatte tiefen Ernst angenommen.

„Mr. Angus," sagte sie fest, „bevor Sie noch eine Silbe mit diesem Unsinn fortfahren, muß ich Ihnen, so kurz ich kann, etwas sagen, was mich betrifft."

„Sehr angenehm," erwiderte Angus ernst. „Sie könnten mir dann auch gleich etwas sagen, was mich selbst betrifft, da Sie schon daran sind."

„O, halten Sie den Mund und hören Sie," verwies sie. „Es ist nichts, dessen ich mich schäme, nicht einmal etwas, was mir besonders leid tut. Doch was würden Sie dazu sagen, wenn es etwas wäre, was mich nichts angeht und mich dennoch wie ein böser Geist verfolgt?"

„In diesem Falle," versetzte der junge Mann ernst, „würde ich vorschlagen, den Kuchen wieder zurückzubringen."

„Nun, sie müssen die Geschichte erst anhören," bestand Laura. „In erster Linie muß ich Ihnen sagen, daß mein Vater das Gasthaus ›Zum Goldfisch‹ in Ludbury besaß, und ich pflegte im Bar die Leute zu bedienen."

„Ich habe mich oft gewundert," warf er ein, „woher diese Konditorei einen gewissen christlichen Anstrich hatte."

„Ludbury ist ein verschlafenes, grasreiches, kleines Nest in den Ostprovinzen, und die einzige Sorte von Leuten, welche in den ›Goldfisch‹ kamen, waren gelegentliche Handlungsreisende oder sonst die schrecklichste Gesellschaft, die Ihnen vor Augen kommen kann, Ihnen aber nie unter die Augen kam. Ich meine, unbedeutende, umherlungernde Leute, die gerade noch genug zum Leben und nichts weiter zu tun hatten, als sich in Wirtshäusern herumzudrücken, auf Pferde zu wetten, in schäbigen Kleidern, die für sie aber immer noch viel zu gut waren, herumzulaufen. Aber diese verkommenen jungen Nichtsnutze sah man nicht allzuoft in unserem Hause. Zwei derselben waren ganz besonders gemeine Subjekte, gemein in jeder Beziehung. Beide lebten von ihrem eigenen Gelde und waren zum Ekel faul und geckenhaft. Und dennoch taten sie mir ein wenig leid, denn ich glaube fast, sie schlichen sich in unsere kleine leere Schankstube, weil jeder von ihnen etwas verunstaltet war, von der Art, wie dumme Jungen sie auslachen. Sie waren nicht gerade verunstaltet, sondern eher sonderbar. Der eine war auffallend klein, etwa wie ein Zwerg oder jedenfalls wie ein Jockey; er besaß einen runden schwarzen Kopf, einen wohlgepflegten schwarzen Bart, Augen lebhaft wie ein Vogel, klimperte mit dem Geld in seinen Taschen oder mit seiner dicken goldenen Uhrkette und nie sah man ihn anders als allzu fein gekleidet, um wirklich für fein gekleidet gelten zu können. Trotzdem war er kein Dummkopf, aber doch ein unnützer Müßiggänger. Er war merkwürdig geschickt in allerlei völlig nutzlosen Dingen, etwas wie ein Gelegenheitszauberer. Aus fünfzehn sich gegenseitig entzündenden Zündhölzern wußte er ein regelrechtes Feuerwerk herzustellen oder aus einer Banane oder anderem Derartigen eine tanzende Puppe zu schneiden. Er hieß Isidor Smythe, und ich sehe ihn noch vor mir, mit seinem kleinen dunklen Gesichte, wie er an den Schanktisch trat und aus fünf Zigarren ein hüpfendes Känguruh machte.

„Der andere Bursche war ruhiger und von gewöhnlicherer Art, aber dennoch ängstigte er mich viel mehr als der arme kleine Smythe. Er war sehr groß und schlank, hatte lichtes Haar, einen hohen Nasenrücken und hätte ein ganz schönes Gespenst darstellen können, aber er schielte in einer so auffallenden Weise, wie ich es nie zuvor gesehen oder gehört hatte. Wenn er einen gerade ansah, wußte man nie, wo man war, geschweige denn, wo er hinblickte. Ich glaube, dieses entstellte Äußere verbitterte den armen Kerl ein wenig, denn während Smythe bereit war, seine Kunststückchen überall zu zeigen, tat James Welkin (so hieß der Schielende) niemals mehr, als in unserer Schankstube hocken oder auf dem ebenen grauen Lande ringsum lange und einsame Spaziergänge machen. Immerhin, ich glaube, Smythe empfand es einigermaßen, so klein zu sein, obwohl er es geschickt zu verbergen wußte. Und so kam es, daß ich wirklich verwirrt und erschrocken zugleich und sehr verärgert war, als beide in ein und derselben Woche mir einen Heiratsantrag machten.

„Nun, ich tat, was mir seitdem wohl als eine Torheit erschien. Doch waren diese Sonderlinge immerhin in gewissem Sinne meine Freunde, und ich schreckte davor zurück, sie könnten auf den wahren Grund meiner Absage kommen, nämlich, daß sie für mich von einem geradezu unmöglichen Äußeren waren. So schützte ich vor, ich würde niemals einen Mann heiraten, der sich nicht selbst seinen Weg in der Welt gebahnt hat. Ich sagte, es sei mein grundsätzlicher Standpunkt, nicht von Geld leben zu wollen, das wie das ihrige nur ererbt war. Zwei Tage darauf, nachdem ich mich in dieser wohlgemeinten Weise ausgesprochen hatte, begann das ganze Unheil. Das erste, was ich hörte, war, daß beide fortgegangen waren, ihr Glück zu machen, als handelte es sich um ein albernes Märchen.

Zeit jenem Tage habe ich keinen von ihnen mehr zu sehen bekommen. Nur von dem kleinen Manne, namens Smythe, erhielt ich zwei Briefe, die mich wirklich etwas aufregten."

„Und von dem anderen haben Sie nichts mehr gehört?" warf Angus dazwischen.

„Nein, er hat nie geschrieben," fuhr das Mädchen nach einer Sekunde Zögerns fort. „Smythes erster Brief besagte nur, er habe sich mit Welkin auf den Weg nach London gemacht, aber der war so gut zu Fuß, daß der kleine Mann zurückblieb und sich am Straßenrande etwas ausruhte. Zufällig vorbeikommende Zirkusleute nahmen ihn auf, und einesteils weil er ein halber Zwerg, anderenteils ein wirklich geschicktes Kerlchen war, kam er in dieser Laufbahn ganz gut voran, wurde am Aquarium angestellt, wo er einige Kunststücke vollführte, deren ich mich nicht mehr recht entsinne. Das war sein erster Brief. Sein zweiter war viel aufregender und ich erhielt ihn erst vorige Woche."

Der Mann namens Angus leerte seine Kaffeetasse und sah sein Gegenüber mit sanften und geduldigen Augen an, als sie von neuem begann.

„Sie haben wohl an den Bretterzäunen genug über ›Smythes Stumme Diener‹ gelesen? Jedenfalls, Sie wären sonst der einzige Mensch, der nichts davon wüßte. Na, ich verstehe nicht viel davon, aber es ist eine Erfindung wie ein Uhrwerk, das alle Hausarbeit mechanisch verrichtet. Sie kennen ja diese Dinger. ›Man drückt auf einen Knopf – ein Bedienter, der nie trinkt.‹ ›Man dreht den Griff – zehn Kammerzofen, die nie kokettieren.‹ Sie müssen die Plakate gesehen haben. Nun, was es auch für Maschinen sind, sie bringen haufenweise Geld ein und alles dem kleinen Kobold, den ich von drüben in Ludbury her kannte. Es freut mich aufrichtig, daß das arme Kerlchen so auf alle viere gefallen ist; aber worum es sich dreht, ist, ich fürchte, daß er jeden Augenblick auftaucht, um mir zu sagen, er habe sich seinen Weg gebahnt. Und das hat er auch."

„Und der andere?" wiederholte Angus mit hartnäckiger Ruhe.

Laura Hope stand plötzlich auf. „Mein guter Freund," sagte sie, „ich glaube, Sie sind ein Zauberer. Ja. Sie haben ganz recht. Ich habe von dem anderen keine Zeile je gesehen und ich weiß ebensoviel wie der Kaiser von China, was und wo er ist. Aber gerade vor ihm fürchte ich mich. Er ist es, der mich halb verrückt gemacht hat. Ja, ich glaube sogar, ganz verrückt, denn ich fühle, daß er da ist, wo er nicht sein kann, und ich hörte seine Stimme, wo er ganz unmöglich sprechen konnte."

„Nun, meine Liebe," warf der junge Mann ein, „wenn es der Teufel selbst wäre, sein Handwerk wäre jetzt gelegt, nachdem Sie jemand davon gesprochen haben. Nur allein kann man verrückt werden, Fräuleinchen. Aber wann, schien es Ihnen, fühlten Sie seine Nähe und hörten unseren schielenden Freund?"

„Ich hörte James Welkin so deutlich lachen, wie ich Sie sprechen hörte," sagte das Mädchen ernst. „Es war niemand zugegen, denn ich stand gerade an der Ecke vor dem Laden und konnte gleichzeitig beide Straßen hinab sehen. Ich hatte vergessen, wie er lacht, obwohl es so eigenartig ist wie sein Schielen. Fast ein Jahr hatte ich nicht mehr an ihn gedacht. Aber es ist die volle Wahrheit, daß ein paar Sekunden darauf der erste Brief von seinem Nebenbuhler kam."

„Haben Sie sonst niemals das Gespenst sprechen oder quieken gemacht?" fragte Angus nachdenklich.

Laura schauderte plötzlich und erwiderte dann mit fester Stimme: „Ja, gerade als ich Isidor Smythes zweiten Brief, worin er seinen Erfolg mitteilte, zu Ende gelesen hatte, gerade da hörte ich Welkin sagen, ›Und dennoch bekommt er dich nicht!‹ Es war ganz deutlich, wie wenn er im Zimmer gewesen wäre. Er ist schrecklich, ich glaube, ich muß verrückt sein."

„Wenn Sie wirklich verrückt wären," beruhigte der junge Mann, „dann würden Sie glauben, Sie müssen bei gesundem Verstande sein. Aber jedenfalls, scheint mir, ist etwas mit diesem unsichtbaren Herrn nicht ganz in Ordnung. Zwei Köpfe sind gescheiter als einer – um von anderen Organen zu schweigen – und im Ernste, wenn Sie mir als einem standhaften, praktischen Manne erlauben wollten, den Hochzeitskuchen wieder aus dem Fenster zu holen –"

Eben als er noch sprach, tönte von der Straße draußen ein schriller metallener Pfiff und ein kleines, mit teuflischer Geschwindigkeit rasendes Automobil schoß auf die Ladentüre zu und hielt an. Im gleichen Augenblick stand ein kleiner Mann mit glänzendem Zylinderhut stampfend im vorderen Zimmer.

Angus, der bisher mit Rücksicht auf sein geistiges Wohlsein seine gute Laune beibehalten hatte, verriet nun seine seelische Spannung, indem er kurz aus dem inneren Zimmer hervor- und dem Ankömmling gegenübertrat. Ein Blick auf diesen genügte, um den Wirbel milder Vermutungen eines Verliebten darzutun. Diese äußerst flinke, aber zwerghafte Gestalt mit dem trotzig nach vorne gebogenen schwarzen Spitzbarte, den klugen, unruhigen Augen, den gepflegten doch sehr nervösen Fingern konnte kein anderer als der ihm soeben beschriebene Mann sein: Isidor Smythe, der Bananenschalen- und Zündholzschachtel-Künstler, Isidor Smythe, der aus metallenen Dienern, die nicht trinken, und Kammerzofen, die nicht kokettieren, Millionen machte. Einen Augenblick sahen die beiden Männer, welche instinktmäßig ein jeder des anderen Besitzermiene begriffen, einander mit jener eigentümlich kühlen Großmut an, in der sich die Seele der Nebenbuhlerschaft bekundet.

Mr. Smythe machte jedoch keinerlei Andeutung bezüglich des Urgrundes ihrer Gegnerschaft, sondern sagte einfach und gerade heraus: „Hat Miß Hope das Ding dort am Fenster gesehen?"

„Am Fenster?" wiederholte Angus, dorthin starrend.

„Es ist keine Zeit zu weiteren Erklärungen," sagte der kleine Millionär kurz, „hier geht irgendein schlechter Scherz vor sich, der untersucht werden muß."

Er wies mit seinem polierten Spazierstocke nach dem kurz vorher durch Mr. Angus zu seinen Hochzeitsvorbereitungen geleerten Fenster, und dieser Herr staunte nicht wenig, auf der Scheibe einen langen Papierstreifen aufgeklebt zu sehen, der vorhin, als er eine Weile früher hinausgesehen hatte, ganz sicher noch nicht dort gewesen war. Indem er dem tatkräftigen Smythe auf die Straße hinaus folgte, fand er, daß ein ungefähr anderthalb Meter langer gummierter Briefmarkenpapierstreifen sorgfältig auf die Außenfläche der Scheibe geklebt war, worauf in ungelenken Buchstaben stand: „Wenn Sie Smythe heiraten, wird er sterben".

„Laura," rief Angus und steckte seinen dicken roten Kopf zur Ladentüre hinein, „Sie sind nicht verrückt!"

„Es ist die Schrift jenes Burschen Welkin," erklärte Smythe barsch. „Seit Jahren habe ich ihn nicht gesehen, aber immerfort tritt er mir in den Weg. Fünfmal hat er in den letzten vierzehn Tagen Drohbriefe in meiner Wohnung hinterlassen, und ich kann nicht einmal herausbekommen, wer sie abgibt, geschweige denn, ob es gerade Welkin selbst war. Der Portier schwört, daß keine verdächtigen Gestalten gesehen wurden, und hier klebt jemand auf ein öffentliches Schaufenster anderthalb Meter Papier auf, während, die Leute im Laden –"

„Sehr richtig,“ warf Angus bescheiden ein. „während die Leute im Laden Tee tranken. Gewiß, mein Herr, ich kann Ihnen versichern, ich schätze Ihre gesunden Sinne, daß sie so direkt sich mit der Sache beschäftigen. Über andere Dinge können wir später reden. Der Bursche kann noch nicht weit fort sein, denn ich schwöre, es war kein Papier da, als ich vor zehn oder fünfzehn Minuten zuletzt ans Fenster ging. Andererseits ist er schon zu weit fort, als daß man ihm nachjagen könnte, da wir nicht einmal die Richtung kennen. Wenn Sie meinen Rat annehmen wollen, Mr. Smythe, legen Sie dies sofort in die Hände eines tüchtigen Geheimpolizisten, eher eines privaten, als eines amtlichen. Ich kenne einen äußerst geriebenen Burschen, der sein Geschäft gleich hier in der Nähe aufgeschlagen hat, fünf Minuten mit Ihrem Auto. Sein Name ist Flambeau, und wenn er auch eine ein bißchen stürmische Jugend hinter sich hat, ist er doch ein durchaus ehrenwerter Mann und sein Verstand ist Goldes wert. Er wohnt in Lucknow Mansions, Hampstead.“

„Sonderbar,“ versetzte der kleine Mann, seine Augenbrauen hochziehend. „Ich selbst wohne in Himalaja Mansions, gerade um die Ecke, vielleicht möchten Sie mitkommen; ich kann inzwischen nach meiner Wohnung gehen und diese merkwürdigen Welkinschriftstücke heraussuchen, während Sie weitergehen und Ihren Freund, den Detektiv, holen.“

„Sehr liebenswürdig,“ bedankte sich Angus höflich. „Also vorwärts, je eher wir handeln, desto besser.“

Mit einer eigenartigen, erzwungenen Unbefangenheit verabschiedeten sich beide in gleich förmlicher Weise von dem Fräulein und sprangen mitsammen in den flinken, kleinen Wagen. Als Smythe das Steuer ergriff und sie um die Straßenecke bogen, belustigte es Angus nicht wenig, ein riesengroßes Plakat von „Smythes Stumme Diener“ vor sich zu sehen, mit der Abbildung einer mächtigen eisernen Figur, einen Tiegel mit der Aufschrift „Eine Köchin, die nie mürrisch ist“ tragend.

„Ich verwende sie in meiner eigenen Wohnung,“ sagte lachend das schwarzbärtige Herrchen, „teils als Reklame, teils zu meiner wirklichen Bequemlichkeit. Offen gestanden und ganz aufrichtig gesagt, bringen Ihnen diese großen mechanischen Puppen Kohlen oder Rotwein oder einen Fahrplan schneller als irgendein anderer Dienstbote, den ich je kannte, man muß nur wissen, auf welchen Knopf zu drücken. Aber unter uns gesagt, will ich nicht leugnen, daß solche Dienstboten auch ihre Nachteile haben.“

„Wirklich?“ fragte Angus. „Gibt es etwas, was sie nicht tun können?“

„Ja,“ erwiderte Smythe kühl, „sie können mir nicht sagen, wer jene Drohbriefe in meiner Wohnung abgab.“

Das Auto des Mannes war klein und flink wie er selbst, es war in der Tat ebenso wie seine häusliche Dienstbotenschaft eigene Erfindung. Wenn er schon ein Marktschreier war, so war er doch einer, der an seine eigene Ware glaubte.

Das Gefühl von etwas Kleinem, Dahinfliegendem machte sich besonders geltend, als sie in dem ersterbenden aber klaren Mondlichte über die langen, weißen Straßenwindungen dahinschwebten. Bald wurden diese schärfer und schwindelnder; sie befanden sich auf aufsteigenden Spiralen, wie es in der modernen Religionswissenschaft zu heißen pflegt. Denn wirklich waren sie auf dem Scheitel eines Teiles Londons, der beinahe ebenso steil, wenn nicht minder malerisch abfällt wie Edinburg. Terrasse erhob sich über Terrasse, und der Gebäudeblock, dem sie zustrebten, stieg vom Abendsonnengold gerötet in fast ägyptischer Höhe über alle anderen empor. Der Wechsel, als sie um die Ecke schwenkten und in das Häuserhalbrund einbogen, das als Himalaja Mansions bekannt ist, war so unvermittelt wie das Öffnen eines Fensters, denn der London überragende Haufen Mietshäuser lag da wie über einem schiefergrünen See. Dem Häuserblock gegenüber, auf der anderen Seite des Kieshalbrundes, lag eine gebüschbewachsene Einfriedung, mehr eine Hecke oder ein Damm, als ein Garten, und etwas darunter floß ein künstlich angelegter Wasserstreifen, eine Art Kanal, gleichsam der Wallgraben jener verborgenen Festung. Als das Auto um den Platz herumhuschte, ließ es an der Ecke den einsamen Stand eines Kastanienbraters hinter sich und gerade drüben, am anderen Ende des Bogens, konnte Angus die langsam wandelnde, verschwommene Gestalt eines blauen Polizisten erkennen. Dies waren die einzigen menschlichen Wesen in dieser hohen, vorstädtischen Einsamkeit; doch lag ein unklares Empfinden darin, als offenbare sich hier die stumme Poesie Londons. Sie kamen ihnen vor wie die Personen eines Märchens.

Das kleine Fahrzeug schoß wie aus der Kanone auf das rechte Haus zu und entlud sich seines Besitzers, als wäre dieser das Geschütz. Er erkundigte sich sofort bei einem glänzend gekleideten Torwart und einem untersetzten Hausbesorger in Hemdärmeln, oh irgend jemand oder irgend etwas seine Wohnung aufgesucht habe. Er erhielt die Versicherung, daß seit seiner letzten Nachfrage niemand und nichts seitens beider Angestellter bemerkt worden sei, worauf er und der etwas verblüffte Angus wie eine Rakete im Fahrstuhl in das oberste Stockwerk emporgeschossen wurden.

„Kommen Sie einen Augenblick herein," sagte Smythe atemlos. „Ich will Ihnen Welkins Briefe zeigen. Dann können Sie um die Ecke laufen und Ihren Freund holen." Er drückte auf einen in der Wand verborgenen Knopf, und die Türe öffnete sich von selbst.

Sie führte in ein langes, geräumiges Vorgemach, dessen einzige auffallende Ausstattung in Reihen halb lebensgroßer mechanischer Figuren bestand, die wie Schneiderpuppen zu beiden Seiten aufgestellt waren. Gleich Schneiderpuppen waren sie kopflos und wie Schneiderpuppen hatten sie einen hübschen, unnützen Buckel zwischen den Schultern und vorne einen hühnerbrustartigen Auswuchs, aber abgesehen davon glichen sie nicht mehr einer menschlichen Gestalt, als irgendein etwa mannshoher Automat auf einem Bahnhofe. Sie besaßen zwei große armartige Haken, um Servierbretter zu tragen und waren hellgrün, hochrot oder, zum Zwecke der Unterscheidung, schwarz angestrichen; im übrigen waren es nur Automaten, und niemand würde sich weiter nach ihnen umgesehen haben. Im vorliegenden Falle wenigstens tat dies niemand. Denn zwischen den beiden Reihen dieser Dienstbotenpuppen lag etwas Beachtenswerteres als alle Mechanismen der Welt. Es war ein zerknittertes Stück weißen Papiers mit roter Tinte bekritzelt und wurde, sowie sich die Türe öffnete, von dem behenden Erfinder ergriffen. Er reichte es ohne ein Wort Angus hin. Die rote Tinte darauf war nicht einmal trocken und der Inhalt lautete: „Wenn Sie ihr heute einen Besuch abgestattet haben, bringe ich Sie um."

Ein kurzes Schweigen, dann sagte Isidor Smythe ruhig: „Wünschen Sie ein wenig Whisky? Ich glaube, mir würde er guttun."

„Danke, ich wünsche ein wenig Flambeau," erwiderte Angus düster. „Diese Geschichte scheint mir ernst werden zu wollen. Ich gehe ihn sofort holen."

„So ist's recht," versetzte der andere mit bewundernswertem Gleichmut. „Bringen Sie ihn so schnell als möglich her."

Als Angus die Türe hinter sich schloß, sah er Smythe einen Knopf drücken, und eine der mechanischen Figuren verließ ihren Platz, glitt eine Furche im Boden entlang, ein Servierbrett mit Sodaflasche und Wein tragend. Es wirkte fast unheimlich, den kleinen Mann allein mit diesen toten Dienern zu lassen, die, sobald sich die Türe schloß, lebendig wurden.

Sechs Stufen unterhalb von Smythes Treppenabsatz war der Mann in Hemdärmeln mit einem Eimer beschäftigt. Angus blieb stehen und nahm ihm, indem er ihm ein gutes Trinkgeld in Aussicht stellte, das Versprechen ab, auf dieser Stelle zu bleiben, bis er mit dem Detektiv zurückkehrte, und auf jeden Fremden achtzuhaben, der diese Treppe herauf käme. Dann zum Haustor hinabstürzend gab er dem dort stehenden Türhüter einen ähnlichen Auftrag, wobei er den die Sache vereinfachenden Umstand erfuhr, daß das Haus keine Hintertüre besaß. Damit noch nicht zufrieden, griff er den auf und nieder treibenden Polizisten auf und veranlaßte ihn, sich dem Hauseingang gegenüber aufzustellen und denselben zu bewachen. Und schließlich hielt er noch einen Augenblick an, für einen Penny Kastanien zu kaufen und sich zu erkundigen, wie lange der Verkäufer sich in dieser Nachbarschaft aufzuhalten gedenke.

Der Kastanienhändler schlug seinen Rockkragen empor und bemerkte, es werde wohl zum Schneien kommen. In der Tat war der Abend trübe und bitterkalt, doch Angus Zungenfertigkeit gelang es, den Kastanienmann an seinem Posten festzunageln.

„Wärmt Euch an Euren eigenen Kastanien," sagte er ernst. „Eßt Euren ganzen Vorrat auf, ich komme dafür auf. Ich gebe Euch einen Souvereign, wenn Ihr hier wartet, bis ich zurück bin, und mir dann sagt, ob irgend jemand, Mann, Frau oder Kind in das Haus dort, wo der Türhüter steht, eingetreten ist."

Dann lief er mit einem letzten Blick auf den belagerten Turm eilends davon.

„Auf alle Fälle habe ich einen Ring um den Raum gelegt," sagte er sich. „Sie können doch nicht alle vier Mr. Welkins Spießgesellen sein."

Lucknow Mansions standen sozusagen auf einer niederen Stufe jenes Häuserhügels, als dessen Gipfel Himalaja Mansions bezeichnet werden kann. Mr. Flambeaus halbamtliche Geschäftsniederlassung lag zu ebener Erde und stellte in jeder Hinsicht den ausgesprochenen Gegensatz zu dem amerikanischen Mechanismus und kalten hotelähnlichen Luxus des „Stummen-Diener-Heimes" dar. Flambeau, mit Angus befreundet, empfing ihn in einem kunstvollen Rokokostübchen hinter seinem Bureau, dessen Schmuckstücke in Säbeln, Hakenbüchsen, orientalischen Merkwürdigkeiten, italienischen Weinflaschen, innerafrikanischen Kochtöpfen, einer wollfelligen Angorakatze und einem kleinen, verstaubten römisch-katholischen Priester bestand, der ganz besonders wenig in diese Umgebung hereinpaßte.

„Mein Freund, Father Brown,“ stellte Flambeau vor. „Schon lange wünschte ich, Sie bekannt zu machen. Herrliches Wetter heute; etwas kalt für Südländer wie ich.“

„Ja, ich glaube, es wird gut bleiben,“ gab Angus zurück, indem er sich auf eine lilagestreifte Ottomane niederließ.

„Nein,“ sagte der Priester, „es hat angefangen zu schneien.“

Und wirklich begannen, während er sprach, die von dem Kastanienbrater vorhergesagten ersten Flocken am dunkelnden Fenster vorbeizutreiben.

„Well,“ begann Angus ernst, „ich bedauere, ich bin in Geschäften hier, und zwar in einer ziemlich kitzlichen Sache. Es handelt sich darum, daß einen Sprung von Ihrem Hause jemand wohnt, der dringend Ihre Hilfe braucht; er wird fortwährend von einem unsichtbaren Feinde gehetzt und bedroht, einem Schurken, den niemand noch zu Gesicht bekommen hat.“ Als nun Angus mehr und mehr von der ganzen Geschichte Smythes und Welkins erzählte, mit Lauras Erlebnissen beginnend und fortfahrend mit seinen eigenen, mit dem übernatürlichen Lachen an der Ecke zweier menschenleerer Straßen und den in einem leeren Zimmer deutlich gesprochenen Worten, wuchs Flambeaus Aufmerksamkeit immer mehr, und der kleine Priester blieb schließlich so unbeachtet wie das nächstbeste Möbelstück. Bei dem auf das Fenster geklebten, bekritzelten Papierstreifen angelangt, erhob sich Flambeau und seine mächtigen Schultern schienen den ganzen Raum auszufüllen.

„Wenn es Ihnen recht ist,“ sagte er, „erzählen Sie mir den Rest lieber auf dem nächsten Wege nach dem Hause dieses Mannes. Ich habe gewissermaßen das Gefühl, daß keine Zeit zu verlieren ist.“

„Mit Vergnügen,“ nahm Angus an und erhob sich gleichfalls, „obwohl er für den Augenblick sicher genug ist, denn ich habe vier Mann bestellt, den einzigen Zugang zu seinem Bau zu bewachen.“

Sie bogen in die Straße ein, während der kleine Priester mit der Gelehrigkeit eines Hündchens hinter ihnen her trippelte. „Wie schnell der Schnee am Boden liegen bleibt!“ meinte er.

Während sie die steilen, schon silberbestreuten Seitenstraßen durchschritten, beendete Angus seine Geschichte, und als sie das Kieshalbrund mit den darüber sich auftürmenden Gebäuden erreichten, hatte er bequem Zeit, seine Aufmerksamkeit den vier Wachtposten zuzuwenden. Der Klastanienverkäufer schwor sowohl vor wie nach Empfang des Sovereigns Stein und Bein, daß er das Tor ständig im Auge behalten und keinen Besucher eintreten gesehen habe. Der Schutzmann äußerte sich sogar noch nachdrücklicher. Er besitze Erfahrung genug in jeder Art Gesindel, sei es in Zylinderhut oder in Lumpen, so grün sei er nicht, zu erwarten, verdächtige Personen würden in verdächtigem Äußeren auftreten, er hätte es sich sehr angelegen sein lassen, jemand aufzuspüren, aber so wahr ihm Gott helfe, niemand habe sich gezeigt. Und als alle drei um den goldbetreßten Torwart standen, der noch immer lächelnd und mit gespreizten Beinen unterm Tore stand, lautete das Urteil noch bestimmter.

„Ich habe das Recht, einen jeden zu fragen, Prinz oder Bettler, was er in diesem Hause sucht," sagte der gutgelaunte goldbetreßte Riese, „und ich kann schwören, kein Mensch war hier, den ich zu befragen gehabt hätte, seit dieser Herr wegging."

Der nebensächliche Father Brown, der im Hintergrund geblieben war und bescheiden zu Boden blickte, wagte hier die ergebene Frage einzuwerfen: „Ist also niemand die Treppe hinauf oder hernieder gegangen, seit es zu schneien begann? Es fing an, während wir alle drüben bei Flambeau saßen."

„Niemand ist hier gewesen, Sir, verlassen Sie sich auf mich," versicherte der Diener im vollen Bewußtsein seiner Wichtigkeit.

„Dann möchte ich nur wissen, was das ist?" bemerkte der Priester und starrte ausdruckslos wie ein Fisch auf den Boden.

Auch die anderen blickten nun alle dorthin und Flambeau entschlüpfte ein Kraftausdruck, von einer französischen Geste begleitet. Denn es stand vollkommen außer Frage, daß längs der Mitte des von dem goldbetreßten Manne behüteten Einganges, und zwar genau zwischen den anmaßend gespreizten Beinen des Kolosses eine graue in den weißen Schnee getretene Fußspur unverkennbar hinlief.

„Himmel!" rief Angus unwillkürlich aus, „der Unsichtbare!"

Ohne noch ein Wort zu verlieren, wandte er sich und rannte, von Flambeau gefolgt, die Treppe hinauf; Father Brown jedoch stand noch auf der schneebedeckten Straße und blickte um sich, als ginge ihn die ganze Geschichte nichts mehr an.

Flambeau war sichtlich in einer Stimmung, daß er am liebsten mit seinen gewaltigen Schultern die Türe ausgehoben hätte. Aber der Schotte, vernünftiger, wenn auch weniger ahnungsvoll, tastete am Türrahmen umher, bis er den unsichtbaren Knopf gefunden hatte und die Türe sich langsam öffnete.

Sie zeigte im wesentlichen dasselbe abgeschlossene Innere; in der Vorhalle war es jetzt dunkler, obwohl hie und da noch einige rote Streifen sinkender Sonne lagerten und ein paar der kopflosen Maschinen zu irgendeinem Zwecke auf ihrem Platze fehlten und in dem dämmerigen Raume umherstanden. Das Grün und Rot ihrer Kleidung erschien im Halbdunkel verdüstert, und eben durch ihre Unförmigkeit gewannen sie die Gestalt menschlicher Formen. Doch in der Mitte von all dem, gerade dort, wo das Papier mit roter Tinte gelegen hatte, dort lag etwas, das sehr an rote Tinte erinnerte, aus irgendeiner Flasche verschüttet. Aber es war nicht rote Tinte.

Mit einer echt französischen Mischung von Verstand und Heftigkeit stieß Flambeau kurz hervor: „Mord!“, drang in die Wohnung ein und hatte in fünf Minuten jeden Winkel und jeden Schrank durchsucht. Wenn er aber den Leichnam zu finden erwartet hatte, sah er sich getäuscht. Isidor Smythe war einfach nicht da, weder tot noch lebendig. Nach hastigem Suchen trafen sich die beiden Männer wieder im Vorraume mit schweißtriefender Stirne und starrenden Augen. „Mein Freund,“ sagte Flambeau in seiner Aufregung französisch, „Ihr Mörder ist nicht nur unsichtbar, sondern er hat auch den Ermordeten unsichtbar gemacht.“ Angus blickte in dem düsteren Raum voll stummer Puppen umher, und in irgend einem noch keltischen Winkel seiner Schottenseele regte sich ein Schaudern. Eine der lebensgroßen Figuren stand genau den Blutflecken überschattend, von dem Ermordeten vielleicht gerade noch herangerufen, ehe er niederstürzte. Der eine der hochschulterigen Hacken, die dem Dinge als Arme dienten, war etwas erhoben, und Angus drängte sich plötzlich der furchtbare Gedanke auf, daß den armen Smythe sein eigenes Eisenkind erschlagen habe. Der Urstoff hatte sich aufgelehnt, und diese Maschinen ihren Schöpfer getötet. Aber wenn auch, was hatten sie mit ihm gemacht?

„Aufgefressen?“ raunte ihm der finstere Geist ins Ohr, und einen Augenblick ekelte der Gedanke ihn an, daß menschliche Überreste von all diesen kopflosen Mechanismen ergriffen und verschlungen sein könnten.

Mit Aufgebot aller seiner gesunden Geisteskräfte rief er sich wieder zu sich und sagte zu Flambeau: „Also so liegt die Sache! Der arme Bursche hat sich gleich einer Wolke aufgelöst und einen roten Streifen Blut auf dem Boden hinterlassen. Das geht nicht mit menschlichen Dingen zu."

„Da ist nur eines zu machen," erwiderte Flambeau, „ob es nun mit menschlichen oder anderen Dingen zugeht: ich muß hinab und mit meinem Freunde reden."

Sie gingen hinab, trafen den Mann mit dem Eimer, der nochmals beteuerte, er habe niemand eindringen lassen, dann weiter den Torwart und den noch dastehenden Kastanienmann, welche beide fest und steif ihre Wachsamkeit betonten. Als aber Angus nach seinem vierten Beweisstücke ausblickte, konnte er es nicht entdecken, und etwas ungeduldig rief er aus: „Wo steckt denn der Polizist?"

„Verzeihen Sie," bemerkte Father Brown, „das ist meine Schuld. Ich schickte ihn die Straße hinab, etwas zu untersuchen –, etwas, was ich des Untersuchens wert hielt."

„Schön, aber wir brauchen ihn sehr bald hier," gab Angus schroff zurück, „denn man hat den Unglücklichen dort oben nicht nur ermordet, sondern er ist auch weg."

„Wieso?" fragte der Priester.

„Father," sagte Flambeau nach einer Pause, „auf Ehrenwort, ich glaube, die Sache liegt mehr auf Ihrem Gebiete als auf meinem. Weder Freund noch Feind hat das Haus betreten und doch ist Smythe fort, wie wenn ihn eine Fee geraubt hätte. Wenn das nicht mit übernatürlichen Dingen zugeht, dann –"

Während er noch sprach, wurden sie alle durch etwas Ungewohntes unterbrochen. Der dicke, blaue Polizist kam um die Ecke des Halbrundes gerannt, gerade auf Brown zu.

„Sie haben recht, Sir," keuchte er, „eben hat man die Leiche des armen Mr. Smythes im Kanal drunten gefunden."

Angus schlug sich wild die Hand vor den Kopf. „Ist er hinuntergelaufen, sich dort zu ertränken?" fragte er.

„Auf keinen Fall ist er hinabgelaufen, das beschwöre ich," erwiderte der Polizist, „und er wurde auch nicht ertränkt, denn er starb durch einen starken Stich ins Herz."

„Und dennoch sahen Sie niemand eintreten?“ fragte Flambeau mit ernster Stimme.

„Gehen wir ein wenig die Straße hinab,“ meinte der Priester.

Als sie am anderen Ende des Häuserhalbrundes ankamen, bemerkte er unvermittelt: „Wie dumm von mir! Ich vergaß ganz, den Polizisten etwas zu fragen. Ich möchte wissen, ob man etwa einen hellbraunen Sack gefunden hat.“

„Weshalb einen hellbraunen Sack?“ fragte Angus erstaunt.

„Weil, wenn es ein anderer Sack war, wir die Untersuchung wieder von vorne beginnen müssen,“ gab Father Brown zurück. „Wenn es aber ein hellbrauner Sack war, dann ist der Fall erledigt.“

„Freut mich, das zu hören,“ versetzte Angus mit unverkennbarer Ironie. „Meines Erachtens stehen wir noch nicht einmal am Anfang.“

„Sie müssen uns alles näher erklären,“ bat Flambeau mit sonderbarer, schwerfälliger, beinahe kindlicher Einfalt.

Unbewußt beschleunigten sie ihre Schritte den langen, breiten Weg auf der anderen Seite des hohen Häuserviertels hinab, Father Brown schnellfüssig, doch schweigend voran. Endlich meinte er mit fast rührender Undeutlichkeit: „Hm, ich fürchte, Sie werden es sehr prosaisch finden, wir fangen immer beim abstrakten Ende einer Sache an, und Sie können diese Geschichte nicht anders anpacken. Haben Sie noch nie bemerkt, daß die Leute niemals das antworten, was man zu ihnen sagt? Sie antworten, was sie meinen, oder vielmehr, was sie glauben, daß man meint. Gesetzt den Fall, eine Dame in einem Landhause fragt eine andere: ›Ist jemand bei Ihnen?‹, so wird die Dame nicht antworten. ›ja, der Hausmeister, die drei Diener, das Stubenmädchen‹ usw., obwohl das Stubenmädchen vielleicht im Zimmer ist und der Hausmeister hinter ihrem Stuhle steht. Sie sagt, ›es ist niemand bei mir‹ und meint damit niemand von denen, die Sie meinen. Aber nehmen wir an, ein Arzt, der einen epidemischen Fall festzustellen hat, fragt: ›wer ist in diesem Hause?‹, dann wird die Dame sofort an den Hausmeister, das Stubenmädchen und alle die anderen denken. Das ist so allgemeiner Sprachgebrauch. Man wird Ihnen niemals eine Frage buchstäblich beantworten, selbst dann, wenn die Antwort noch so sehr der Wahrheit entspricht. Wenn all diese vier ganz ehrenwerten Leute sagten, niemand habe das Gebäude betreten, so meinten sie in Wirklichkeit nicht, daß kein Mensch hineingegangen sei. Sie meinten nur, niemand, den sie als den von

Ihnen gesuchten im Verdacht hätten haben können. Jemand ging in das Haus und kam wieder heraus, aber ohne daß sie ihn beachteten.“

„Ein Unsichtbarer also?“ fragte Angus und zog die roten Augenbrauen hoch.

„Ein geistig Unsichtbarer,“ erklärte Father Brown.

Nach ein paar Minuten begann er von neuem mit derselben anspruchslosen Stimme, wie jemand, der mit sich selbst beschäftigt ist. „Natürlich fällt einem ein solcher Mensch nicht ein, bis man wirklich an ihn denkt. Und hier knüpft seine Verschlagenheit an. Mein Gedanke fiel nur auf ihn infolge einiger unbedeutender Umstände in Mr. Angus' Erzählung. Da haben wir erstens die Tatsache, daß dieser Welkin lange Spaziergänge zu machen pflegte. Und dann die große Menge gummierter Papierstreifen an der Fensterscheibe. Und schließlich vor allem die beiden Dinge, welche das Fräulein erwähnte, Dinge, die nicht wahr sein konnten. – Nehmen Sie es mir nicht übel,“ unterbrach er sich hastig, da er eine rasche Kopfbewegung des Schotten bemerkte, „sie glaubte, sie seien wahrheitsgetreu, konnten es aber nicht sein. Jemand kann nicht ganz allein in einer Straße sein, wenn er eine Sekunde vorher noch einen Brief erhält. Sie konnte nicht ganz allein in der Straße sein, wenn sie einen soeben erst erhaltenen Brief erst zu lesen beginnt. Da muß jemand ziemlich in ihrer Nähe gewesen sein, der geistig unsichtbar ist.“

„Weshalb muß jemand in der Nähe sein?“ fragte Angus.

„Weil abgesehen von Brieftauben,“ klärte Father Brown auf, „irgendjemand ihr den Brief gebracht haben mußte.“

„Wollen Sie damit sagen,“ fragte Flambeau barsch, „daß Welkin es war, der die Briefe seines Nebenbuhlers der jungen Dame brachte?“

„Ja,“ nickte der Priester. „Welkin brachte die Briefe seines Nebenbuhlers seiner Auserwählten. Er mußte es tun.“

„O, ich halte das nicht länger aus,“ platzte Flambeau heraus, „Wer ist der Kerl? Wie sieht er aus? Wie pflegt sich ein geistig unsichtbarer Mensch zu kleiden?“

„Er ist ziemlich hübsch gekleidet in Rot, Blau und Gold,“ erwiderte der Priester sofort mit Bestimmtheit, „und in diesem eigentümlichen und sogar auffälligen Anzuge betrat er Himalaya Mansions unter acht menschlichen Augen, ermordete kalten Blutes Smythe und kam wieder auf die Straße herab, den Leichnam in den Armen.“

„Hochwürden,“ protestierte Angus, „sind Sie verrückt oder bin ich es?“

„Sie sind nicht verrückt,“ beruhigte Brown, „nur ein schlechter Beobachter. Sie haben zum Beispiel nie einen Mann wie diesen beachtet.“

Er machte drei rasche Schritte vorwärts und legte seine Hand auf die Schulter eines vorübergehenden gewöhnlichen Briefträgers, der unbemerkt im Schatten der Bäume an ihnen vorübergehuscht war.

„Sonderbarerweise beachtet kein Mensch Briefträger,“ fuhr er nachdenklich fort, „und doch haben sie Leidenschaften wie andere Menschen und tragen manchmal sogar große Säcke, in denen eine kleine Leiche ganz leicht verstaut werden kann.“

Der Briefträger, anstatt wie natürlich sich umzuwenden, war zur Seite gewichen und gegen den Gartenzaun gestolpert. Er war ein hagerer, blondbärtiger Mann von ganz gewöhnlichem Aussehen, doch als er sein geängstigtes Gesicht umwandte, waren alle drei von seinem fast haßerfüllten schielenden Blicke betroffen.

Flambeau kehrte zu seinen Säbeln, roten Teppichen und seiner Angorakatze zurück, da er noch vieles zu erledigen hatte. John Turnbull Angus begab sich wieder nach dem Laden zu dem Fräulein, mit welchem dieser unerfahrene Jüngling noch äußerst glücklich zu werden gedenkt. Father Brown aber wanderte auf diesen schneebedeckten Hügeln stundenlang mit einem Mörder umher, und was sie einander anvertrauten, wird niemand je erfahren.

Mißgestaltet

Gewisse Hauptstraßen, welche von London nordwärts führen, behalten noch weit in das Land hinaus eine Art beschränkten und bruchstückartigen Gepräges einer Straße, indem sie mit großen Lücken zwischen den Gebäuden die Straßenlinie fortsetzen. Da trifft man eine Reihe Kaufläden, gefolgt von einem umzäunten Feld und einem Reitplatz, dann kommt ein bekanntes Wirtshaus, dann vielleicht ein Handelsgarten oder eine Baumschule, dann wieder irgendein größeres Privathaus und schließlich wieder ein Feld und noch ein Wirtshaus und so fort. Der Spaziergänger, welcher eine dieser Straßen entlang geht, kommt an einem Haus vorüber, das ihm wahrscheinlich auffallen wird, obwohl er kaum angeben kann, worin das Auffallende besteht. Es ist ein langes, niedriges Haus, das neben der Straße herläuft, größtenteils weiß und mattgrün getüncht, mit einer Veranda und Sonnenläden und mit Erkern, überdacht von jenen eigenartigen, schirmähnlichen Kuppeln aus Holz, wie man sie manchmal an altmodischen Häusern sieht. Es ist in der Tat auch ein altmodisches Haus, echt englisch und vorstädtisch, von der guten, alten Reichtum atmenden Art Claphams. Und doch sieht das Haus aus, als sei es hauptsächlich für die heiße Jahreszeit gebaut worden. Betrachtet man seinen weißen Verputz und die weißen Läden, so denkt man unwillkürlich an weiße indische Turbane und sogar an Palmen. Ich kann dem Gefühle nicht auf den Grund kommen; vielleicht hat den Bau ein Anglo-Indier errichtet.

Jeder, der an diesem Hause vorbeiginge, würde, wie gesagt, dessen Reiz empfunden haben, würde fühlen, daß es ein Ort war, der seine eigene Legende hatte. Und er würde richtig geraten haben, wie man sogleich hören soll. Ich erzähle die Geschichte der seltsamen Dinge, die tatsächlich zu Pfingsten des Jahres 18.. sich dort abgespielt haben.

Ein jeder, der am Donnerstag vor Pfingsten gegen halbfünf Uhr nachmittags dort vorübergegangen wäre, würde die Haustüre offen und Father Brown von der kleinen St. Mungokirche in Gesellschaft eines sehr großen, eine sehr kleine Zigarette rauchenden französischen Freundes, namens Flambeau heraustreten gesehen haben. Ob nun diese beiden für den Leser von Interesse sein mögen oder nicht, sicher ist soviel, daß sie nicht das einzig Bemerkenswerte waren, was sich dem Auge darbot, als die Vordertüre des weißgrünlichen Hauses sich auftat. Dasselbe besaß noch weitere Eigentümlichkeiten, welche von vorneherein beschrieben werden müssen, nicht nur damit der Leser diese tragische Begebenheit versteht, sondern auch, damit er weiß, was die aufgehende Türe enthüllte.

Der Plan, nach dem das ganze Haus gebaut war, bildete ein *T*, aber ein *T* mit sehr langem Querbalken und einem sehr kurzen Schwanzstücke. Den langen Querbalken bildete die Front, welche sich längs der Straße hinzog, mit dem Haupteingange in der Mitte; sie bestand aus zwei Stockwerken und enthielt fast alle Haupträumlichkeiten. Das kurze rechtwinkelige Stück, welches unmittelbar gegenüber dem Portale nach rückwärts hinauslief, trug nur ein Stockwerk und bestand bloß aus zwei langen, ineinander gehenden Räumen. Das vordere dieser beiden Zimmer war das Studierzimmer, in dem der berühmte Mr. Quinton seine wilden orientalischen Gedichte und Romane verfaßte. Der anschließende Raum war ein Gewächshaus voll tropischer Pflanzen von ganz eigenartiger fast ungeheuerlicher Pracht und an Nachmittagen wie diesem durchglüht vom herrlichsten Sonnenlichte. Wenn somit die Haustüre offenstand, blieb so mancher Vorübergehende stehen, zu staunen und zu starren, denn vor ihm tat sich ein Ausblick auf reichausgestattete Räume und etwas was wirklich einer Verwandlungsszene in einem Märchenspiele glich, auf: Purpurwolken, Sonnengold und funkelnde Sterne, zu gleicher Zeit lebhaft erglühend und dennoch so durchsichtig fern.

Leonhard Quinton, der Dichter, hatte selbst sehr sorgfältig diese Wirkung ausgedacht, und es ist zweifelhaft, ob er in irgendeiner seiner Dichtungen so vollkommen seine Persönlichkeit zum Ausdruck brachte. Denn er war ein Mensch, der Farbenpracht schlürfte und in ihr schwelgte, der in seiner Gier manchmal über die Form hinwegsah – auch über die gute Form. Dies war es, was seinen Geist so gänzlich orientalischer Kunst und Form zugewandt hatte, jenen sinnverwirrenden Teppichen und blendenden Stickereien, bei welchen alle Farben zu einem glücklichen Durcheinander verschmolzen scheinen, ohne irgend etwas ausdrücken oder besagen zu sollen. Er hatte, wenn auch nicht gerade mit vollkommenem, künstlerischem Erfolg, so doch mit anerkannter Phantasie und Erfindungsgabe versucht, Epen und Liebesgeschichten zu schreiben, die ein Schwelgen in sattesten und sogar grausamen Farben widerspiegelten, Erzählungen von tropischem Himmel mit sengendem Gold oder blutrotem Kupfer, von orientalischen Helden, die mit einer von zwölf Turbanen umschlungenen hohen Mitra auf purpur oder pfauengrün bemaltem Elefanten einherritten, von riesenhaften Juwelen, welche hundert Neger nicht zu schleppen vermochten, die aber in sagenhafter und einzig seltsamer Glut funkelten.

Kurz, um die Sache allgemein verständlich auszudrücken, er machte viel in morgenländischen Himmeln, die fast noch schlimmer sind als die abendländischen Höllen, in orientalischen Herrschern, die er gemeinhin ganz gut als Verrückte hätte bezeichnen können, sowie in orientalischen Juwelen, die ein Juwelier in Bond-Street (wenn die hundert taumelnden Neger sie in seinen Laden gebracht hätten) möglicherweise nicht als echt angesehen haben würde. Quinton war ein Genie, wenn auch ein krankhaftes, und eben diese Krankhaftigkeit in seinem Leben sprach mehr an, als die in seinen Werken. Von Temperament war er schwächlich und reizbar und seine Gesundheit hatte unter orientalischen Opiumversuchen schwer gelitten. Seine Frau – eine hübsche, arbeitsame und in der Tat überarbeitete Frau – widersetzte sich dem Opium, mehr aber noch einem lebenden, indischen Einsiedler in weißen und gelben Gewändern, den ihr Gemahl durchaus monatelang in seiner Umgebung zu behalten sich in den Kopf gesetzt hatte, ein Virgil, der seinen Geist durch die Himmel und Höllen des Orients geleiten sollte.

Aus diesem künstlerischen Haushalte also traten Father Brown und sein Freund die Stufe herab und, nach ihren Mienen zu schließen, verließen sie ihn mit großer Erleichterung. Flambeau hatte Quinton in stürmischen Studentenjahren in Paris gekannt und gelegentlich eines Sonntagsausfluges die Bekanntschaft erneuert; doch auch abgesehen von Flambeaus in letzter Zeit verantwortungsvollerer Laufbahn stimmte dieser mit dem Dichter jetzt nicht mehr recht gut zusammen. Sich mit Opium zugrunde zu richten und kleine erotische Reime auf Velin zu schreiben, entsprach nicht seiner Auffassung von der rechten Art, wie ein Gentleman dem Teufel zueilt. Als die beiden, ehe sie einen Rundgang im Garten begannen, auf der Schwelle des Hauses einen Augenblick stehen blieben, wurde die vordere Gartentüre ungestüm aufgerissen und ein junger Mann, den schwarzen, steifen Hut im Nacken, stolperte hastig die Stufen hinan. Er war ein liederlich aussehender Bursche mit knallroter, ganz schief sitzender Halsbinde, als hätte er damit geschlafen, und er schwang spielend einen von jenen billigen, dünnen Spazierstöcken.

„Hören Sie,“ sagte er atemlos, „ich will den alten Quinton sprechen. Ich muß ihn sprechen. Ist er ausgegangen?“

„Mr. Quinton ist zu Hause, glaube ich," erwiderte Father Brown, seine Pfeife ausklopfend, „aber ich weiß nicht, ob Sie ihn sprechen können. Der Arzt ist gerade bei ihm."

Der junge Mann, der nicht ganz nüchtern zu sein schien, stolperte ins Vorzimmer und im gleichen Augenblicke trat der Arzt aus Quintons Arbeitszimmer, schloß die Türe und begann seine Handschuhe anzuziehen.

„Mr. Quinton sprechen?" fragte er kühl. „Nein, ich fürchte, das können Sie nicht. Sie dürfen es sogar nicht, auf keinen Fall. Niemand darf zu ihm; ich habe ihm soeben sein Schlafmittel verabreicht."

„Nein, aber hören Sie, alter Junge," versetzte der junge Mann mit der roten Halsbinde und versuchte liebevoll den Arzt an den Rockaufschlägen zu fassen. „Hören Sie, ich bin einfach total abgebrannt, sage ich Ihnen. Ich –"

„Hilft nichts, Mr. Atkinson," wehrte der Arzt ab und drängte ihn zurück. „Wenn Sie imstande sind, die Wirkungen eines Schlafmittels zu ändern, dann ändere ich auch meinen Entschluß," setzte seinen Hut auf und trat mit den beiden anderen ins Sonnenlicht hinaus. Er war ein stiernackiger, gutmütiger, kleiner Mann mit kleinem Schnurrbart, unsagbar gewöhnlich, aber dennoch den Eindruck eines begabten Mannes machend.

Der junge Mann mit dem steifen Hut, dem von dem Umgang mit Menschen anscheinend nicht mehr geläufig war als die allgemeine Idee, sie bei den Rockvorschlägen zu fassen, stand unter der Türe, so verblüfft, als wäre er buchstäblich hinausgeworfen worden, und beobachtete schweigend, wie die anderen drei mitsammen durch den Garten wandelten.

„Das war eine derbe, faustdicke Lüge," bemerkte der Arzt lachend. „Tatsache ist, daß der arme Quinton erst in ungefähr einer halben Stunde seinen Schlaftrunk bekommt. Aber ich denke gar nicht daran, ihn von diesem jungen Windhunde belästigen zu lassen, der doch nur Geld geliehen haben will, das er, auch wenn er könnte, nicht zurückgeben wird. Er ist ein schäbiger, junger Taugenichts, obschon Mr. Quintons Bruder, und sie ist die beste Frau, die es je gab."

„Ja," nickte Father Brown, „sie ist eine gute Frau."

„Deshalb gedenke ich, hier im Garten zu warten, bis der Kerl sich verzogen hat," fuhr der Arzt fort, „und dann bringe ich Quinton die Medizin hinein. Atkinson kann nicht hinein, weil ich die Türe abgesperrt habe."

„In diesem Falle, Dr. Harris," meinte Flambeau, „könnten wir ja hinten am Ende des Gewächshauses etwas spazieren gehen. Von hier aus gibt es keinen Eingang, aber es ist sehenswert, auch von außen."

„Ja, und ich könnte dann einen Blick auf meinen Patienten werfen," lachte der Arzt, „denn er liegt am liebsten auf einer Ottomane ganz am Ende des Treibhauses, mitten unter all den blutroten Poinsettias; ich würde dabei Gänsehaut bekommen. Aber was machen Sie denn?" Father Brown war einen Augenblick stehen geblieben, um ein im hohen Grase nahezu ganz verborgenes, eigenartig krummes, aber zierlich mit farbiger Stein- und Metallmosaik eingelegtes, orientalisches Messer aufzuheben.

„Was ist das?" fragte Father Brown und besah es mit wenig Wohlgefallen.

„O, es wird wohl Quinton gehören," meinte Dr. Harris gleichgültig; „er hat allerhand chinesischen Kram in seinem Hause. Vielleicht gehört es auch jenem sanften Hindu, den er sich hält."

„Welchem Hindu?" fragte Father Brown, noch den Dolch anstarrend.

„O, irgend so einem indischen Beschwörer," erwiderte der Arzt leichthin; „ein Betrüger natürlich."

„Sie glauben nicht an Zauberei?" fragte Father Brown, ohne aufzublicken.

„Blödsinn! Zauberei!" erwiderte der Arzt.

„Es ist sehr schön," sagte der Priester in leisem, träumerischem Tone; „die Farben sind sehr schön. Aber es ist mißgestaltet."

„Wieso?" fragte Flambeau und starrte es an.

„Aus vielen Gründen. Es besitzt Mißgestalt im Abstrakten. Haben Sie das in der orientalischen Kunst nie empfunden? Die Farben sind berückend reizend, aber die Formen sind niedrig und schlecht – absichtlich niedrig und schlecht. Ich fand in einem Smyrnateppich wirklich Lästerliches."

„*Mon Dieu!*" rief Flambeau lachend.

„Es sind Buchstaben und Sinnbilder in einer Sprache, die ich nicht kenne; aber ich weiß, sie stellen schlechte Worte dar," fuhr der Priester fort und seine Stimme wurde zunehmend tiefer. „Die Linien laufen bewußt übel – wie Schlangen, die sich krümmen, um zu entkommen."

„Was zum Teufel schwatzen Sie denn da?" sagte der Arzt mit lautem Lachen.

Flambeau übernahm in Ruhe die Antwort.

„Hochwürden wird bisweilen von dieser geheimnisvollen Wolke befallen," erklärte er. „Aber ich mache Sie allen Ernstes darauf aufmerksam, ich habe das nie bei ihm wahrgenommen, ohne daß nicht irgendein Schrecknis in nächster Nähe lauerte."

„Unsinn!" rief der Doktor.

„Sehen Sie," rief Father Brown und hielt ihm das gekrümmte Messer mit ausgestrecktem Arme hin, als wäre es eine schillernde Schlange. „Sehen Sie nicht, daß es die Mißgestalt zeigt? Sehen Sie nicht, daß ihm der offene und ehrliche Zweck fehlt? Es spitzt sich nicht wie ein Speer. Es schneidet nicht wie eine Sichel. Sein Aussehen ist nicht das einer Waffe, es ist das eines Folterwerkzeuges."

„Nun, da es Ihnen anscheinend nicht gefällt," versetzte Harris scherzend, „wäre es besser, man gibt es seinem Eigentümer zurück. Sind wir noch nicht am Ende dieses verdammten Gewächshauses angelangt? Dieses Haus ist es, wenn Sie nichts dagegen haben, das die Mißgestalt besitzt."

„Sie verstehen mich nicht," sagte Father Brown kopfschüttelnd. „Die Gestalt dieses Hauses ist sonderbar, sie ist sogar lachhaft. Aber sie hat nichts Bösartiges an sich."

Während sie so sprachen, schlenderten sie um die Glasrundung, mit der das Gewächshaus abschloß, eine ununterbrochene Kurve, denn weder Tür noch Fenster gewährten an dieser Seite Zutritt. Die Scheiben jedoch waren klar, und die Sonne, obwohl schon im Sinken, schien noch hell, und somit konnte man nicht nur die farbenglühenden Blüten drinnen sehen, sondern auch die hinfällige Gestalt des Dichters, der, mit einer braunen Samtjacke angetan, nachlässig auf dem Diwan ruhte und über einem Buche halb zu schlummern schien. Er war ein bleicher schlanker Mann mit losem, kastanienbraunem Haar und einem Barte, der mit dem Gesichte in Widerspruch stand, denn er ließ dieses weniger männlich erscheinen. Diese Züge waren allen dreien wohlbekannt, doch selbst, wenn dies nicht der Fall gewesen wäre, ist es zweifelhaft, ob sie gerade in diesem Augenblicke nach Quinton gesehen hätten. Ihre Blicke waren auf einen anderen Gegenstand geheftet.

Gerade auf ihrem Wege unmittelbar vor der Rundung des Glashauses stand ein hochgewachsener Mann, dessen Gewand in fleckenlosem Weiß zu den

Füßen herabfiel, und dessen kahler, brauner Schädel, Hals und Gesicht in der Abendsonne wie schimmernde Bronze erglänzten. Sein Blick war auf den Schlafenden hinter der Glaswand gerichtet, und er selbst war regungslos wie aus Stein gemeißelt.

„Wer ist das?“ rief Father Brown, und trat mit verhaltenem Atem einen Schritt zurück.

„O, es ist nur der indische Schwindler,“ brummte Harris; „aber ich weiß nicht, was zum Teufel er hier zu tun hat.“

„Es sieht nach Hypnotismus aus,“ meinte Flambeau, an seinem Schnurrbart beißend.

„Weshalb schwatzt ihr Nichtmediziner immer Unsinn über Hypnotismus?“ rief der Arzt. „Mir macht er eher den Eindruck eines Einbrechers.“

„Nun, auf jeden Fall wollen wir ihn anreden,“ entschied Flambeau, der stets zum Handeln bereit war. Ein langer Schritt brachte ihn an die Seite des Inders. Und von seiner großen Höhe herab, die selbst die des Orientalen noch übertraf, sich verbeugend, sagte er mit gelassener Unverfrorenheit:

„Guten Abend, mein Herr. Wünschen Sie etwas?“ Ganz langsam, gleich einem großen Schiff, das in den Hafen einlenkt, wandte sich das große gelbe Gesicht um und blickte schließlich über die weiße Schulter. Überraschenderweise waren die gelben Augenlider fest geschlossen wie im Schlaf.

„Ich danke Ihnen,“ sprach das Gesicht in vorzüglichem Englisch. „Ich wünsche nichts.“ Dann, die Lider halb öffnend, so daß ein schmaler Streifen des schillernden Augapfels sichtbar wurde, wiederholte er: „Ich wünsche nichts.“ Darauf die Augen weit zu einem fast erschreckenden, starren Blicke öffnend sagte er nochmals: „Ich wünsche nichts“, und schritt rauschend in den schnell dunkelnden Garten hinaus.

„Der Christ ist bescheidener,“ murmelte Father Brown, „er wünscht etwas.“

„Was in aller Welt machte er denn da?“ fragte Flambeau mit gerunzelter Stirne etwas weniger laut.

„Ich möchte später mit Ihnen reden,“ erwiderte Father Brown.

Das Sonnenlicht war noch vorhanden, doch es war schon der rötliche Schein des Abends, und Bäume und Gebüsch begannen sich immer dunkler davon abzuzeichnen. Die drei schritten um das Ende des Gewächshauses herum und gingen schweigend die andere Seite des Hauses entlang, um jenseits derselben die Vordertüre wieder zu gewinnen. Ihre Schritte schienen, wie man einen Vogel aufschreckt, etwas aus der tiefen Ecke zwischen dem Arbeitszimmer und dem Hauptgebäude aufgescheucht zu haben, und wieder sahen sie den weißgekleideten Fakir aus dem Schatten gleiten und der Vordertüre zuschlüpfen. Zu ihrem Erstaunen jedoch war er nicht allein. Ihr Staunen und ihre Verwirrung wichen aber rasch beim Erscheinen von Mrs. Quinton, die mit ihrem schweren, goldenen Haare und dem bleichen, viereckigen Gesichte ihnen aus dem Halbdunkel entgegentrat. Sie sah etwas finster aus, war jedoch durchaus höflich.

„Guten Abend, Dr. Harris," war alles, was sie sagte.

„Guten Abend, Mrs. Quinton," erwiderte der kleine Arzt herzlich. „Ich will soeben Ihrem Gatten seinen Schlaftrunk reichen."

„Ja," sagte sie mit einer klaren Stimme, „ich glaube, es ist eben Zeit." Sie lächelte ihnen zu und verschwand im Hause.

„Diese Frau ist überarbeitet," bemerkte Father Brown: „das ist die Art von Frauen, die zwanzig Jahre lang ihre Pflicht tun und dann etwas Fürchterliches vollbringen."

Der kleine Doktor blickte ihn zum erstenmal mit Augen voll Interesse an. „Haben Sie je Medizin studiert?" fragte er.

„Ihr Beruf erfordert ebenso einige Kenntnis des Geistes wie des Körpers," antwortete der Priester, „und der unsere erfordert ebenso einige Kenntnis des Körpers wie des Geistes."

„Nun," sagte der Doktor, „ich will jetzt hineingehen und Quinton seine Arznei geben."

Sie waren um die Ecke der Vorderfront gebogen und näherten sich dem Haupteingange. Bei ihrem Eintritt gewahrten sie den weißgekleideten Mann zum drittenmal. Er schritt so geradeaus dem Eingangstore zu, daß es so gut wie unglaublich erschien, er sei nicht soeben aus dem gegenüberliegenden Studierzimmer gekommen. Und doch wußten sie, daß die Türe dazu verschlossen war.

Father Brown und Flambeau behielten jedoch diese unheimliche Unvereinbarkeit für sich, und Dr. Harris war nicht der Mann, sich den Kopf über das Unmögliche zu zerbrechen. Er ließ den allgegenwärtigen Asiaten hinausgehen und betrat dann festen Schrittes die Vorhalle. Dort stieß er auf eine Gestalt, die er bereits vergessen hatte. Der fade Atkinson lungerte noch immer herum, summte vor sich hin und beklopfte dies und das mit dem Knopfe seines Spazierstockes. Aus dem krampfhaft zuckenden Gesichte des Arztes sprachen Ekel und Entschlossenheit, und er flüsterte rasch seinen Begleitern zu: „Ich muß die Türe wieder schließen, sonst kommt der Kerl hinein. Aber ich werde in zwei Minuten wieder heraus sein."

Schnell schloß er auf und schloß sofort wieder hinter sich, damit gerade noch einen Versuch des jungen Gecken mit dem steifen Hut, einzudringen, vereitelnd. Der junge Mann warf sich ungeduldig auf einen der Stühle des Vorzimmers, Flambeau betrachtete eine persische Illustration an der Wand, und Father Brown, der sich in einer Art Betäubung befand, blickte gedankenlos die Türe an. Nach ungefähr vier Minuten wurde diese wieder geöffnet. Diesmal war Atkinson flinker. Er machte einen Satz, hielt die Türe einen Augenblick offen und rief hinein: „O, höre mal, Quinton, ich brauche –"

Vom anderen Ende des Arbeitszimmers ertönte die klare Stimme Quintons, so etwas zwischen Gähnen und lautem Lachen.

„Ja, ja, ich weiß schon, was du brauchst. Nimm und laß mich in Ruhe. Ich schreibe an einem Gedicht über Pfauen."

Ehe die Türe sich schloß, flog ein Zehnschillingstück durch den Spalt, und Atkinson fing es, mit ausnehmender Geschicklichkeit vorwärts stürzend, auf.

„So, das ist abgemacht," sagte der Arzt, und indem er wütend die Türe schloß, schritt er den anderen voran in den Garten hinaus.

„Der arme Leonhard kann nun etwas ausruhen," fügte er zu Father Brown gewendet hinzu; „er bleibt jetzt auf ein oder zwei Stunden ganz allein eingeschlossen."

„Ja," antwortete der Priester, „und seine Stimme klang ganz heiter, als wir ihn verließen." Dann blickte er nachdenklich im Garten umher und sah die vernachlässigte Gestalt Atkinsons stehen, der mit seinem Zehnschillingstück in der Tasche spielte, und weiter drüben im purpurnen Dämmerlichte die Gestalt des Inders, der, das Gesicht der sinkenden Sonne zugekehrt kerzengerade auf einem Grashügel saß. Dann fragte er unvermittelt: „Wo ist Mrs. Quinton?"

„Sie ist in ihr Zimmer hinaufgegangen," erwiderte der Arzt. „Dort ist ihr Schatten auf dem Vorhang."

Father Brown blickte empor und prüfte stirnrunzelnd einen dunklen Schattenriß, der sich vom gasbeleuchteten Fenster abhob.

„Ja," gab er zu, „das ist ihr Schatten," ging ein paar Meter weiter und warf sich in einen Gartenstuhl.

Flambeau ließ sich neben ihm nieder, doch der Arzt war einer jener energischen Menschen, denen auf ihren eigenen Beinen wohler ist. Er schritt weiter in die Dämmerung hinaus, rauchte seine Zigarre, und die beiden Freunde blieben sich selbst überlassen.

„*Mon père*," begann Flambeau in Französisch, „was ist mit Ihnen?"

Father Brown blieb eine halbe Minute schweigend und regungslos, dann sagte er: „Aberglaube ist etwas Irreligiöses, aber es liegt hier über diesem Orte irgend etwas in der Luft. Ich glaube, es ist jener Inder – wenigstens zum Teil."

Er versank von neuem in Schweigen und beobachtete den fernen Umriß des Inders, der immer noch steif wie im Gebete dasaß. Auf den ersten Blick schien er regungslos, doch als Father Brown ihn genauer betrachtete, gewahrte er, daß der Mann nahezu unmerklich in einer rhythmischen Bewegung hin- und herschwankte, gerade wie die dunklen Baumwipfel leise in dem leichten Winde wogten, der die düstren Gartenpfade heraufwehte und die gefallenen Blätter aufwirbelte.

Die Dunkelheit senkte sich schnell auf das Land hernieder wie vor einem Gewitter, doch konnte man noch jede Gestalt auf ihrem Platze erkennen. Atkinson lehnte verdrossen an einem Baume, Quintons Gattin stand noch an ihrem Fenster, der Arzt schlenderte langsam um das Ende des Studierzimmers, man konnte seine Zigarre wie ein Irrlicht leuchten sehen, und der Fakir saß noch aufrecht, aber doch schwankend da, während die Bäume über ihm zu schwingen und fast zu rauschen anfingen. Sicher zog ein Wetter herauf.

„Als der Inder mit uns sprach," fuhr Brown in leisem Unterhaltungstone fort, „hatte ich etwas wie eine Vision, ich sah gewissermaßen ihn und die Welt, in der er lebte. Und doch sagte er nur dreimal dasselbe. Als er zum erstenmal sagte: ich wünsche nichts, bedeutete dies nur, daß er undurchdringlich sei, daß Asien sein Geheimnis für sich behält. Dann sagte er wiederum: ich wünsche nichts, und ich wußte, er meinte, er genüge sich selbst, wie ein Kosmos; daß er keines Gottes bedürfe und es für ihn keine Sünde gebe. Und als er zum dritten Male sagte: ich wünsche nichts, sagte er es mit flammenden Augen. Und ich verstand, daß er buchstäblich meinte, was er sagte, daß Nichts sein Sehnen und seine Heimat sei, daß er nach nichts verlangte als nach Wein, daß Aufgehen in Nichts, die reine Zerstörung von allem und jedem –"

Zwei Regentropfen fielen, und aus irgendeinem Grunde schreckte Flambeau auf und blickte aufwärts, als hätten sie ihn gestochen. Und in demselben Augenblicke begann vom Ende des Gewächshauses her der Doktor auf sie zuzulaufen, wobei er irgend etwas laut rief.

Als er wie eine Bombe unter sie fuhr, wollte es der Zufall, daß der unruhsame Atkinson sich dem Hause näherte. Der Arzt packte ihn mit krampfhaftem Griffe am Kragen. „Betrüger!" schrie er, „was hast du ihm getan, du Hund?"

Der Priester war aufgesprungen, und seine Stimme klang stahlhart wie die eines kommandierenden Soldaten.

„Keine Schlägerei," rief er kühl, „wir sind unser genug hier, um wenn nötig jeden festzuhalten. Was ist geschehen, Doktor?"

„Es ist etwas nicht in Ordnung mit Quinton," versetzte der Arzt leichenblaß. „Ich konnte ihn soeben durch die Scheiben sehen, und die Art, wie er liegt, gefällt mir nicht. Jedenfalls liegt er nicht mehr so, wie ich ihn verließ."

„Gehen wir zu ihm hinein," sagte Father Brown kurz. „Sie können Mr. Atkinson freilassen; ich habe ihn, seit wir Quintons Stimme hörten, nicht aus dem Auge verloren."

„Ich werde hier bleiben und ihn bewachen," erbot sich Flambeau eilend. „Sie gehen hinein und sehen nach."

Der Arzt und der Priester liefen zur Türe des Studierzimmers, schlossen auf und stürzten hinein. Dabei fielen sie fast über den großen Mahagonitisch in der Mitte, an welchem der Dichter zu schreiben pflegte, denn der Raum war nur durch ein schwaches, für den Kranken unterhaltenes Kaminfeuer erleuchtet. In der Mitte dieses Tisches lag ein einzelnes Blatt Papier, augenscheinlich mit Absicht dort hingelegt. Der Arzt griff es auf, warf einen Blick darauf und mit dem Ausruf: „Guter Gott, sehen Sie nur!" reichte er es Father Brown hin, stürzte nach dem Glashause, wo über den verhängnisdrohenden Tropenpflanzen noch ein Glutschimmer des Abendrotes zu hängen schien.

Father Brown las die Worte dreimal, ehe er das Papier niederlegte. Die Worte lauteten: „Ich sterbe durch meine eigene Hand, doch sterbe ich gemordet." Sie waren in der ganz unnachahmbaren, um nicht zu sagen unlesbaren Handschrift Leonhard Quintons geschrieben.

Dann schritt Father Brown, noch immer das Papier in der Hand, nach dem Gewächshause, wo ihm sein ärztlicher Freund mit einem Ausdruck der Gewißheit und Bestürzung entgegentrat. „Er hat es getan," sagte Harris.

Mitsammen durchschritten sie die überwältigende, unnatürliche Pracht von Kakteen und Azaleen und fanden Leonhard Quinton, den Dichter und Romanschriftsteller, mit herabhängendem Kopfe, so daß seine rötlichen Locken den Boden berührten, auf der Ottomane liegend. In seiner linken Seite steckte das seltsame Dolchmesser, das sie im Garten aufgelesen hatten, und seine welke Hand ruhte noch am Griff.

Draußen tobte der plötzlich entfesselte Sturmwind, und der niederströmende Regen verdunkelte Garten und Glasdach. Father Brown schien dem Papiere mehr Aufmerksamkeit zuzuwenden, als der Leiche; er hielt es dicht vor die Augen und suchte es anscheinend in der Dunkelheit zu lesen. Dann hielt er es aufwärts gegen das schwache Licht, und in diesem Augenblicke zuckte ein Blitz mit seinem weißen Lichte durch den Raum, so grell, daß das Papier schwarz dagegen erschien.

Donnererfüllte Finsternis folgte und nachdem der Donner verhallt war, sagte Father Browns Stimme aus dem Dunkel: „Doktor, dieses Papier hat nicht die rechte Gestalt."

„Was meinen Sie damit?" fragte Doktor Harris und starrte ihn stirnrunzelnd an.

„Es ist nicht viereckig," antwortete Brown. „Es ist der Rand an der Ecke abgeschnitten. Was bedeutet das?"

„Wie zum Teufel soll ich denn das wissen?" brummte der Doktor. „Glauben Sie, wir sollten den armen Burschen aufheben? Er ist ganz tot."

„Nein," antwortete der Priester, „wir müssen ihn liegen lassen, wie er liegt, und die Polizei holen lassen." Doch fuhr er immer noch fort, das Papier zu untersuchen.

Als sie durch das Studierzimmer den Rückweg antraten, blieb er am Tische stehen und nahm eine kleine Nagelschere zur Hand.

„O," sagte er mit einer gewissen Erleichterung, „damit hat er es gemacht. Und doch" – Und seine Augenbrauen zogen sich zusammen.

„Ach, hören Sie doch endlich auf mit Ihrem Unsinn über den Papierfetzen," versetzte der Arzt mit Nachdruck. „Das war eben seine Liebhaberei. Zu Hunderten hatte er deren. Er schnitt all sein Papier so zu." und er wies auf einen Stoß noch unbeschriebenen Manuskriptpapieres auf einem anderen kleineren Tische. Father Brown trat an diesen heran und ergriff ein Blatt. Es hatte dieselbe unregelmäßige Gestalt.

„Ganz richtig," sagte er. „Und hier sehe ich die Ecken, die abgeschnitten worden sind." Und zum großen Ärger seines Begleiters begann er sie zu zählen.

„Stimmt," schloß er mit entschuldigendem Lächeln. „Dreiundzwanzig beschnittene Bogen und zweiundzwanzig abgeschnittene Ecken. Und da ich sehe, daß Sie ungeduldig sind, wollen wir die anderen aufsuchen."

„Wer soll es seiner Gattin mitteilen?" fragte Dr. Harris. „Wollen Sie ihr jetzt die Nachricht überbringen, während ich einen Diener um die Polizei schicke?"

„Wie Sie wünschen," fügte sich Father Brown gleichgültig und begab sich in die Vorhalle.

Hier fand er auch ein Drama, wenngleich etwas groteskerer Natur. Es zeigte nichts weniger als seinen riesenhaften Freund Flambeau in einer Stellung, an die dieser lange nicht mehr gewohnt war, während auf dem Gartenweg am Fuß der Treppe der herzige Atkinson zappelte, die Füße hoch in der Luft, und Hut und Stock nach entgegengesetzten Richtungen den Pfad entlang flogen. Atkinson hatte die nahezu väterliche Obhut Flambeaus endlich satt bekommen und versucht, diesen niederzuschlagen, was bei dem Apachenkönig auch nach dessen Abdankung noch kein so einfaches Spiel war.

Flambeau war daran, sich auf den Feind zu werfen und ihn von neuem zu packen, als der Priester ihn leicht auf die Schulter klopfte.

„Machen Sie Frieden mit Mr. Atkinson, mein Freund," sagte er. „Bitten Sie einander ab und sagen Sie ›Gute Nacht‹. Wir brauchen ihn nicht länger festhalten." Dann, als Atkinson, noch etwas zweifelhaft, sich erhob, seinen Hut und Stock aufklaubte und der Gartentüre zueilte, fuhr Father Brown mit etwas ernsterer Stimme fort: „Wo ist der Inder?"

Alle drei (denn der Arzt hatte sich zu ihnen gesellt) wandten sich unwillkürlich der dunklen Rasenbank unter den im Abenddunkel violetten, rauschenden

Bäumen zu, wo sie zuletzt den braunen Mann in seinem sonderbaren Gebet schwankend gesehen hatten. Der Inder war verschwunden.

„Verdammt," rief der Doktor und stampfte wütend mit dem Fuß. „Jetzt weiß ich, daß es der schwarze Kerl war, der es getan hat."

„Ich dachte, Sie glauben nicht an Zauberei," erwiderte Father Brown ruhig.

„Das tue ich auch nicht," gab der Arzt rollenden Auges zurück. „Ich weiß nur, daß mich jener gelbe Teufel anwiderte, schon, als mir der Gedanke kam, er sei ein abgefeimter Betrüger. Und er wird mir noch verhaßter sein, wenn ich denke, daß er wirklich ein solcher war."

„Nun, es tut nichts, daß er entkommen ist," meinte Flambeau. „Denn wir hätten ihm doch nichts beweisen und nichts anhaben können. Man kann nicht gut bei der Bezirkspolizei erscheinen und eine Geschichte vorbringen von jemandem, der durch Zauberei oder Autosuggestion aufgezwungenen Selbstmord begangen hat."

Father Brown hatte sich inzwischen ins Haus begeben, um der Gattin des Toten die Nachricht zu überbringen. Als er wieder herauskam, sah er etwas bleich und bewegt aus, doch was bei jener Unterredung vor sich ging, hat niemand je erfahren, auch nicht nachdem alles sich aufgeklärt hatte.

Flambeau, der ruhig mit dem Arzt sprach, war überrascht, seinen Freund so bald wieder an seiner Seite zu sehen, doch Brown beachtete dies nicht und zog nur den Doktor beiseite.

„Sie haben nach der Polizei geschickt, nicht wahr?" fragte er.

„Ja," antwortete Harris. „Sie muß in zehn Minuten hier sein."

„Wollen Sie mir einen Gefallen tun?" sagte der Priester ruhig. „Um Ihnen die Wahrheit zu sagen, ich sammle solche sonderbare Geschichten, welche oft, wie auch hier in diesem Falle mit unserem Hindu, Elemente enthalten, die man kaum in einem Polizeiberichte niederlegen kann. Nun möchte ich, daß Sie einen Bericht über diesen Fall zu meinem Privatgebrauch niederschreiben. Ihr Gewerbe fordert nüchterne Klugheit," betonte er und blickte dem Arzt streng und fest ins Auge. „Es scheint mir manchmal, als wüßten Sie einige Einzelheiten aus dieser Geschichte, die Sie vorzogen, zu verschweigen. Mein Gewerbe ist wie das Ihrige ein verschwiegenes, und ich werde alles, was Sie für mich niederschreiben, streng vertraulich behandeln. Aber schreiben Sie alles."

Der Arzt, welcher, den Kopf etwas zur Seite gebeugt, nachdenklich zugehört hatte, blickte einen Augenblick dem Priester ins Gesicht und dann sagte er: „Einverstanden,“ begab sich in das Studierzimmer und schloß die Türe hinter sich.

„Flambeau,“ lud Father Brown ein, „dort ist eine Bank unter der Veranda, wo wir ungestört vom Regen rauchen können. Sie sind mein einziger Freund in der Welt, und ich möchte mit Ihnen plaudern. Oder vielleicht mit Ihnen schweigen.“

Sie ließen sich behaglich unter der Veranda nieder. Father Brown nahm gegen seine Gewohnheit eine gute Zigarre an und rauchte sie beharrlich und stillschweigend, während der Regen auf das Dach niederströmte.

„Mein Freund,“ begann er endlich, „dies ist ein sehr seltsamer Fall. Ein höchst seltsamer Fall.“

„Scheint mir auch so,“ erwiderte Flambeau, sich leicht schüttelnd.

„Sie nennen ihn seltsam und ich nenne ihn seltsam,“ fuhr jener fort, „und doch meinen wir ganz entgegengesetzte Dinge. Der moderne Verstand verwechselt immer zwei verschiedene Ideen: das Geheimnisvolle im Sinne des Wunderlichen und das Geheimnisvolle im Sinne des Unverständlichen. Darin liegt auch die Hälfte der Schwierigkeit bezüglich des Wunders. Ein Wunder ist aufsehenerregend, aber es ist einfach. Es ist einfach, weil es ein Wunder ist. Es ist Macht, welche direkt von Gott kommt (oder vom Teufel), anstatt indirekt durch die Natur oder den menschlichen Willen. Sie meinen nun, daß dieser Fall wunderlich ist, weil ein Wunder vorliegt, weil er durch von einem gottlosen Inder ausgeübte Zauberkraft geschah. Verstehen Sie wohl, ich sage nicht, er war nicht übersinnlich oder diabolisch. Nur Himmel und Hölle wissen, durch welche Umgebung von Einflüssen seltsame Sünden in das Leben der Menschen eindringen? Im vorliegenden Falle aber dreht es sich darum: wenn es, wie Sie denken, nichts als Zauberkraft war, dann ist es wunderbar; aber es ist nicht geheimnisvoll – das heißt, nicht unverständlich, nicht verwickelt. Die Eigenart eines Wunders ist das Geheimnisvolle, doch seine Art ist einfach. Nun aber ist die Art dieses Falles gerade das Gegenteil von einfach.“

Das Gewitter, welches eine Weile nachgelassen hatte, schien wieder anzuwachsen und von fern her rollte schwacher Donner. Father Brown streifte die Asche seiner Zigarre ab und fuhr fort.

„Diesem Vorfalle haftet etwas Verwickeltes, Garstiges, Gewundenes an, das weder den geradeaus zielenden Schlägen des Himmels noch der Hölle eigen ist. Wie man die gewundene Spur einer Schlange kennt, so kenne ich die gewundene Spur eines Menschen."

Ein greller Blitz öffnete sein ungeheures Himmelsauge, der Himmel schloß sich wieder, und der Priester fuhr fort:

„Von all diesen gewundenen, mißgestalteten Dingen war das schlimmste die Gestalt jenes Stückes Papier. Es war krummer als der Dolch, welcher ihn tötete."

„Sie meinen das Papier, auf dem Quinton seinen Selbstmord bekannte," fragte Flambeau.

„Ich meine das Papier, auf welches Quinton schrieb ›Ich sterbe durch meine eigene Hand‹," erwiderte Father Brown. „Die Gestalt jenes Papiers, mein Freund, war die unrechte, die unrechte Gestalt, wenn ich sie je in dieser erbärmlichen Welt gesehen habe."

„Es war eine Ecke abgeschnitten," warf Flambeau ein, „und wie ich hörte, war alles Papier Quintons in dieser Weise beschnitten."

„Eine sehr merkwürdige Art," fuhr der andere fort, „und meines Erachtens eine sehr schlechte Art. Hören Sie, Flambeau, dieser Quinton – Gott sei ihm gnädig! – war vielleicht in mancher Hinsicht ein gemeiner Kerl, aber er war wirklich ein Künstler, mit dem Stift sowohl wie mit der Feder. Seine Schrift, obwohl schwer lesbar, war kühn und schön. Ich kann nicht beweisen, was ich sage, ich kann überhaupt nichts beweisen. Aber ich sage Ihnen mit aller Kraft meiner Überzeugung, daß er nie dieses elende Stückchen von einem Bogen Papier abgeschnitten haben konnte. Wenn er zu irgend einem passenden Zwecke, sei es zum Einbinden oder sonst etwas Papier zu beschneiden gehabt hätte, würde er einen ganz anderen Schnitt mit der Schere getan haben. Erinnern Sie sich, wie es aussah? Es war von gemeiner Form. Es war mißgestaltet, schlecht. So etwa. Erinnern Sie sich nicht?"

Und er fuhr mit seiner brennenden Zigarre vor ihm im Finstern umher und machte so schnelle, unregelmäßige Vierecke, daß Flambeau wirklich sie als feurige Hieroglyphen auf dem Dunkel zu sehen vermeinte – solche Hieroglyphen, von denen sein Freund gesprochen hatte, die unentzifferbar sind und doch nichts Gutes bedeuten können.

„Doch," versetzte Flambeau, als der Priester seine Zigarre wieder in den Mund steckte und zurückgelehnt zur Decke starrte, „nehmen wir an, jemand anderer hat sich der Schere bedient. Weshalb sollte ein anderer, indem er vom Manuskript Ecken abschneidet, Quinton veranlassen, Selbstmord zu begehen?"

Father Brown lag noch zurückgelehnt und blickte noch immer nach oben, nahm aber die Zigarre aus dem Mund und sagte: „Quinton hat niemals Selbstmord begangen."

Flambeau starrte ihn an. „Warum zum Teufel," schrie er, „warum hat er dann Selbstmord eingestanden?"

Der Priester lehnte sich vornüber, stützte die Ellenbogen auf die Knie, blickte zu Boden und sagte mit leiser, deutlicher Stimme: „Er hat niemals Selbstmord eingestanden."

Flambeau setzte seine Zigarre ab. „Sie meinen," sagte er, „die Schrift war gefälscht?"

„Nein," erwiderte Father Brown. „Es ist von Quinton geschrieben."

„Nun, was wollen Sie dann?" entgegnete Flambeau ärgerlich. „Quinton schrieb ›Ich sterbe durch meine eigene Hand‹ mit seiner eigenen Hand auf ein einfaches Stück Papier."

„– von der unrechten Form," ergänzte der Priester ruhig.

„O, diese verdammte Papierform!" rief Flambeau aus. „Was hat denn die damit zu tun?"

„Es waren dreiundzwanzig beschnittene Blätter," fuhr Brown unbeirrt fort, „und nur zweiundzwanzig abgeschnittene Eckchen. Folglich ist eines von diesen vernichtet worden, wahrscheinlich das von dem beschriebenen Blatte. Bringt Sie das nicht auf einen Gedanken?"

In Flambeaus Gesicht ging ein Licht auf. „Es war," meinte er, „noch weiteres von Quinton darauf geschrieben, noch einige Worte. ›Man wird euch sagen, ich sterbe durch meine eigene Hand‹ oder ›Glaubt nicht –‹"

„Feuer! wie es im Kinderspiel heißt," unterbrach ihn sein Freund. „Aber das Stückchen war kaum einen halben Zoll breit: da war kein Raum für ein Wort, geschweige denn für fünf. Fällt Ihnen nichts ein, eine Kleinigkeit, größer als ein Komma, was der Mann, in dessen Herz die Hölle tobte, wegschneiden mußte, um einen gegen ihn aussagenden Zeugen unschädlich zu machen?"

„Es will mir nichts einfallen," bekannte Flambeau endlich.

„Was meinen Sie zu einem Anführungszeichen?" fragte der Priester und schleuderte seine Zigarre gleich einer Sternschnuppe in das Dunkel.

Der andere war sprachlos, und Father Brown fuhr fort wie einer, der zum Wesentlichen zurückkehrt:

„Leonhard Quinton war Romanschriftsteller und schrieb an einem orientalischen Romane über Zauberei und Hypnotismus. Er –"

In diesem Augenblicke wurde die Türe hinter ihnen hastig geöffnet und der Doktor kam, den Hut auf dem Kopfe, heraus und überreichte dem Priester einen langen Briefumschlag.

„Hier ist das Schriftstück, das Sie wünschten." sagte er, „ich muß jetzt nach Hause gehen. Gute Nacht!"

„Gute Nacht," rief Father Brown nach, als der Arzt raschen Schrittes der Pforte zueilte.

Er hatte die Haustüre offen gelassen, so daß ein Streifen Gaslichtes herausfiel. Bei diesem Lichte öffnete Brown den Umschlag und las:

„Werter Father Brown, – Vicisti Galilaee. Verflucht sonst Ihre Augen, denn sie durchschauen alles. Wäre es möglich, daß schließlich doch etwas hinter all Ihrem Zeugs ist?

„Ich bin ein Mensch, der seit seiner Kindheit an die Natur und an alle natürlichen Funktionen und Instinkte geglaubt hat, gleichviel ob man sie sittlich oder unsittlich nannte. Lange noch ehe ich Arzt wurde, als ich noch ein Schuljunge war und Mäuse und Spinnen hielt, glaubte ich, gut dahinzuleben sei das Beste in der Welt. Nun aber bin ich erschüttert: ich habe an die Natur geglaubt, doch es scheint, als könne die Natur den Menschen im Stiche lassen. Sollte hinter Ihrem Humbug am Ende doch etwas liegen? Ich fange wirklich an, krankhaft zu werden.

„Ich liebte Quintons Weib, was war daran unrecht? Die Natur hatte es mich geheißen und Liebe ist die Triebfeder der Welt. Ich dachte auch ganz aufrichtig, sie würde mit mir, einem ehrlichen Zweifüßler, glücklicher sein, als mit jenem halb verrückten Plagegeist, was war unrechtes darin? Ich stellte mich nur wie ein Mann der Wissenschaft Tatsachen gegenüber. Sie würde glücklicher sein.

„Nach meinem eigenen Glauben war ich vollkommen frei, Quinton zu töten, was für jedermann, auch für ihn selbst das Beste war. Doch als gesundes Lebewesen fiel mir nicht ein, mich selbst zu beseitigen. Ich beschloß daher, es erst zu tun, wenn ich eine Gelegenheit fände, die mich völlig unbehelligt ließ. Diese Gelegenheit sah ich heute morgens.

„Ich war heute im ganzen dreimal in Quintons Zimmer. Als ich das erstemal hineinging, sprach er von nichts anderem als der unheimlichen Erzählung ›Der Fluch eines Heiligen‹, an der er schrieb und worin ein indischer Einsiedler einen englischen Oberst nur durch Gedankenübertragung Selbstmord begehen läßt. Er zeigte mir die letzten Blätter und las mir sogar den letzten Abschnitt vor, der ungefähr lautete: ›Der Eroberer des Panschab, nur noch ein gelbes Skelett, aber immer noch ein Riese, vermochte noch sich auf seinen Ellbogen zu stützen und seinem Neffen ins Ohr zu hauchen: Ich sterbe durch meine eigene Hand, doch sterbe ich gemordet!‹ Zufälligerweise, wie es in hundert Fällen nur ein einzigesmal zu geschehen pflegt, standen diese letzten Worte zu Beginn eines neuen Blattes. Ich verließ das Zimmer, und berauscht von einer fürchterlichen, günstigen Gelegenheit ging ich in den Garten hinaus.

„Wir schlenderten um das Haus und zwei weitere Vorfälle arbeiteten mir in die Hand. Sie hegten Verdacht gegen den Inder, und Sie fanden einen Dolch, dessen Benützung durch den Inder höchst wahrscheinlich erscheinen mußte. Ich benützte die Gelegenheit, steckte ihn ein, kehrte in Quintons Studierzimmer zurück und reichte ihm sein Schlafmittel. Er wollte nichts davon wissen, Atkinson eine Antwort zu geben, aber ich drang in ihn, dem Burschen zuzurufen und ihn zu beruhigen, denn ich brauchte einen klaren Beweis, daß Quinton noch lebte, als ich das Zimmer zum zweitenmal verließ. Quinton legte sich im Gewächshause nieder und ich kam durch das Studierzimmer. Ich bin sehr gewandt mit meinen Händen, und in ein und einer halben Minute hatte ich getan, was ich tun wollte. Ich hatte den ganzen ersten Teil von Quintons Roman ins Kaminfeuer geworfen, wo er zu Asche verbrannte. Da sah ich, daß das Anführungszeichen hinderlich war, also schnitt ich es ab, und um es noch wahrscheinlicher zu machen, beschnitt ich den ganzen Stoß Papier in gleicher Weise. So kam ich heraus mit dem Bewußtsein, daß Quintons Eingeständnis des Selbstmordes auf dem Tische lag, wahrend Quinton lebend, jedoch schlafend im Gewächshause drüben ruhte.

„Der letzte Akt war ein verwegener, das können Sie sich denken. Ich gab vor, Quinton tot liegen gesehen zu haben und stürzte in sein Zimmer. Ich hielt Sie mit den Papieren auf, und daran gewöhnt, meine Hände rasch zu gebrauchen, tötete ich Quinton, während Sie sein Geständnis des Selbstmordes lasen. Er war halb betäubt von dem Schlaftrunk, ich legte seine Hand um den Dolch und stieß ihn ihm in den Leib. Der Dolch war von so sonderbarer Form, daß nur ein Operationskundiger den Winkel berechnen konnte, um sein Herz zu treffen. Ob Sie das wohl bemerkten?

„Als ich es getan hatte, geschah das Außergewöhnliche. Die Natur verließ mich. Ich fühlte mich krank. Mir war, als hätte ich etwas Unrechtes begangen. Ich glaube, mein Gehirn versagt; ich empfinde etwas wie einen verzweifelten Trost in dem Gedanken, daß ich das Geschehene jemanden anvertraut habe, daß ich es nicht allein mit mir herumtragen muß, wenn ich heirate und Kinder habe. Was ist mit mir? ... Wahnsinn ... oder kann man Gewissensbisse haben, wie in Byrons Gedichten? Ich kann nicht weiter schreiben. –

James Erskine Harris."

Father Brown faltete den Brief sorgfältig zusammen und steckte ihn in seine Brusttasche, als eben kräftig die Torglocke gezogen wurde und die nassen Gummimäntel mehrerer Polizisten draußen auf der Straße glänzten.

Die Sternschnuppen

„Das schönste Verbrechen, das ich je beging," pflegte Flambeau in seinen überaus moralischen alten Tagen zu erzählen, „war infolge eines ganz eigenartigen Zusammentreffens auch mein letztes. Es wurde an Weihnachten vollführt. Als Künstler war ich von jeher bestrebt, meine Verbrechen so zu begehen, daß sie sich der jeweiligen Jahreszeit oder Landschaft, in der ich selbst mich befand, anpaßten, wobei ich für eine Katastrophe die eine oder andere Terrasse oder den Garten auswählte, wie man das so auch für eine Statuengruppe tut. Adelige Grundbesitzer erforderten eine Begaunerung in langen, in Eiche getäfelten Räumen, während hinwiederum Juden sich unerwartet in der Beleuchtung oder hinter den Wandschirmen des Café Riche ohne auch nur einen Penny zu finden hatten. Wenn ich z. B. in England einen Dekan von seinen Reichtümern befreien wollte (was nicht so leicht ist, als du glauben möchtest), war ich bestrebt, ihn – wenn ich mich klar ausdrücke – in die grünen Wiesen und grauen Türme irgend eines alten Bischofssitzes zu rahmen. Ähnlich freute ich mich in Frankreich, wenn, nachdem ich einen reichen und leichtsinnigen Bauern um sein Geld gebracht hatte (was nahezu unmöglich ist), sich sein entrüstetes Haupt von der grauen Linie der beschnittenen Pappeln und jenen feierlichen Ebenen Galliens abhob, über denen der mächtige Geist Millets ruht.

Nun also, mein letztes Verbrechen war ein Weihnachtsverbrechen, ein lustiges, gemütliches, englisches Mittelstandsverbrechen, ein Verbrechen von der Art Charles Dickens'. Ich beging es in einem guten, alten, bürgerlichen Hause in der Nähe von Putney, einem Hause mit einer halbrunden Auffahrt, einem Hause mit einem Stalle daneben, einem Hause mit dem Namen außen über der Türe, einem Hause mit einer Tanne daneben, genug, du kennst die Sorte. Ich glaube wirklich, meine Nachahmung von Dickens' Art war gelungen und durchaus literarisch. Es scheint beinahe schade, daß sie mich noch am selben Abende gereute.“

Flambeau pflegte dann fortzufahren, uns die Geschichte von ihrer inneren Seite aus zu erzählen, und selbst nach dieser hin war sie eigenartig. Von außen betrachtet war sie vollkommen unverständlich, und dennoch muß sie der Fremde von dort aus studieren. Von diesem Standpunkte aus könnte man sagen, das Drama begann, als die Vordertüre des Hauses mit dem Stalle sich nach dem Garten mit der Tanne öffnete und ein junges Mädchen mit Brot herauskam, um am Nachmittage des Tages nach Weihnachten die Vögel zu füttern. Sie hatte ein hübsches Gesicht mit guten braunen Augen, aber ihre Gestalt entzog sich jeder Vermutung, denn sie war so sehr in braune Pelze gehüllt, daß es schwer war, zu sagen, was Haar und was Pelz war. Wäre ihr anziehendes Gesicht nicht gewesen, so hätte man sie für einen ganz niedlichen Zottelbär halten können.

Der Winternachmittag rötete sich mit den abendlichen Tinten und ein beinahe rubinrotes Licht lag über die blumenlosen Beete gebreitet, gleich als lägen über ihnen die Geister der toten Rosen. Auf der einen Seite des Hauses stand der Stall, auf der anderen führte eine Allee oder ein Kreuzgang von Lorbeer nach dem größeren Garten dahinter. Das Fräulein schritt, nachdem es den Vögeln Brot gestreut hatte (zum vierten oder fünften Male, da der Hund es immer wieder wegfraß), züchtig den Lorbeerpfad entlang, hinüber zu der dahinter liegenden, schimmernden Immergrünpflanzung. Hier stieß sie einen Schrei wirklicher oder angeblicher Überraschung aus, und zu der hohen Gartenmauer emporblickend sah sie dort eine etwas phantastische Gestalt rittlings sitzen.

„O, nicht springen, Mr. Crook," rief sie ein wenig erschrocken aus, „es ist viel zu hoch!"

Das Individuum, das wie auf einem Pegasus auf der Gartenmauer ritt, war ein starker, vierschrötiger, junger Mann mit schwarzem gleich einer Haarbürste aufrechtstehendem Haare, von intelligenten und sehr scharfgeschnittenen Linien, jedoch blassen und beinahe fremdartigen Zügen. Das trat um so deutlicher hervor, als er ein herausfordernd rotes Halstuch trug, der einzige Teil seiner Gewandung, auf den er einigermaßen zu halten schien. Vielleicht war es ein Sinnbild. Unbekümmert um des Mädchens erschrockenen Zuruf sprang er wie ein Grashüpfer neben ihr zu Boden, wobei er recht leicht seine Beine hätte brechen können.

„Sie halten mich wohl für einen Einbrecher," begann er ruhig, „und ich zweifle nicht, ich wäre einer, wenn ich nicht zufällig in jenem hübschen Hause nebenan geboren wäre. Es ist doch nichts Schlimmes dabei?"

„Wie können Sie nur so etwas sagen!" erwiderte sie vorwurfsvoll.

„Nun," antwortete der junge Mann, „wenn man auf der falschen Seite geboren ist, sehe ich nicht ein, was Schlimmes dabei ist, herüber zu steigen!"

„Bei Ihnen weiß man nie, was Sie im nächsten Augenblicke sagen oder tun."

„Das weiß ich oft selbst nicht," gab Mr. Crook zurück, „übrigens bin ich auch jetzt auf der rechten Seite der Mauer."

„Und welches ist die rechte," fragte das Fräulein lächelnd.

„Dort, wo Sie sind," antwortete der Bursche namens Crook.

Während sie zusammen zwischen dem Lorbeer hin dem vorderen Garten zuschritten, ertönte dreimal hintereinander, jedesmal näher, eine Automobilhupe und ein Wagen von hervorragender Schnelligkeit, großer Eleganz und blaßgrüner Farbe schwang sich wie ein Vogel vor das Haustor und blieb bebend stehen.

„Hallo! hallo!" schrie der junge Mann mit dem roten Halstuche, „das ist jemand, der jedenfalls auf der rechten Seite geboren ist. Ich wußte gar nicht, Fräulein Adams, daß Ihr St. Nikolaus so modern ist, wie dieser da."

„O, das ist ja mein Großvater, Sir Leopold Fischer. Er kommt immer zum Stephanstage." Dann nach einer unschuldigen, kleinen Pause, welche unbewußt ein klein wenig Mangel an Begeisterung verriet, fügte Ruby Adams hinzu: „Er ist sehr gut.“

John Crook, der Journalist, hatte von dem hervorragenden Großstadtmagnaten schon gehört und es war nicht sein Fehler, wenn der Großstadtmagnat noch nicht von ihm gehört hatte, denn in gewissen Artikeln im „Clarion“ und der „Neuen Zeit“ war Sir Leopold Fischer sehr kräftig mitgenommen worden. Doch er sagte nichts, sondern beobachtete nur finster das Abladen des Kraftwagens, was ein ziemlich langer Vorgang war. Ein großer, hübscher Chauffeur kam vorne heraus und ein kleiner, hübscher Bedienter kam hinten heraus und zwischen beiden stellten sie Sir Leopold auf die Torschwelle nieder und begannen, ihn auszupacken wie ein besonders empfindliches und peinlich geschütztes Paket. Pelze genug, um einen Bazar damit zu eröffnen, Felle von allen Tieren des Waldes und Schals von allen Regenbogenfarben wurden nacheinander abgewickelt, bis sie etwas enthüllten, was einer menschlichen Gestalt ähnelte, nämlich einen freundlichen, aber fremdaussehenden alten Herrn mit grauem Ziegenbarte und gewinnendem Lächeln, der seine Pelzhandschuhe aneinander rieb.

Lange ehe diese Enthüllung sich ganz vollzogen hatte, hatten sich die beiden großen Flügeltüren der Vorhalle mitten aufgetan und Oberst Adams, der Vater der bepelzten jungen Dame, war selbst herausgekommen, seinen ausgezeichneten Gast zum Eintreten zu laden. Er war ein hochgewachsener, sonnenverbrannter und sehr schweigsamer Mann, der eine rote fezartige Pelzmütze trug, was ihm das Aussehen der englischen Sirdars oder Paschas in Ägypten verlieh. Bei ihm befand sich sein vor kurzem aus Kanada zurückgekehrter Schwager, ein starker und ziemlich geräuschvoller, junger Grundbesitzer mit einem gelben Bart, ein gewisser Jakob Blount. Dazu kam noch die bedeutungslosere Gestalt des Priesters von der benachbarten römisch-katholischen Kirche, denn des Obersten verstorbene Frau war Katholikin gewesen, und die Kinder waren, wie dies in solchen Fällen oft geschieht, ihr hierin gefolgt. Alles an dem Priester bis herab zu seinem Namen ›Brown‹ schien des Besonderen zu entbehren; dennoch hatte der Oberst in ihm einen nicht üblen Gesellschafter gefunden und lud ihn häufig zu derlei Familienveranstaltungen ein.

In der großen Vorhalle des Hauses gab es genügend Raum selbst für Sir Leopold und die Beseitigung seiner Hüllen. Vorhalle und Gang waren im Verhältnisse zum Hause übermäßig geräumig und bildeten gewissermaßen einen einzigen großen Raum mit der Eingangstüre an dem einen und dem Treppenaufgange an dem anderen Ende. Gegenüber dem großen Kaminfeuer, über dem des Obersten Säbel hing, wurde der ganze Vorgang zu seinem Abschluss gebracht und die Gesellschaft einschließlich des melancholischen Crook Sir Leopold Fischer vorgestellt. Dieser ehrenwerte Geldmann schien jedoch immer noch mit einzelnen Teilen seiner gutgeschnittenen Kleidung beschäftigt zu sein und brachte endlich aus einer innersten Gehrocktasche ein schwarzes, länglichrundes Gehäuse zum Vorschein; von dem er strahlenden Auges erklärte, es sei sein Weihnachtsgeschenk für sein Patenkind.

Mit ungezwungener Selbstgefälligkeit, die etwas Entwaffnendes an sich hatte, hielt er ihnen allen das Gehäuse hin. Ein Druck, es sprang auf und ringsum war alles halb geblendet. Es war wie wenn eine Krystallfontäne ihnen in die Augen entgegensprang. In einem Neste aus orangefarbenem Sammet lagen wie drei Eier drei weiße und feurige Diamanten, welche die Luft ringsum in Brand zu setzen schienen. Fischer stand strahlend von Wohlwollen und tief das Erstaunen und Entzücken des Mädchens, die starre Bewunderung und die klobigen Dankäußerungen des Obersten, sowie das Staunen der ganzen Gruppe trinkend.

„Ich werde sie jetzt wieder einstecken, meine Liebe," sagte Fischer, indem er das Kästchen zurück in seinen Rockschoß steckte. „Ich mußte gut darauf aufpassen, als ich hierher fuhr. Es sind die drei großen afrikanischen Diamanten, genannt die ›Sternschnuppen‹, so oft wurden sie schon gestohlen. Alle großen Spitzbuben sind hinter ihnen her, aber selbst die Leute von der Straße und von den Hotels hätten es kaum vermocht, ihre Finger davon zu lassen. Es hätte ja sein können, daß ich sie unterwegs verlor."

„Ganz natürlich, muß ich schon sagen." brummte der Mann mit der roten Binde. „Ich würde sie nicht schelten, wenn sie sie an sich genommen hätten. Wenn sie Brot verlangen und Sie geben ihnen nicht einmal einen Stein, dann meine ich, hätten sie den Stein wohl selber nehmen können."

„Ich will Sie nicht so reden hören!" schrie das Mädchen in merkwürdigem Erglühen. „Sie haben erst angefangen, so zu reden, seit Sie so ein entsetzlicher – ich weiß nicht was geworden sind. Sie wissen schon, was ich meine, wie heißt man doch einen Mann, der auch einen Kaminkehrer umarmen würde?"

„Einen Heiligen," antwortete Father Brown.

„Ich glaube," warf Sir Leopold ein, indem er von oben herab lächelte, „Ruby meint einen Sozialisten."

„Einen Radikalen nennt man nicht einen Mann, der von Radischen lebt,“ bemerkte Crook mit einiger Ungeduld, „und konservativ heißt nicht einer, der Konserven macht. Ebensowenig ist ein Sozialist ein Mensch, der sich einen sozialen, also einen Gesellschaftsabend an der Seite eines Kaminkehrers wünscht. Unter einem Sozialisten versteht man einen Mann, der fordert, daß alle Kamine gekehrt und alle Kaminkehrer dafür bezahlt werden.“

„- aber der Ihnen nicht erlauben will,“ fügte der Priester mit leiser Stimme hinzu, „daß Sie selbst der Besitzer Ihres eigenen Russes seien.“

Crook sah ihn mit einem Blick von Interesse und sogar Achtung an. „Wünscht jemand Ruß zu besitzen?“ fragte er.

„Es könnte doch einmal sein.“ erwiderte Brown sinnend. „Ich habe gehört, Gärtner bedienen sich seiner. Und einmal machte ich an Weihnachten sechs Kinder glücklich, ausschließlich mit Ruß, äußerlich angewendet, als der St. Nikolaus sich nicht einfand.“

„O, großartig,“ klatschte Ruby, „o, ich wollte, Sie würden es dieser Gesellschaft vormachen.“

Der lärmende Kanadier erhob in lautem Beifalle seine Stimme, und auch der Geldmann ließ die seinige hören, allerdings mißbilligend, als an der vorderen Doppeltüre ein Schlag ertönte. Der Priester öffnete, und es zeigte sich wieder der Blick auf den vorderen Garten mit seinem Immergrün, seinen Fichten usw., jetzt in Dunkel getaucht gegen einen prächtigen violetten Sonnenuntergang. Die auf diese Weise gewissermaßen eingerahmte Szene war so farbensatt und phantastisch, wie der Hintergrund einer Bühne, so daß man auf einen Augenblick die unscheinbare Gestalt, welche in der Türe stand, vergaß. Sie sah ein wenig mitgenommen aus, steckte in einem abgetragenen Überrocke, augenscheinlich ein ganz gewöhnlicher Bote.

„Ist jemand von den Herrschaften Mr. Blount?“ fragte dieser, und wies im Zweifel einen Brief vor.

Mr. Blount trat herzu und blieb laut beteuernd vor jenem stehen. Offensichtlich überrascht riß er den Briefumschlag auf und las; sein Gesicht färbte sich ein wenig, um sich sofort wieder aufzuheitern, dann wandte er sich an seinen Schwager und Gastgeber.

„Tut mir leid, daß ich so viele Ungelegenheit verursache, Oberst,“ entschuldigte er sich mit froher, kolonialer Höflichkeit, „aber würde es dir

Umstände machen, wenn mich heute abends hier ein alter Bekannter besuchen würde, geschäftlich? Tatsächlich ist es Florian, der berühmte Akrobat und Komiker; ich kannte ihn vor vielen Jahren drüben im Westen (er ist von Geburt ein französischer Kanadier) und scheint ein Geschäft für mich zu haben, obwohl ich mir nicht denken kann, welches."

„Natürlich, natürlich," antwortete der Oberst leichthin. „Mein lieber Junge, jeden deiner Freunde! Ohne Zweifel wird er eine Bereicherung für uns bedeuten."

„O, der ist schon dazu zu haben, sich sein Gesicht zu schwärzen, wenn du das meinst; auch weiß macht er es und ich zweifle nicht, er ist bereit, auch euch allen etwas weiß zu machen. Ich bin allerdings mehr für die alte, lustige Pantomime, wo ein Mann sich auf seinen Zylinderhut setzt."

„Bitte, nicht auf den meinigen," bemerkte Sir Leopold Fischer mit Würde.

„Gut, gut," versetzte Crook von oben herab, „streiten wir nicht. Es gibt noch niedrigere Scherze als sich auf jemands Hut zu setzen."

Mißfallen über den rotbeschlipsten Burschen, wachgerufen durch dessen räubermäßige Anschauungen und offensichtliche Vertraulichkeit mit dem hübschen Patenkind verleiteten Fischer, in seiner sarkastischen, lehrmeisterlichen Art zu erwidern:

„Ohne Zweifel haben Sie noch etwas gefunden, was noch weit darunter ist, als sich auf einen Zylinderhut zu setzen, was meinen Sie damit, bitte?"

„Wenn man den Hut auf sich sitzen läßt zum Beispiel," gab der Sozialist zurück.

„Genug, genug," rief der kanadische Landwirt mit seiner barbarischen Gutmütigkeit dazwischen, verpatzen Sie uns den fidelen Abend nicht. Ich bin dafür, wir sollten etwas für unsere Abendgesellschaft veranstalten. Nicht Gesichter schwärzen oder auf Hüten sitzen, wenn Ihnen das nicht gefällt, aber doch etwas dergleichen, weshalb führen wir nicht eine richtige, altenglische Pantomime auf – Clown, Kolombine usw? Ich sah eine, als ich zwölf Jahre alt war, damals, als ich England verließ, und die hat in meinem Gehirn gezündet wie ein Bergfeuer. Erst voriges Jahr bin ich nach dem alten Lande zurückgekehrt und fand den Brauch erloschen. Nur mehr eine Menge schundiger Märchenspiele gibt es heute noch. Mich verlangt nach einem Feuerteufel, und nach einem Polizisten, den man zu Würsten verarbeitet, und dafür bietet man mir sittenpredigende Prinzessinnen beim Mondenschein, ›blaue Vögel‹ und dergleichen. Für Blaubart hätte ich noch Verständnis, und er gefiel mir am besten, wenn er sich in den Hanswurst verwandelte."

„Ich bin ganz für den Polizisten und das Wurstmachen," stimmte John Crook bei. „Es ist eine bessere Definition des Sozialismus, als alle anderen aus der letzten Zeit. Aber die Ausführung ist so gut wie unmöglich."

„Nicht die Spur!" schrie Blount ganz hingerissen. „Eine Hanswurstiade läßt sich am allerleichtesten aufführen, aus zwei Gründen. Erstens kann man den Schnabel aufsperren, soviel man will, und zweitens, was man braucht, sind alles Dinge aus dem Haushalte – Tische und Handtuchgestelle und Wäschekörbe und solche Sachen."

„Stimmt," gab Crook eifrig nickend zu, indem er auf und nieder schritt. „Aber ich fürchte, ich kann meine Polizistenuniform nicht auftreiben. Es ist in letzter Zeit kein Polizist mehr umgebracht worden."

Blount runzelte eine Weile nachdenklich die Stirne und schlug sich auf die Schenkel. „Ja, es geht!" rief er. „Ich habe hier Florians Adresse und er kennt jeden Maskenverleiher in London. Ich will ihn anrufen, er soll eine Polizistenuniform mitbringen." Und entschlossen schritt er stracks ans Telephon.

„O, es ist riesig lustig, Pate," jubelte Ruby fast tanzend. „Ich mache die Kolumbine und du wirst der Hanswurst sein."

Der Millionär tat steif wie in einer Art heidnischer Feierlichkeit.

„Ich glaube," bemerkte er, „du mußt dich um einen anderen Hanswurst umsehen."

„Ich mache ihn, wenn du willst," warf Oberst Adams ein, indem er die Zigarre aus dem Munde nahm und zum ersten und letzten Male sprach.

„Du verdienst ein Denkmal," schrie der Kanadier, als er strahlend vom Telephon zurückkam. „Wir haben alles beisammen. Mr. Crook macht den Clown, er ist Journalist und weiß daher alle abgedroschenen Witze. Ich kann Harlekin sein, dazu braucht man nur lange Beine zu haben und herumhopsen zu können. Mein Freund Florian telephonierte, er bringt die Polizistenuniform; er zieht sich schon unterwegs um. Wir können gleich in dieser Halle spielen, die Zuschauer sitzen auf der breiten Stiege dort hinten, eine Reihe über der anderen. Diese Vordertüren geben den Hintergrund, offen wie geschlossen. Geschlossen, sieht man das Innere eines englischen Hauses, offen, einen Garten im

Mondscheine. Es geht alles wie durch Zauberei.“ Und ein zufälliges Stück Billardkreide aus der Tasche ziehend rannte er zwischen Türe und Treppenaufgang entlang und zog die Linie für die Rampenlichter.

Wie selbst eine so improvisierte Veranstaltung in so kurzer Zeit zustandekommen konnte, bleibt nach wie vor ein Rätsel. Genug, man machte sich an die Arbeit mit jenem Gemisch von Rastlosigkeit und Fleiß, das sich findet, wo Jugend im Hause ist, und deren gab es an jenem Abende in jenem Hause. Wie es immer dabei zu geschehen pflegt, wucherten die Erfindungen immer wilder aus den Spießbürgergewohnheiten hervor, aus denen sie geschaffen werden mußten. Die Kolumbine sah sehr nett aus in ihrem abstehenden Rock, der sehr verdächtig dem großen Lampenschirme aus dem Wohnzimmer gleichsah. Der Clown und Pantalon puderten sich mit vom Koche geliefertem Mehle und die rote Schminke lieferte ein Dienstbote, der (wie alle wahrhaft christlichen Wohltäter) ungenannt bleiben soll. Der Harlekin in Silberpapier aus alten Zigarrenkisten konnte nur mit Mühe abgehalten werden, nicht den alten Viktoria-Kronleuchter zu plündern, um sich mit gläsernen Kristallen zu putzen. Wirklich hätte er das auch getan, hätte nicht Ruby irgendwo ein paar vergessene Theaterjuwelen ausgegraben, die sie einst auf einem Maskenballe als Diamantenkönigin getragen hatte. In der Tat fuhr ihr Onkel James Blount vor Aufregung beinahe aus der Haut darüber, wie ein richtiger Schuljunge. Father Brown setzte er meuchlings eine Papiermütze auf, die dieser auch geduldig trug, wobei er sogar noch eine besondere Art herausfand, mit den Ohren zu wackeln; und Sir Leopold Fischer versuchte er einen Papierschwanz an die Rockschösse zu heften, was jedoch stirnrunzelnd abgelehnt wurde.

„Onkel sieht zu verrückt aus,“ rief Ruby Crook zu, um dessen Schultern sie mit großem Ernste einen Kranz Würste geschlungen hatte. „Was sieht er denn so wild drein?“

„Der richtige Hanswurst zu Ihrer Kolumbine,“ gab Crook zurück. „Ich bin nur der Clown, der die alten Spässe macht.“

„Ich wollte, der Hanswurst wären Sie,“ gab sie, den Wurstkranz schwingend zurück.

Obwohl Father Brown jede Einzelheit, die hinter der Szene vorbereitet wurde, mitangesehen hatte und durch die Umwandlung eines Kissens in ein Theaterwickelkind sogar selbst Beifall geerntet hatte, begab er sich doch in den

Zuschauerraum hinüber und setzte sich mit der ganzen feierlichen Erwartung eines Kindes, das zum ersten Male ein Theater sieht, unter das Publikum. Der Zuschauer waren wenige: Verwandte, ein paar Freunde aus dem Orte und die Dienstboten. Sir Leopold Fischer saß in der Mitte, und seine volle Gestalt und der Pelz, den er immer noch um den Hals hängen hatte, benahmen dem kleinen Geistlichen hinter ihm fast den ganzen Ausblick; doch ist noch von keiner Kunstbehörde festgestellt worden, ob er dadurch viel verloren hat.

Die Pantomime war überaus chaotisch, jedoch nicht zu verachten. Zur Aufführung gelangte ein improvisierter Unsinn, der hauptsächlich von Crook, dem Clown ausging. Er war für gewöhnlich ein wirklich geweckter Mann und heute abends war er von einer so wüsten Allwissenheit besessen, von einer die Welt an Weisheit überbietenden Narrheit, wie sie einen jungen Mann überkommt, der für einen Augenblick einen besonderen Ausdruck auf einem besonderen Gesichte gesehen hat. Er hatte den Clown zu spielen, in Wirklichkeit aber war er beinahe alles andere, nämlich der Verfasser (so weit von einem solchen die Rede sein kann), der Souffleur, der Dekorationsmaler, der Regisseur und vor allem das Orchester. Mittendrinnen während der zügellosen Vorstellung war er imstande, in voller Verkleidung ans Klavier zu wirbeln und irgend ein ebenso absurdes wie passendes Musikstück herunterzuhämmern.

Der Gipfelpunkt hiervon wie überhaupt der Glanzpunkt des Abends war der Augenblick, als die Flügeltüren im Hintergrunde aufflogen und den lieblich vom Mond beschienenen Garten zeigten, deutlicher aber noch den berühmten Künstler und Gast, den großen Florian, verkleidet als Polizisten. Der Clown am Klavier spielte den Schutzmannchor aus den „Piraten von Penzance", doch wurde er übertönt vom betäubenden Beifall, denn jede Bewegung des großen Komikers war eine wundervolle, nicht im mindesten übertriebene Darstellung des Auftretens und Benehmens eines wirklichen Polizisten. Der Hanswurst sprang auf ihn zu und hieb ihn über den Helm, während der Mann am Klavier „Ach, ich hab' sie ja nur ..." spielte und der Getroffene in wunderbar geheucheltem Erstaunen um sich blickte; dann versetzte ihm der Hanswurst noch einen Schlag, wobei der Pianist mit ein paar Takten von „Aber nur, aber nur noch einmal ..." nachhalf. Dann fiel der Clown dem Polizisten richtig in die Arme und warf ihn unter einem Schauer von Beifall vor sich nieder. Nun spielte der berühmte Schauspieler die berühmte Rolle des toten Mannes, von der man sich in Putney noch heute erzählt. Es schien beinahe unglaublich, daß ein lebender Mensch wirklich so schlaff tun konnte.

Der riesenstarke Harlekin warf ihn wie einen Mehlsack hin und her und schwang ihn wie eine indische Keule, während gleichzeitig die verrücktesten und tollsten Tänze vom Klavier her schollen. Als der Hanswurst den Komiker-Polizisten keuchend vom Boden aufhob, spielte der Clown „Reich mir die Hand, mein Leben“ und als er ihn über seinen Rücken hinabgleiten ließ „Behüt dich Gott, es wäre so schön gewesen“. Als der Hanswurst endlich den Schutzmann mit einem überaus überzeugenden Plumps niederfallen ließ, ging der Verrückte am Instrument in ein klimperndes Tempo über.

Im Augenblicke, als dieser Ausbruch von Verstandesanarchie bei diesem Punkte angelangt war, verdunkelte sich Father Browns Erkenntnis gänzlich, denn der Großstadtmagnat, der gerade vor ihm saß, erhob sich zu voller Höhe und fuhr mit den Händen in allen Taschen umher; dann noch immer kramend setzte er sich nieder, um sofort wieder von neuem aufzustehen. Einen Augenblick schien es, als wolle er allen Ernstes über die Rampenlichter hinwegsteigen, dann heftete er einen durchdringenden Blick auf den klavierspielenden Clown und rannte plötzlich ohne ein Wort aus dem Saale. Der Priester hatte noch ein paar Minuten länger den tollen, dabei aber durchaus nicht ungewandten Tanz des Liebhaber-Hanswursten um seinen hervorragend bewußtlosen Gegner beobachtet. Mit wirklicher, wenn auch ungeübter Kunst tanzte der Harlekin langsam rückwärts zur Türe hinaus in das Mondlicht und Stillschweigen des Gartens. Das zusammengekleisterte Kleid aus Silberpapier, das im Scheine der Lampen zu grell und zu deutlich gewirkt hatte, sah immer zauberischer und silberiger aus, als er durch den matten Schimmer des Mondes hintanzte. Die Zuschauer fielen mit einem Beifallssturme ein, als Brown unvermittelt sich am Arme ergriffen fühlte und flüsternd gebeten wurde, in das Arbeitszimmer des Obersten zu kommen.

Er folgte seinem Boten mit steigenden Zweifeln, die auch nicht zerstreut wurden durch die feierliche Komik der ganzen Szene. Da saß Oberst Adams, noch immer in seiner vollständigen Verkleidung als Pantalon mit betrotteltem Fischbein, das über seinen Brauen tanzte, doch seine armen, alten Augen blickten ganz traurig drein in ihrem Bewußtsein, ein Spaßverderber sein zu müssen. Sir Leopold Fischer lehnte beklommen am Kamingesimse und trug alle Anzeichen des Schreckens an sich.

„Es ist eine sehr peinliche Geschichte, Father Brown,“ begann Adams. „Es handelt sich darum, daß jene Diamanten, die wir alle heute nachmittags gesehen haben, aus meines Freundes Rockschoß verschwunden sind. Und da Sie –“

„– da ich," ergänzte Father Brown mit breitem Grinsen, „genau hinter ihm gesessen bin –"

„Nichts dergleichen soll angenommen werden," fiel Oberst Adams mit einem festen Blicke auf Fischer ein, der eher bestätigte, daß tatsächlich etwas dergleichen angenommen worden war. „Ich bitte Sie nur um eines, um Ihre Beihilfe, wie man es von jedem Ehrenmanne erwarten darf."

„– nämlich, daß er seine Taschen umkehrt," bemerkte Father Brown und begann schon dies zu tun, wobei ein paar Kupfermünzen, eine Rückfahrkarte, ein kleines Silberkreuz, ein kleines Brevier und eine Stange Schokolade herausfielen.

Der Oberst blickte ihn lange an, dann sagte er: „Sie verstehen, ich möchte lieber die Innenseite Ihres Kopfes, als die Ihrer Taschen kennenlernen. Meine Tochter gehört ja wohl zu Ihren Glaubensgenossen, und sie hat neulich –" stockte er.

„– sie hat neulich," rief der alte Fischer dazwischen, „einem waschechten Sozialisten ihres Vaters Haus geöffnet, der offen sagt, er wäre imstande, jedwedes Ding den Reicheren wegzunehmen. Das ist das Ende vom Liede. Und hier haben wir den Reicheren – und darum doch nicht reicheren."

„Wenn Sie das Innere meines Kopfes wollen, das können Sie haben," sagte Brown gelangweilt. „Was es wert ist, können Sie mir später sagen, aber das erste, was ich darin finde, ist, daß Leute, die Diamanten stehlen, nicht von Sozialismus reden. Sie sind eher von jener Art, welche ihn ablehnen."

Die anderen winkten heftig ab, aber der Priester fuhr unbekümmert fort.

„Wir kennen ja diese Leute mehr oder weniger alle, nicht? Der Sozialist dort würde ebensowenig einen Diamanten stehlen, wie eine Pyramide. Wir müssen sofort nach dem einen Menschen sehen, den wir nicht kennen, dem Burschen, der den Schutzmann machte, Florian. Ich möchte wissen, wo er in diesem Augenblicke steckt."

Der Pantalon sprang hoch auf und ging mit langen Schritten zur Türe hinaus. Drinnen setzte inzwischen eine Kunstpause ein, während welcher der Millionär auf den Priester und der Priester in sein Brevier sah; dann kehrte der Pantalon zurück und berichtete in abgerissenem Ernste:

„Der Polizist liegt noch auf der Bühne. Der Vorhang ist schon sechsmal auf- und niedergegangen, aber er liegt noch immer dort."

Father Brown ließ sein Buch sinken und stand da, das Bild einer geistigen Niederlage. Sehr langsam nur, aber dennoch kehrte Licht in seine grauen Augen wieder, dann gab er die schwerverständliche Antwort.

„Verzeihen Sie, Oberst, aber wann ist Ihre Frau gestorben?“

„Meine Frau?“ wiederholte der erstarrte Soldat. „Vor einem Jahre und zwei Monaten. Ihr Bruder Jakob kam gerade eine Woche zu spät an, um sie noch zu sehen.“

Der kleine Priester machte einen Satz wie ein angeschossenes Kaninchen. „Vorwärts!“ rief er in ganz ungewöhnlicher Aufregung. „Vorwärts! Wir müssen fort und nach dem Polizisten sehen!“

Sie eilten nach der jetzt verlängerten Bühne, brachen ohne weiteres zwischen der Kolumbine und dem Clown durch (die sehr angelegentlich zu flüstern schienen) und Father Brown beugte sich über den am Boden ausgestreckten Schutzmann-Komiker.

„Chloroform,“ sagte er, als er aufstand, „ich kam erst jetzt darauf.“

Ein erschrecktes Schweigen erfolgte, dann sagte der Oberst langsam: „Bitte, sagen Sie im Ernste, was das bedeutet.“

Father Brown schüttelte sich plötzlich vor Lachen, dann hielt er inne und kämpfte noch einige Male dagegen an, während er weiter sprach.

„Meine Herren,“, schnappte er, „wir dürfen nicht viel Zeit mit Reden verlieren; ich muß dem Missetäter nachlaufen. Aber dieser große, französische Schauspieler, der so naturgetreu den Wachmann spielte, dieser biegsame Körper, mit dem der Hanswurst sich balgte und seine Possen trieb und den er hin- und herwarf – das war –.“ Seine Stimme schien wieder ihm zu versagen und er wandte sich ab um davonzurennen.

„Der war?“ rief ihm Fischer nach.

„Ein wirklicher Polizist,“ gab Father Brown zurück und verschwand im Dunkel.

Am Ende dieses laubreichen Gartens gab es Dickichte und Lauben, von denen der Lorbeer und das andere immergrüne Buschwerk selbst in diesem tiefsten Winter gegen den Saphirhimmel und den Silbermond wie warme, südländische Farbentöne sich abhoben. Das freundliche Grün des sich wiegenden Lorbeers, das reiche, satte Purpurindigo der Nacht, der einem ungeheuerlichen Kristall gleiche Mond ergaben ein nahezu unverantwortlich romantisches Bild und zwischen den höchsten Zweigen der Gartenbäume kletterte eine eigenartige Gestalt, die weniger romantisch, als vielmehr unmöglich aussah. Sie glitzerte von Kopf bis zum Fuß, als wäre sie in zehn Millionen von Monden gekleidet, der wirkliche Mond hielt sie jeden Augenblick fest, um immer wieder einen neuen Zoll an ihr in Feuer zu setzen. Aber funkelnd und mit Erfolg schwang sie sich von den niedrigeren Bäumen dieses Gartens zu dem höheren, überragenden auf und hielt dort nur einen Atemzug lang inne, weil ein Schatten unter dem kleineren Baume hinglitt und emporrief:

„Nun, Flambeau," sagt jetzt die Stimme. „Sie schauen wirklich aus wie eine Sternschnuppe, aber schließlich versteht man darunter doch immer nur einen fallenden Stern."

Die silberne, glitzernde Gestalt oben scheint sich nach dem Lorbeer vornüber zu neigen, und des Entkommens ohnehin sicher, hört sie auf die kleine Gestalt unten.

„Sie haben niemals besseres geleistet, Flambeau. Es war durchtrieben, aus Kanada zu kommen (mit einem Pariser Billet, vermute ich), genau eine Woche nach Mrs. Adams Tod, als niemand in der Stimmung war, Fragen zu stellen. Noch geriebener war es, die ›Sternschnuppen‹ und den Tag von Fischers Ankunft sich genau zu merken. Aber es ist nicht mehr Geriebenheit, sondern wirkliches Genie in dem was folgte. Die Steine zu stehlen, war wohl keine Kunst für Sie. Sie hätten es mit einem Taschenspielertrick auf Hunderterlei andere Weisen auch zuwege gebracht, als durch das Vorgeben, Fischers Rock einen Papierschwanz anzuheften. Im übrigen aber haben Sie sich selbst übertroffen."

Die silberige Gestalt zwischen dem Grün der Blätter scheint wie hypnotisiert zu schwanken, obwohl das Entkommen nach rückwärts ganz leicht wäre, doch sie starrt auf den Mann dort unten.

„O ja," fuhr der Mann dort unten fort, „ich weiß die ganze Geschichte. Ich weiß, Sie haben nicht nur die Pantomime durchgesetzt, sondern Sie benützten sie sogar zu einem doppelten Zwecke. Erst haben Sie ganz ruhig die Steine gestohlen. Durch einen Komplizen erhielten Sie Nachricht, daß man Sie bereits im Verdacht habe und ein gewandter Polizeioffizier schon unterwegs sei, um Sie gerade heute abends aufzuspüren. Ein gewöhnlicher Dieb wäre für die Warnung dankbar gewesen und hätte sich aus dem Staube gemacht. Sie aber sind ein Dichter. Sie hatten bereits den guten Gedanken gehabt, die Juwelen im Gefunkel falscher Theaterjuwelen zu verbergen, und dann sahen Sie, wenn das

Gewand das eines Hanswursten war, das Erscheinen eines Polizisten vollkommen dazu passen würde. Der brave Sicherheitsbeamte brach von der Polizeiwache in Putney auf, Sie zu suchen und ging in die merkwürdigste Falle, die man ihm je in seinem Leben gestellt hatte. Als die Türflügel sich öffneten, glaubte er das Haus zu betreten, betrat aber direkt die Bühne einer Weihnachtspantomime, allwo er von dem tanzenden Hanswurst unter dem schallenden Gelächter all der ehrenwerten Leute von Putney geschlagen, gestoßen, geschwungen und betäubt wurde. O, nie werden Sie etwas Besseres vollführen! Übrigens geben Sie mir jetzt jene Diamanten zurück, ja?“

Der grüne Zweig, auf dem die glitzernde Gestalt schwankte, raschelte wie in Erstaunen, doch die Stimme fuhr fort.

„Ich möchte wirklich bitten, daß Sie sie zurückgeben, Flambeau, und auch, daß Sie dieses Leben aufgeben. Noch steckt Jugend und Ehrgefühl und Temperament in Ihnen; bilden Sie sich doch nicht ein, die würden bei solchem Wandel lange ausreichen. Im Guten mag man sich wohl auf einer gewissen Stufe halten können, im Bösen aber hat dies noch nie jemand vermocht. Dort führt der Weg nur immer weiter abwärts. Der Gute trinkt, und wird grausam, der Freimütige tötet, und leugnet es. Manchen von Ihrer Art habe ich gekannt, der so wie Sie damit anfing, ein ehrlicher Verächter des Gesetzes zu sein, der ganz munter nur den Reichen bestahl und dann damit endete, daß er im Schlamme erstickte. Moritz Blum begann als grundsätzlicher Anarchist, ein Vater der Armen, und er endete als schäbiger Spion und Angeber, den beide Seiten ausnützten und verachteten. Harry Burke begann in aller Einfalt seine Bewegung zur Beseitigung des Geldes, jetzt erpreßt er seiner halbverhungerten Schwester endlose Schnäpse ab. Lord Amber stieg gewissermaßen aus Ritterlichkeit in eine tiefe Gesellschaft herab, jetzt zahlt er, was die elendesten Geier Londons von ihm erpressen. Hauptmann Barillon war der große Gentleman-Apache vor Ihnen, heulend aus Angst vor seinen Genossen und Hehlern, die ihn verraten und zu Tode gehetzt hatten. Ich weiß, Flambeau, der Wald hinter Ihnen sieht sehr frei aus, ich weiß. Sie können jetzt wie ein Affe darin im Nu verschwinden. Eines Tages aber werden Sie ein alter, grauer Affe sein, Flambeau. Sie werden sich in Ihrem freien Walde aufrecht setzen, kalt im Hetzen und dem Verenden nahe und die Baumwipfel werden kahl sein.“

So ging es weiter, wie wenn der kleine Mann dort unten den anderen auf dem Baume oben an einer langen, unsichtbaren Leine hielte, und er fuhr fort: „Ihr Weg nach abwärts hat begonnen. Sie taten sich immer etwas darauf zugute, nichts Gemeines, nichts Niedriges zu tun, aber heute abends tun sie etwas Gemeines. Sie bringen einen ehrlichen Jungen, gegen den ohnehin schon ein gut Teil spricht, noch mehr in Verdacht. Sie trennen ihn von dem Weibe, das er liebt und das ihn liebt. Aber Sie werden noch Niedrigeres vollbringen, ehe Sie sterben.“

Drei funkelnde Diamanten fielen vom Baume auf den Rasen. Der kleine Mann bückte sich, sie aufzulesen, und als er wieder zu dem grünen Gitterwerke des Baumes aufblickte, war es leer, der silberne Vogel fort.

Die Zurückstellung der zufällig gerade von Father Brown aufgelesenen Diamanten beschloß den Abend in überlautem Triumph und Sir Leopold Fischer auf dem Gipfel seiner guten Laune meinte sogar zu dem Priester, daß, obwohl, was ihn betraf, er weniger engherzigen Ansichten huldige, er dennoch jene, deren Glaube ihnen Abgeschlossenheit und Welt-Unkenntnis auferlegte, zu achten vermöge.

Die Sünden des Prinzen Saradin

Als Flambeau seinen Monatsurlaub von seinem Bureau in Westminster nahm, verbrachte er ihn in einem Segelboot, so klein, daß es meistens für ein Ruderboot gehalten wurde. Er verbrachte ihn überdies auf kleinen Flüssen der östlichen Provinzen, so kleinen Flüssen, daß das Boot wie ein zwischen Wiesen und Kornfeldern über Land segelndes Zauberboot aussah. Das Fahrzeug reichte gerade für die zwei Personen aus, es gab nur noch Platz für das Notwendigste und Flambeau hatte es mit solchen Dingen angefüllt, wie sie seine besondere Philosophie für Nötig erachtete. Sie beschränkten sich im wesentlichen anscheinend auf vier Dinge: Lachs in Büchsen, falls er darnach Hunger empfände, geladene Revolver, falls ihn nach Kampf gelüstete, eine Flasche Kognak, wahrscheinlich für den Fall, daß er ohnmächtig würde, und einen Priester, wahrscheinlich für den Fall, daß er sterben würde. Mit diesem leichten Gepäck schaukelte er langsam die kleinen Norfolkflüsse hinab, den Broads zu, wobei er sich an den überhängenden Gärten und Wiesen, den widergespiegelten Herrensitzen und Dörfern ergötzte, hier und da verweilend, in Teichen und Winkeln zu fischen und, je nachdem, auch das Ufer zu genießen.

Wie ein richtiger Philosoph verfolgte Flambeau kein bestimmtes Ziel bei seinem Urlaub, doch wie ein richtiger Philosoph hatte er auch eine Begründung für ihn. Er verfolgte gewissermaßen einen halben Zweck, den er gerade ernst genug nahm, daß ein Erfolg die Krönung des Urlaubes bedeutet hätte, und gerade so leicht, daß ein Mißerfolg den Urlaub nicht verdorben haben würde. Vor vielen Jahren, als er noch Apachenkönig und die bekannteste Person von Paris war, hatte er oft wunderliche Zuschriften des Beifalls, der Anschuldigung, ja sogar der Liebe erhalten; eine aber war besonders in seinem Gedächtnis haften geblieben. Sie bestand einfach in einer Visitenkarte in einem Briefumschlage mit englischer Briefmarke. Auf der Rückseite der Karte war mit grüner Tinte in Französisch geschrieben: „Sollten Sie je sich zurückziehen und ein anständiger Mensch werden, dann kommen Sie mich besuchen. Ich möchte Sie kennenlernen, denn ich kenne alle anderen großen Männer meiner Zeit. Jener Kniff, wie Sie den einen Geheimpolizisten durch den anderen verhaften ließen, war der glänzendste Streich in der französischen Geschichte.“ Auf der Vorderseite der Karte stand in üblicher Form gedruckt: „Prinz Saradin, Schilf-Haus, Schilf-Insel, Norfolk.“

Er hatte sich damals nicht weiter um den Prinzen bekümmert, als indem er in Erfahrung brachte, daß jener in Süditalien als glänzende und elegante Erscheinung bekannt war. Man erzählte sich in seiner Jugend sei er mit einer verheirateten Frau hohen Ranges durchgegangen. Die Entführung selbst hatte in seinen Gesellschaftskreisen wenig Aufsehen gemacht, aber infolge einer damit verbundenen Tragödie hatte sie sich aufgedrängt, nämlich wegen des mutmaßlichen Selbstmordes des betrogenen Gatten, der sich in Sizilien anscheinend in einen Abgrund gestürzt hatte. Der Prinz lebte dann einige Zeit in Wien, doch schien er seine letzten Jahre in beständigem und ruhelosem Reisen verbracht zu haben. Als jedoch Flambeau, wie der Prinz selbst, eine europäische Berühmtheit zu sein aufgegeben und sich in England niedergelassen hatte, kam es ihm in den Sinn, diesem hervorragenden Einsiedler in den Norfolk Broads überraschend einen Besuch abzustatten. Ob er den Ort finden würde, davon hatte er keine Ahnung, und in der Tat war dieser auch ziemlich klein und einsam gelegen. Doch wie das so kam, er fand ihn, ehe er es erwartet hatte.

Sie hatten eines Abends ihr Boot unter einer mit hohem Gras und niederen zugestutzten Bäumen bewachsenen Uferbank festgemacht. Nach dem harten Rudern hatte sich der Schlaf früh eingestellt und durch einen entsprechenden Zufall erwachten sie, ehe es hell war, genauer gesprochen, sie erwachten, ehe es

Tag war, denn ein großer Mond wie eine Zitrone ging eben erst hinter dem Walde hohen Grases über ihren Köpfen unter und der Himmel trug ein lebhaftes Blauviolett, nächtlich aber klar. In den beiden Freunden tauchten gleichzeitig Kindheitsträume auf, die Zeit der Elfen und Abenteuer, da hohes Gras sich wie ein Wald über uns wölbte. So gegen den großen tiefen Mond gesehen sahen die Gänseblümchen tatsächlich wie Riesengänseblümchen und der Löwenzahn wirklich wie Riesenlöwenzahn aus. Es erinnerte auch an eine Wandstreifendekoration eines Kinderzimmers. Das Flußbett lag so tief, daß die Wurzeln der Sträucher und Blumen über ihnen hingen und sie von unten nach dem Grase emporblickten.

„Wahrhaftig," meinte Flambeau, „es ist gerade wie im Märchenland!"

Father Brown saß kerzengerade im Boot und bekreuzte sich. Seine Bewegung war so unvermittelt, daß sein Freund ihn ein wenig anstarrte und fragte, was denn los sei.

„Die Leute, welche die mittelalterlichen Balladen schrieben," antwortete der Priester, „wußten mehr von Geistergeschichten als Sie. Es sind nicht hübsche Dinge allein, die sich im Märchenland zutragen."

„Ach, Unsinn!" rief Flambeau. „Nur Hübsches könnte unter solch einem unschuldigen Monde geschehen. Ich wäre dafür, weiterzurudern und zu sehen, was wirklich kommt. Wir könnten sterben und vermodern, bevor wir je wieder einen solchen Mond und eine solche Stimmung finden."

„Angenommen," erklärte Father Brown. „Ich habe ja nie gesagt, es sei unter allen Umständen unrecht, ins Märchenland einzudringen. Ich sagte nur, es sei immer gefährlich."

Langsam ruderten sie den erwachenden Fluß hinan, das glimmende Violett des Himmels und das blasse Gold des Mondes erstarben mehr und mehr und verloren sich in das weite farblose Gewölbe, das den Tinten des Sonnenaufganges vorangeht. Als die ersten leisen Streifen von Rot und Gold und Grau den Horizont von einem Ende zum anderen durcheilten, brachen sie sich an der schwarzen Masse einer Stadt oder eines Dorfes, das gerade etwas weiter oben am Flusse lag. Es war bereits leichtes Dämmerlicht, das alles sichtbar machte, als sie unter den herabhängenden Dächern und Brücken dieses Orts anlangten. Die Häuser mit ihren langen niederen steilen Dächern sahen aus wie mächtige, graue und rote Rinder, die an den Fluß zur Tränke herabgestiegen waren. Das sich ausbreitende und weitende Dämmerlicht hatte sich schon in arbeitsames

Tageslicht gewandelt, noch ehe sie ein lebendes Geschöpf auf den Stegen und Brücken dieses stillen Städtchens erblickten. Schließlich sahen sie einen sehr ruhigen behäbigen Mann in Hemdärmeln mit einem Gesichte so rund wie der eben versunkene Vollmond und Strahlensträngen eines roten Bartes längs der unteren Rundung, der an einen Pfahl gelehnt vor der trägen Flut stand. Mit einem nicht weiter zu erklärenden, inneren Drange erhob sich Flambeau im schwankenden Boote zu seiner vollen Höhe und rief dem Manne zu, ob er die Schilfinsel und Schilfhaus kenne. Des behäbigen Mannes Lächeln verbreiterte sich allmählig und stumm wies er flußaufwärts nach der nächsten Biegung. Flambeau ruderte ohne ein weiteres Wort zu verlieren voran.

Das Boot fuhr noch um manche solche grasige Ecke und folgte noch mancher solchen schilfreichen und schweigenden Stromstrecke, doch ehe das Suchen anfing, eintönig zu werden, waren sie um eine besonders scharfe Ecke gebogen und in die Stille einer Art Teich oder See gelangt, dessen Anblick sie instinktiv anhalten ließ. Denn inmitten dieser sich erweiternden Wasserfläche und ringsum von Schilf eingefaßt lag eine lange flache Insel, deren ganze Länge ein langes flaches Haus wie ein Bungalow, erbaut aus Bambus oder irgend einem anderen zähen tropischen Rohre, sich hinzog. Die aufragenden Bambusstöcke, aus denen die Mauern bestanden, waren hellgelb, die schräg darauf ruhenden Rohre, die das Dach bildeten, zeigten ein dunkles Rot oder Braun, sonst aber machte das langgestreckte Haus den Eindruck des Eintönigen und Einförmigen. Der frühe Morgenwind raschelte in dem die Insel umgebenden Schilfe und sang durch das eigenartig gerippte Haus wie auf einer riesigen Hirtenflöte.

„Wahrhaftig!“ rief Flambeau. „das ist der Ort, endlich! Hier ist die Schilfinsel, wenn je es eine solche gibt! Hier ist das Schilfhaus oder nirgends! Ich glaube, der Dicke mit dem roten Barte war eine Fee.“

„Kann sein,“ bemerkte Father Brown unparteilich. „Aber wenn schon, dann war er eine böse Fee.“

Aber während er noch sprach, hatte der ungestüme Flambeau in dem raschelnden Schilfe angelegt und sie standen auf der langen merkwürdigen Insel neben dem seltsamen stillen Hause.

Es kehrte seine Rückseite dem Fluße und dem einzigen Landungsstege zu, der Haupteingang lag auf der anderen Seite und blickte nach dem Inselgarten hinaus. Die Ankömmlinge nahten sich ihm daher auf einem schmalen Pfade, der dicht unter dem niederen Dachrande an fast allen drei Seiten des Hauses entlang lief. Durch drei verschiedene Fenster blickten sie auf drei verschiedenen Seiten in denselben langen, gutbeleuchteten und mit lichtem Holze getäfelten Raum, welcher eine große Anzahl Spiegel enthielt und für ein elegantes Frühstück hergerichtet war. Zu beiden Seiten der Vordertüre, an der sie endlich anlangten, standen zwei türkisenblaue Blumentöpfe. Ein Diener von der grämlichen Sorte – groß, hager, grau und lautlos – öffnete und murmelte, Prinz Saradin sei augenblicklich abwesend, werde aber stündlich zurückerwartet; das Haus sei für ihn und seine Gäste bereit. Das Vorweisen der Karte mit den grünen Schriftzügen entfachte ein Fünkchen Leben in dem Pergamentgesichte dieses bedrückten Vasallen und mit einer gewissen unsicheren Höflichkeit ersuchte er die Fremden, zu bleiben. „Se. Durchlaucht kann jede Minute hier sein und würde sehr bedauern, jemanden, den er eingeladen habe, zu verfehlen. Wir haben Befehl stets ein kaltes Frühstück für ihn und seine Freunde bereit zu halten und ich bin sicher, er wird wünschen, daß serviert wird."

Angetrieben von der Neugier für dieses kleine Abenteuer nahm Flambeau die Einladung herablassend an und folgte dem Alten, der ihn mit vielen Umständlichkeiten in den langen hell getäfelten Raum geleitete. Es war nichts besonders Bemerkenswertes daran mit Ausnahme der ungewöhnlichen, abwechselnd aufeinanderfolgenden vielen breiten und niederen Fenster und breiten und niederen rechteckigen Spiegel, die dem Zimmer etwas eigenartig Luftiges und Wesenloses verliehen. Man hatte die Empfindung, als speise man im Freien. Ein paar Bilder hingen in den Ecken, das eine große graue Photographie eines sehr jungen Mannes in Uniform, das andere eine rote Kreideskizze zweier Knaben mit langem Haar. Auf Flambeaus Frage, ob das Soldatenporträt den Prinzen darstelle, antwortete der Diener kurz verneinend es sei des Prinzen jüngerer Bruder, Hauptmann Stephan Saradin, erklärte er. Und damit schien der Alte plötzlich einzutrocknen und alle Lust für weitere Unterhaltung verloren zu haben.

Nachdem das Frühstück mit ausgezeichnetem Kaffee seinen Abschluß gefunden hatte, wurden die Gäste mit dem Garten, der Bibliothek und der Haushälterin bekannt gemacht, einer dunkelhaarigen, schönen Frau von nicht wenig eindrucksvoller Erscheinung, so etwas wie eine plutonische Madonna. Wie es schien, waren sie und der Diener die einzigen Überlebenden aus des Prinzen ursprünglichem, ausländischem Haushalte, während alle anderen Dienstboten im Hause neu und von der Haushälterin in Norfolk aufgenommen waren. Letztere hörte auf den Namen Mrs. Anthony, doch verriet ihre

Aussprache einen leichten italienischen Akzent und Flambeau zweifelte nicht, daß Anthony nur ein mehr lateinischer Name ins Norfolkische übersetzt war. Mr. Paul, der Diener, ermangelte gleichfalls nicht leiser Anzeichen ausländischer Abstammung, wenngleich er der Sprache wie dem Auftreten nach Engländer schien wie viele der abgeschliffensten Bedienten des kosmopolitischen Adels.

So hübsch und einzig der Ort war, so lag doch eine gewisse merkwürdig lichte Trauer darüber. Stunden wurden dort zu Tagen. Die langen fensterreichen Räume erfüllte helles Tageslicht, dennoch schien es wie tot. Und durch jedes andere zufällige Geräusch, den Laut gesprochener Worte, das Klirren der Gläser oder den Schritt der Dienstboten konnte man auf allen Seiten des Hauses das schwermütige Rauschen des Flusses vernehmen.

„Wir sind um eine falsche Ecke gebogen und nach einem Orte gekommen, wo nicht alles richtig ist." meinte Father Brown, durch das Fenster auf das graugrüne Schilf und die silbernen Fluten hinausblickend. „Aber tut nichts, man kann manchmal auch Gutes tun, indem man die richtige Person am unrichtigen Orte ist."

Father Brown, obwohl für gewöhnlich ein Schweiger, war ein eigentümlich anziehender kleiner Mann und während jener wenigen aber endlosen Stunden versank er unbewußt tiefer in die Geheimnisse des Schilfhauses als es seinem Freunde trotz dessen Berufes gegeben war. Er besaß jene Gabe des teilnehmenden Schweigens und ohne selbst kaum ein Wort zu äußern, erfuhr er höchstwahrscheinlich von seinen neuen Bekanntschaften alles, was diese auf alle Fälle auszuplaudern bereit waren. Der Aufwärter schien in der Tat von Natur auch nicht mitteilsam. Er verriet eine mürrische und beinahe tierische Anhänglichkeit an seinen Herrn, dem, wie er sagte, sehr schlecht mitgespielt worden sei. Der Hauptfeind schien der Bruder Seiner Durchlaucht und sein Name genügte allein schon, des Alten eingefallene Wangen sich in die Länge ziehen und seine Papageinase sich rümpfen zu machen. Hauptmann Stephan mußte ein Tunichtgut sein und hatte seinen gutherzigen Bruder um Hunderte und Tausende geschröpft, ihn gezwungen, das Weltleben zu fliehen und zurückgezogen hier in dieser Einsamkeit zu leben. Das war alles, was sich aus dem Diener Paul herausbringen ließ und dabei war Paul unzweifelhaft Parteigänger.

Die italienische Haushälterin ging, wohl weil sie, wie Father Brown vermutete, weniger zufrieden war, etwas mehr aus sich heraus. Ihr Ton hatte, wenn sie von ihrem Herrn sprach, trotz einer gewissen Scheu einen Beiklang von Schärfe. Flambeau und sein Freund standen in dem Spiegelzimmer und betrachteten die Rötelskizze der beiden Knaben, als die Haushälterin irgend einer Verrichtung wegen rasch eintrat. Es war eine Besonderheit dieses blitzenden glasgetäfelten Raumes, daß jeder Eintretende sofort von vier oder fünf Spiegeln zurückgeworfen wurde, somit brach Father Brown, ohne sich umzuwenden, mitten im Satze seine Familienkritik ab. Flambeau jedoch, das Gesicht nahe am Bilde, ließ sich nicht stören und meinte mit lauter Stimme: „Wohl die Brüder Saradin. Sie sehen ganz unschuldig aus. Es wäre schwer zu sagen, welcher der Gute und welcher der Schlimme ist.“ Dann, die Anwesenheit der Frau gewahrend, gab er der Unterhaltung eine belanglose Wendung und schlenderte in den Garten hinaus. Father Brown aber musterte immer noch unverwandt die rote Kreideskizze und Mrs. Anthony musterte unverwandt Father Brown.

Sie besaß große und tragische Augen und ihr Olivengesicht glühte dunkel in peinigender Neugier, wie bei jemand, der über Zugehörigkeit und Sinn eines ihm Fremden im Zweifel ist. Ob des kleinen Priesters Rock und Bekenntnis irgendwelche südländischen Beichtgedanken in ihr wiedererweckte oder ob sie vermutete, er wisse mehr, als er vorgab, jedenfalls sagte sie zu ihm mit leiser Stimme wie zu einem Mitverschworenen: „Einesteils hat er ganz recht, Ihr Freund. Er sagt, es wäre schwer, den guten Bruder von dem bösen zu unterscheiden. O, es wäre schwer, furchtbar schwer, den guten herauszufinden.“

„Ich verstehe nicht,“ erwiderte Father Brown und begann, sich abzuwenden.

Die Frau trat einen Schritt näher zu ihm heran, mit blitzender Miene, sich beugend wie ein Stier, der seine Hörner senkt.

„Es gibt keinen guten,“ zischte sie. „Es war schon genug der Schlechtigkeit, daß der Hauptmann sich all das Geld aneignete, aber ich glaube nicht, daß darin viel des Guten lag, daß der Prinz es hergab. Der Hauptmann ist nicht der einzige, der etwas auf dem Gewissen hat.“

In des Geistlichen abgewandtem Gesichte begann ein Licht aufzudämmern und sein Mund formte schweigend das Wort ›Erpressung‹. Eben da dies geschah, blickte die Frau plötzlich erbleichend über ihre Schulter und fiel beinahe um. Die Türe hatte sich lautlos geöffnet und der fahle Paul stand wie ein Geist im Eingang. Infolge der unheimlichen Anordnung der Spiegelwände schien es, als ob fünf Paule gleichzeitig durch fünf Türen eingetreten seien.

„Seine Durchlaucht ist soeben angekommen,“ meldete er.

Im gleichen Augenblicke war die Gestalt eines Mannes draußen am ersten Fenster vorübergegangen und hatte die sonnenbeschienene Täfelung wie eine Bühne gekreuzt. Einen Augenblick später kam sie am zweiten Fenster vorüber und die vielen Spiegel malten dasselbe Adlerprofil und die wandernde Gestalt. Sie schritt aufrecht und lebhaft, aber das Haar war weiß und die Farbe des Gesichtes ein eigentümliches Elfenbeingelb. Der Mann besaß jene kurze, gebogene römische Nase, welche gewöhnlich lange, hagere Wangen und ebensolches Kinn begleiten, doch verdeckte diese zum Teile der Schnurr- und Kinnbart. Ersterer war viel dunkler als der letztere, was etwas theaterhaft wirkte; auch war die Kleidung von derselben auffallenden Art, denn der Mann trug einen weißen Zylinder, eine Orchidee im Knopfloche, gelbe Weste und gelbe Handschuhe, die er beim Gehen schwang. Als er zur Vordertüre herumkam, hörten sie den steifen Paul diese öffnen und den Ankömmling in freundlichem Tone sagen: „Nun, Sie sehen, ich bin gekommen." Der steife Paul verbeugte sich und erwiderte in seiner lautlosen Art. Während einiger Minuten war von ihrer Unterhaltung jedoch nichts zu verstehen, dann sagte der Diener: „Es steht alles bereit." und der handschuhschwingende Prinz betrat fröhlich das Zimmer, die Gäste zu begrüßen. Wiederum bot sich ihnen die Spiegelszene – fünf Prinzen, welche durch fünf Türen das Zimmer betraten.

Der Prinz legte den weißen Hut und die gelben Handschuhe auf den Tisch und bot in aller Herzlichkeit seine Hand dar.

„Sehr erfreut, Sie zu sehen, Mr. Flambeau." sagte er. „Kenne Sie sehr gut nach Ihrem Rufe, wenn diese Erwähnung nicht indiskret ist."

„Nicht im mindesten," antwortete Flambeau lachend. „Ich bin nicht empfindlich. Sehr selten ist Ruf durch unbefleckte Tugend erworben."

Der Prinz warf einen scharfen Blick auf ihn, um zu sehen, ob die Erwiderung eine persönliche Spitze barg; dann lachte auch er und lud zum Sitzen ein.

„Hübscher, niedlicher Ort das, denke ich," begann er unbefangen. „Nicht viel los hier, fürchte ich; aber das Fischen lohnt sich gut."

Der Priester, der ihn mit dem ernsten Sinnen eines Kindes anstarrte, war von einer Idee besessen, die sich jeder Erfassung entzog. Er studierte das graue, sorgfältig gekräuselte Haar, das gelblichweiße Gesicht und die schlanke, etwas stutzerhafte Gestalt. All das sah nicht unnatürlich, wenngleich vielleicht etwas gemacht aus wie die Ausstattung einer Figur hinter dem Rampenlichte. Das namenlose Interesse, das von ihr ausging, lag in etwas anderem, in dem

Zusammenhang des Gesichtes selbst. Brown quälte irgend eine ungewisse Erinnerung, als habe er das schon einmal irgendwo gesehen. Der Mann sah wie irgend ein alter, neu herausgeputzter Bekannter aus. Dann fielen ihm plötzlich die Spiegel ein und seine Gedanken wandten sich der psychologischen Wirkung jener Vervielfältigung menschlicher Masken zu.

Prinz Saradin erfüllte seine gesellschaftlichen Verpflichtungen gegen seine Gäste mit Frohsinn und Takt. Da er in dem Detektiv bereits den Sportsmann, der seinen Urlaub auszunützen beabsichtigte, erkannt hatte, lenkte er Flambeau und Flambeaus Boot nach dem besten Angelplatz des Flusses, und nach zwanzig Minuten war er wieder zurück, um in der Bibliothek sich in ebenso höflicher Weise Father Brown und seiner mehr philosophischen Muße zu widmen. Er schien über ziemliche Kenntnisse von Fischerei und Büchern zu verfügen, obwohl letztere nicht gerade zu den erbaulichsten zählten; er sprach auch fünf oder sechs Sprachen, doch von jeder hauptsächlich nur die volkstümliche Ausdrucksweise. Augenscheinlich hatte er in verschiedenen Städten und in sehr gemischter Gesellschaft gelebt, denn einige seiner lustigsten Geschichten handelten von Spielhöllen und Opiumhöhlen, australischen Strauchdieben und italienischen Briganten. Father Brown wußte, daß der einst allbekannte Saradin seine letzten Jahre auf fast endlosen Reisen verbracht hatte, doch nie war ihm der Gedanke gekommen, daß diese Reisen von so schimpflicher und amüsanter Art gewesen wären.

In der Tat umgab Prinz Saradin bei all seiner Würde als Mann von Welt gegenüber solch empfänglichen Beobachtern, wie der Priester einer war, eine gewisse Atmosphäre des Ruhelosen, ja sogar des Unbeständigen. Sein Gesichtsausdruck war der der Langweile, doch das Auge blickte unstät. Er besaß kleine nervöse Eigenheiten gleich einem von Alkohol und Giften zugrunde gerichteten Manne und weder früher noch jetzt hatte er sich je eingebildet, Sinn für Häuslichkeit zu besitzen. Derartiges war ganz den beiden alten Bediensteten, besonders dem Kellermeister überlassen, der eigentlich den Grundpfeiler des Hauses bildete. Mr. Paul war in der Tat weniger Hausmeister als vielmehr Küchenmeister oder Kammerdiener; er nahm seine Mahlzeiten allein, doch mit fast ebensoviel Pomp wie sein Gebieter ein. Alle Dienstboten fürchteten ihn und er verhandelte mit seinem Herrn in ergebener aber dennoch eigensinniger Weise, gewissermaßen als wäre er des Prinzen Rechtsbeistand. Die finstere Haushälterin war nur ein Schatten im Vergleiche zu ihm; es schien in der Tat, als stelle sie sich selbst in den Hintergrund, um nur dem Kellermeister aufzuwarten und Brown hörte keines jener vulkanischen Flüsterworte mehr, welche ihm eröffnet hatten, wie der jüngere Bruder den älteren gebrandschatzt. Ob der Prinz wirklich von dem abwesenden Hauptmanne gerupft worden war, wußte er nicht mit Bestimmtheit zu sagen, doch lag etwas Unsicheres und Geheimnisvolles in Saradin, was die Vermutung keineswegs unglaubwürdig erscheinen ließ.

Als sie nochmals den langen Raum mit den Fenstern und Spiegeln betraten, senkte sich bereits das Abendgold auf das Wasser und die Weiden am Ufer hernieder und eine Rohrdommel schlug in der Ferne gleich einem Kobolde, der mit seiner winzigen Trommel spielt. Dasselbe eigenartige Bewußtsein eines traurigen und unheilvollen Märchenlandes befiel von neuem wie eine trübe Wolke den Priester. „Ich wünschte, Flambeau wäre zurück," sagte er leise.

„Glauben Sie an Verhängnis?" fragte der ruhelose Prinz Saradin unvermittelt.

„Nein," antwortete sein Gast, „ich glaube an den Tag des Verhängnisses, das Jüngste Gericht."

Der Prinz wandte sich vom Fenster ab und starrte ihn eigentümlich an. „Was meinen Sie?" fragte er.

„Ich meine, daß wir hier nur die Kehrseite des Gewebes sehen," erwiderte Father Brown. „Die Dinge, welche hier geschehen, scheinen nichts zu bedeuten, ihre Bedeutung tritt erst anderswo hervor, anderswo trifft den wahrhaft Schuldigen die Vergeltung. Hier scheint sie oft auf den Unrichtigen zu fallen."

Der Prinz stieß einen unerklärlichen, fast tierischen Laut aus. Seine Augen glänzten seltsam in dem beschatteten Gesichte. Ein neuer und schlimmer Gedanke barst stillschweigend in des anderen Gehirn. Gab es etwa eine andere Bedeutung in Saradins Gemisch von Frohsinn und Schroffheit? War der Prinz – war der Prinz geistig vollkommen gesund? Immer wieder wiederholte er sich „den Unrichtigen – den Unrichtigen", viel öfter als für einen im Gespräch fallenden Ausruf natürlich war.

Dann erwachte Father Brown allmählich zu einer zweiten Wahrheit. In den Spiegeln ihm gegenüber konnte er die stumme Türe offen und den stummen Mr. Paul mit seiner üblichen farblosen Teilnahmslosigkeit in ihr stehen sehen.

„Ich hielt es für besser, es sogleich zu vermelden," unterbrach dieser, mit derselben steifen Ehrerbietung, als wäre er ein alter Familienanwalt, „ein von sechs Mann gerudertes Boot hat am Landungssteg angelegt und am Steuer sitzt ein feiner Herr."

„Ein Boot!" rief der Prinz. „Ein feiner Herr?" und stand auf.

Banges Schweigen herrschte, in Absätzen unterbrochen durch den eigenartigen Laut des Vogels im Schilfe. Und dann, ehe noch jemand erneut zu Wort kommen konnte, schritt ein neues Gesicht und eine neue Gestalt im Profil an den drei sonnenbeschienenen Fenstern vorüber, so wie der Prinz vor etwas mehr als einigen Stunden vorübergeschritten war. Aber abgesehen von dem Zufall, daß beiden Profilen das Adlerartige gemeinsam war, glichen sie einander sehr wenig. An Stelle des neuen, weißen Zylinders Saradins war hier ein schwarzer von veralteter Form, darunter steckte ein junges, sehr feierliches Gesicht, glatt rasiert, bläulich um das entschlossene Kinn und leise an den jungen Napoleon erinnernd. Die Ähnlichkeit wurde noch verstärkt durch das Altertümliche und Seltsame, wie er sich trug, etwa wie ein Mann, der sich nie damit befaßt hat, die Gewohnheiten seiner Voreltern zu ändern. Er trug einen verschlissenen blauen Frack, eine rote Weste, die aussah, als komme sie von einem Soldaten, und eine Art plumper weißer Beinkleider, wie man sie zu Beginn des Viktoriazeitalters trug, die aber heute sonderbar störend erschien. Aus diesem ganzen alten Kleiderladen blickte ein olivenbraunes Gesicht merkwürdig jung und ungeheuerlich aufrichtig hervor.

„Zum Teufel!" rief Prinz Saradin, schritt, seinen weißen Hut aufsetzend, selbst der Vordertüre zu und stieß sie nach dem abendlichen Garten hinaus auf.

Inzwischen hatte der Neuangekommene und sein Gefolge sich wie eine kleine Theaterarmee auf dem Rasenplatze aufgestellt. Die sechs Bootsleute hatten das Boot an Land gezogen und blickten beinahe drohend darauf nieder, während sie ihre Ruder wie Speere aufrecht hielten. Es waren gebräunte Männer und einige von ihnen trugen Ohrringe; einer jedoch stand näher zur Seite des jungen Mannes mit dem Olivengesichte und der roten Weste und trug einen großen und schwarzen länglichen Kasten von ungewöhnlicher Form.

„Ihr Name ist Saradin?" fragte der junge Mann.

Saradin nickte ziemlich lässig.

Der Angekommene hatte schwermütige braune Hundeaugen, die von den ruhelosen und funkelnden grauen Augen des Prinzen so verschieden waren, als dies nur überhaupt sein konnte. Nochmals jedoch wurde Father Brown von einem Gefühle gepeinigt, als habe er schon irgendwo eine Wiederholung dieses Gesichtes gesehen, noch einmal dachte er an die Vervielfältigungen des glasgetäfelten Raumes und schrieb das Zusammentreffen diesem Umstande zu. „Zum Kuckuck mit diesem Glaspalaste!“ murmelte er. „Man sieht alles viel zu oft. Es ist wie ein Traum.“

„Wenn Sie Prinz Saradin sind,“ sagte der junge Mann, „so will ich Ihnen sagen, daß mein Name Antonelli ist.“

„Antonelli,“ wiederholte der Prinz gelassen. „Ich entsinne mich entfernt des Namens.“

„Gestatten Sie mir, mich selbst einzuführen,“ versetzte der junge Italiener.

Mit der Linken nahm er höflich seinen altmodischen Hut ab, während er mit der Rechten ausholte und dem Prinzen eine so schallende Ohrfeige versetzte, daß dessen weißer Hut die Treppe hinabkollerte und einer der blauen Blumentöpfe von seinem Gestelle fiel.

Der Prinz, was er auch sein mochte, war jedoch keineswegs ein Feigling. Er sprang seinem Gegner an den Hals und legte ihn fast rückwärts in das Gras. Doch sein Feind entwand sich mit einer eigentümlich unpassenden Bewegung sich beeilender Höflichkeit.

„Das wäre erledigt,“ sagte er keuchend und in holperigem Englisch. „Ich habe insultiert. Ich werde Genugtuung geben. Marko, öffne den Kasten.“

Der Mann ihm zur Seite mit den Ohrringen und dem großen schwarzen Kasten schickte sich an, diesen zu öffnen und entnahm ihm zwei lange itatienische Rapiere mit glänzenden Stahlgriffen und Klingen, die er mit der Spitze abwärts in den Rasen steckte. Der merkwürdige, dem Eingange gegenüberstehende junge Mann mit seinem gelben und rachgierigen Gesichte, die beiden wie zwei Friedhofkreuze aufrecht in der Erde steckenden Schwerter und die ausgerichtete Reihe der Ruderleute dahinter verliehen dem Ganzen das Aussehen irgend eines altertümlichen Gerichtshofes. Alles andere jedoch war unverändert geblieben, so rasch war die Unterbrechung geschehen. Das Gold der sinkenden Sonne glühte noch auf dem Rasen und die Rohrdommel schlug noch, wie um irgend ein kleines aber furchtbares Verhängnis anzukünden.

„Prinz Saradin,“ sagte der Mann namens Antonelli, „als ich ein Wickelkind war, töteten Sie meinen Vater und stahlen meine Mutter; mein Vater war der Glücklichere. Sie töteten ihn nicht ehrlich, wie ich nunmehr Sie töten werde. Sie und meine elende Mutter nahmen ihn auf eine Fahrt nach einem einsamen Wege mit, stürzten ihn eine Klippe hinab und zogen Ihres Weges. Ich könnte es Ihnen nachmachen, wenn ich wollte, aber Ihnen etwas nachzumachen ist mir zu verächtlich. Ich bin Ihnen durch die ganze Welt gefolgt und immer sind Sie mir entkommen. Dies aber ist das Ende der Welt – und auch das Ihrige. Jetzt habe ich Sie und ich gebe Ihnen eine Gelegenheit, die Sie meinem Vater nie gaben. Wählen Sie eines dieser beiden Schwerter."

Prinz Saradin schien mit zusammengezogenen Brauen einen Augenblick zu zaudern, aber seine Ohren klangen noch von dem Schlage; er sprang vorwärts und erfaßte einen der beiden Griffe. Auch Father Brown war herzugesprungen, bemüht, den Streit zu schlichten, bald aber erkannte er, daß seine persönliche Anwesenheit die Dinge nur noch schlimmer machte. Saradin war französischer Freimaurer und ein verbissener Gottesleugner und ein Priester brachte ihn infolge des Gesetzes der Gegensätze nur noch mehr in Harnisch. Und was den anderen betraf, so brachte ihn überhaupt nichts in Harnisch, weder Priester noch Laie. Dieser junge Mann mit seinem Bonapartegesichte und den braunen Augen war etwas noch weit Strengeres als ein Puritaner – ein Heide. Er war ein einfacher Totschläger aus der Frühzeit der Erde, ein Mann aus der Steinzeit – ein Mann aus Stein.

Eine Hoffnung blieb noch, nämlich das Hauspersonal herbeizurufen und Father Brown rannte in das Haus zurück. Er fand jedoch, daß von dem Selbstherrscher Paul allen Dienstboten der Tag zu einem Besuche an Land freigegeben worden war und nur die finstere Mrs. Anthony schritt unruhig in den langgestreckten Zimmern umher. Aber in dem Augenblicke, da sie ihm ihr totenbleiches Gesicht zukehrte, löste sich ihm eines der Rätsel des Spiegelhauses. Die schweren, braunen Augen Antonellis waren die schweren, braunen Augen von Mrs. Anthony und in einem einzigen Aufflackern erkannte er die Hälfte der Geschichte.

„Ihr Sohn ist draußen," sagte er, ohne Worte zu verschwenden, „entweder er oder Saradin wird getötet. Wo steckt Mr. Paul?"

„Er ist am Landungsstege," erwiderte die Frau kraftlos. „Er – er signalisiert um Hilfe."

„Mrs. Anthony," bemerkte Father Brown ernst, „es ist keine Zeit zu Unsinn. Mein Freund ist mit seinem Boote flußaufwärts und fischt. Ihres Sohnes Boot wird von seinen Leuten bewacht. Es gibt also nur dies eine Fahrzeug. Was macht Mr. Paul damit?“

„Santa Maria! Ich weiß es nicht!“ rief sie und sank der Länge nach auf den mit Matten belegten Boden.

Father Brown hob sie auf das Sofa, schüttete einen Topf Wasser über sie, rief um Hilfe und rannte dann nach dem Landungsstege der kleinen Inseln hinab. Doch das Boot befand sich bereits in der Mitte des Stromes und der alte Paul ruderte und stieß es mit einer für seine Jahre unglaublichen Kraft flußaufwärts.

„Ich will meinen Herrn retten,“ schrie er und seine Augen flammten wie im Wahnsinne. „Ich will ihn noch retten!“

Father Brown konnte nichts tun, als dem Boote nachblicken, wie es gegen den Strom ankämpfte, und beten, der Alte möchte noch rechtzeitig das Städtchen alarmieren.

„Ein Zweikampf ist schon schlimm genug,“ murmelte er, sich durch sein staubgraues, borstiges Haar fahrend, „aber es ist etwas nicht in Ordnung mit diesem Duell, selbst als Duell genommen. Ich fühle es in meinen Knochen. Was kann es nur sein?“

Während er so dastand und auf das Wasser, auf den zitternden Spiegel des Sonnenunterganges starrte, vernahm er vom anderen Ende des Inselgartens her einen schwachen aber nicht zu verkennenden Klang, das kalte Gegeneinanderklirren von Stahl. Er wandte den Kopf.

Draußen, auf der entfernten Spitze der langgestreckten Insel, auf einem Streifen Rasens jenseits der äußersten Rosenhecke kreuzten die Duellanten bereits die Waffen. Der Abend wölbte sich über ihnen wie ein jungfräulicher Dom von Gold und in dieser Entfernung trat jede Einzelheit scharf wahrnehmbar hervor. Sie hatten ihre Röcke abgeworfen, doch die gelbe Weste und das weiße Haar Saradins, die rote Weste und die weißen Beinkleider Antonellis schimmerten im wagerechten Lichte wie die Farben von tanzenden mechanischen Puppen. Die zwei Rapiere funkelten von der Spitze bis zum Griff wie zwei Diamantstifte und etwas Entsetzenerregendes lag in den zwei so kleinen und so lebhaft sich bewegenden Gestalten. Sie sahen wie zwei Schmetterlinge aus, von denen ein jeder versucht, den anderen auf den Kork zu spießen.

Father Brown lief, so rasch er konnte, und seine kurzen Beine bewegten sich wie zwei Räder. Doch als er auf den Kampfplatz kam, sah er, daß er sowohl zu spät wie zu früh kam – zu spät, um den Zwist Einhalt zu tun, der sich im Schatten der grimmen, auf ihre Ruder gelehnten Sizilianer abspielte, und zu früh, um irgend einen unglücklichen Ausgang zu verhindern. Denn die beiden Männer waren einander ganz außerordentlich gewachsen. Der Prinz setzte seine ganze Sorgfalt mit einem gewissen zynischen Vertrauen ein und der Sizilianer die seine mit einer mörderischen Sicherheit. Selten wohl kann ein besser ausgewähltes Fechterpaar in gedrängt vollem Amphitheater gesehen worden sein als jenes, welches auf diesem vergessenen Eilande in schilfbedecktem Flusse klirrte und glitzerte. Der schwindelnde Fechterkampf hielt sich so lange im Gleichgewichte, daß in dem protestierenden Priester die Hoffnung sich neu zu beleben begann; mit aller Wahrscheinlichkeit mußte Paul mit der Polizei bald zurück sein. Es wäre schon eine gewisse Erleichterung gewesen, wenn Flambeau vom Fischen zurückgekehrt wäre, denn er wog, physisch genommen, vier Männer auf. Aber keine Spur von Flambeau zeigte sich und, was noch viel merkwürdiger war, auch keine Spur von Paul oder der Polizei. Weder Floß noch Stange war irgendwo zu entdecken, womit man hätte übersetzen können; auf jener verlorenen Insel in jenem weiten, namenlosen Flußteiche war man wie auf einem Felsen im Weltmeere von allem abgeschnitten.

Fast unmittelbar nach diesem Gedanken steigerte sich das Klingen der Rapiere zu einem Klirren, des Prinzen Waffe flog empor und die Spitze drang in seinem Rücken zwischen den Schulterblättern hervor. Mit einer stark taumelnden Bewegung fiel er zurück, beinahe wie jemand, der einen halben Purzelbaum schlägt. Die Waffe flog ihm aus der Hand wie eine Sternschnuppe und versank im nahen Flusse. Mit solch erdbebenhaftem Falle brach er zusammen, daß er mit seinem Körper einen großen Rosenstock abknickte und eine Wolke roter Erde aufwirbelte wie bei einem heidnischen Opfer. Der Sizilianer hatte dem Schatten seines Vaters sein Blutopfer dargebracht.

Der Priester lag sofort auf den Knien neben dem Körper, aber nur um eben noch festzustellen, daß es eine Leiche war. Während er noch einige letzte, hoffnungslose Versuche machte, vernahm er weit oben vom Flusse herab die ersten Stimmen und gewahrte, wie ein Polizeiboot zum Landungssteg heranschoß mit Schutzleuten und anderen wichtigen Personen darin, einschließlich den aufgeregten Paul. Der kleine Priester erhob sich mit einer deutlich Zweifel ausdrückenden Grimasse.

„Weshalb nun," brummte er, „weshalb nun konnte er nicht eher gekommen sein?"

An die sieben Minuten später war die Insel durch einen Einfall von Stadtvolk und Polizisten belebt und die letzteren hatten ihre Hand an den obsiegenden Duellanten gelegt, wobei sie ihn pflichtschuldigst daran erinnerten, daß, was immer er sagen würde, ihm zur Last fiele.

„Ich werde nichts sagen," gab der mit der fixen Idee mit wunderbarem und friedevollem Gesichte zurück. Ich werde nie wieder etwas sagen. Ich bin sehr glücklich und wünsche nur, aufgehängt zu werden."

Dann schloß er den Mund, während man ihn abführte, und es ist die seltsame aber gewisse Wahrheit, daß er ihn nie mehr öffnete in dieser Welt außer um bei seiner Verhandlung das Wort „schuldig" auszusprechen.

Father Brown hatte stieren Blickes den plötzlich bevölkerten Garten, die Verhaftung des Blutmenschen, das Hinwegtragen der Leiche nach erfolgter Untersuchung durch den Arzt betrachtet, etwa so wie jemand den Abschluß irgend eines garstigen Traumes verfolgt. Er war bewegungslos wie ein von Alpdrücken befallener Mann. Er gab Name und Adresse als Zeuge an, lehnte aber das angebotene Boot zum Übersetzen nach dem Lande ab und blieb allein in dem Inselgarten, sinnend den geknickten Rosenstrauch und den ganzen grünen Schauplatz dieser blitzschnellen und unerklärbaren Tragödie betrachtend. Längs des Flusses erstarb das Licht, Nebelstreifen stiegen aus dem sumpfigen Ufer auf und dann und wann huschte ein verspäteter Vogel vorüber. Hartnäckig aber erhielt sich in seinem ungewöhnlich lebendigen Unterbewußtsein eine sich jedem Ausdrucke entziehende Gewißheit, daß hier noch irgend etwas Ungeklärtes vorlag. Diese Empfindung, die schon den ganzen Tag über in ihm festgesessen hatte, ließ sich doch nicht vollends mit jenem Einfalle vom „Spiegelland" erklären. Die eigentliche, die wahre Geschichte mußte es immer noch nicht sein, sondern nur erst irgend ein Spiel, eine Maske. Und dennoch, niemand läßt sich um einer Scherzfrage willen hängen oder den Leib durchbohren.

Während er grübelnd auf den Stufen des Landungssteges saß, wurde er des großen, dunklen Streifens eines Segels gewahr, das schweigend den schimmernden Fluß herabglitt, und so unvermittelt sprang er auf die Füße, daß er beinahe rücklings niederfiel.

„Flambeau," schrie er und schüttelte seinen Freund, als dieser mit seinem Angelzeug ans Land stieg, mit beiden Händen wieder und wieder zum großen Erstaunen dieses Sportsmannes. „Flambeau," sagte er, „so hat man Sie also nicht umgebracht?"

„Umgebracht?" fragte der Angler in gesteigertem Erstaunen. „Weshalb sollte ich umgebracht worden sein?"

„O, weil fast jeder andere hier es auch ist," sagte sein Gefährte ziemlich aufgeregt. „Saradin wurde ermordet und Antonelli verlangt, gehängt zu werden, und seine Mutter liegt bewußtlos drinnen und was mich betrifft, weiß ich nicht, ob ich noch in dieser Welt bin oder in der anderen. Aber Gott sei Dank, Sie sind in der gleichen." Und er ergriff des verblüfften Flambeaus Arm.

Im Weiterschreiten kamen sie unter das vorspringende Dach des niedrigen Bambushauses und blickten durch eines der Fenster hinein, wie sie es bei ihrer ersten Ankunft getan hatten. Sie bemerkten ein von Rampenlicht erhelltes Innere, das wohl darnach war, ihr Auge zu fesseln. Der Tisch des langen Speisezimmers war gedeckt worden, als Saradins Mörder wie ein Donnerkeil über die Insel hereingebrochen war. Und nun nahm das Abendessen seinen ruhigen Verlauf, denn Mrs. Anthony saß einigermaßen verdrossen am unteren Ende der Tafel, während am oberen Mr. Paul, der Majordomus, sich Essen und Trinken behagen ließ; dabei traten seine triefenden, bläulichen Augen merkwürdig hervor und die hageren Züge schienen undurchdringlich, wenngleich keineswegs einer gewissen Befriedigung entbehrend.

Mit einer Bewegung heftiger Ungeduld rüttelte Flambeau am Fenster, stieß es auf und steckte seinen entrüsteten Kopf in den erleuchteten Raum.

„Nun freilich!" schrie er. „Ich kann es begreifen, ihr werdet wohl etwas Auffrischung brauchen, aber geradezu eures Herren Abendessen wegstehlen, während – während er tot im Garten liegt –"

„Ich habe viele Dinge in einem langen und angenehmen Leben gestohlen," erwiderte der seltsame alte Herr in aller Ruhe, „und dies Abendessen ist eines von den wenigen Dingen, die ich nicht gestohlen habe. Dieses Abendessen und dieses Haus und der Garten gehören zufällig mir."

Ein Gedanke trieb Flambeau das Blut ins Gesicht. „Sie wollen wohl sagen," versetzte er, „im Testamente des Prinzen –"

„Ich bin Prinz Saradin!“ unterbrach der alte Herr, während er an einer Salzmandel kaute.

Father Brown, der den Vögeln draußen zusah, richtete sich wie angeschossen auf und steckte sein Gesicht, so weiß wie eine weiße Rübe, zum Fenster hinein.

„Sie sind *was?*“ wiederholte er mit schriller Stimme.

„Paul Prinz Saradin, *à vos ordres*,“ sagte die ehrwürdige Person höflich, ein Glas Sherry ergreifend. „Ich lebe hier in aller Ruhe, da ich ein Mensch mit starkem Sinn für häusliches Leben bin, und nur aus Bescheidenheit lasse ich mich Mr. Paul nennen zum Unterschied von meinem unglücklichen Bruder Stephan. Er starb, wie ich höre, vor kurzem im Garten. Es ist natürlich nicht meine Schuld, wenn die Feinde ihn bis hierher an diesen Ort verfolgen. Das liegt an der bedauerlichen Unregelmäßigkeit seines Lebens. Er war kein häuslich veranlagter Charakter.“

Er verfiel wieder in Schweigen und sein Blick wandte sich von neuem über das gebeugte und mürrische Haupt der Frau hinweg der gegenüberliegenden Wand zu. Deutlich erkannte Father Brown die Familienähnlichkeit, die ihm an dem Toten aufgefallen war. Dann begannen seine alten Schultern sich zu heben und sich ein wenig zu schütteln, wie wenn er an etwas würgte, aber seine Züge blieben unverändert.

„Mein Gott!“ rief Flambeau nach einer Pause, „der Kerl lacht auch noch!“

„Kommen Sie mit,“ lud Father Brown ein, der käseweiß geworden war. „Fort aus diesem Höllenhause! Schauen wir, daß wir wieder in ein ehrliches Boot kommen.“

Die Nacht war auf Schilf und Fluß niedergesunken, als sie von der Insel abstießen und im Dunkel stromabwärts treibend sich an zwei Zigarren wärmten, die wie zwei rote Schiffslaternen glühten. Father Brown nahm die seine aus dem Mund und begann.

„Sie können jetzt wohl die ganze Geschichte erraten? Immerhin, sie ist einfach genug. Ein Mann hatte zwei Feinde. Er war ein kluger Mann. Und so entdeckte er, daß zwei Feinde besser sind, als einer.“

„Ich kann Ihnen nicht folgen,“ unterbrach Flambeau.

„O, es ist wirklich so einfach!“ fuhr sein Freund fort. „Einfach, obschon alles nur nicht harmlos. Beide Saradine waren Schurken, aber der Prinz, der ältere, war von der Sorte von Schurken, die sich oben halten, und der jüngere, der Hauptmann, von der anderen, die untersinken. Dieser verkommene Offizier fiel tiefer und tiefer. Vom Bettler zum Erpresser und eines Tages bekam er seinen Bruder, den Prinzen, zu fassen. Sichtlich war es in keiner leichten Sache, denn Prinz Saradin saß so gut wie fest und hat keinen guten Ruf mehr zu verlieren, was die sogenannten Gesellschaftssünden anbelangt. Kurz gesagt, es war eine Sache, um gehenkt zu werden und Stephan hatte buchstäblich einen Strick um seines Bruders Hals geworfen. Irgendwie hatte er die Wahrheit in jener sizilianischen Geschichte herausgefunden und war imstande, zu beweisen, daß Paul den alten Antonelli im Gebirge ermordet hatte. Der Hauptmann wühlte zehn Jahre im Schweigegeld, bis selbst des Prinzen glänzendes Vermögen ein wenig ärmlich auszusehen begann.

„Aber Prinz Saradin trug noch eine andere Last neben diesem Blutsauger von Bruder. Er wußte, daß Antonellis Sohn, ein Kind nur zur Zeit des Mordes, in den rauhen Ehrbegriffen Siziliens auferzogen, nur dafür lebte, seinen Vater zu rächen, und zwar nicht mit dem Galgen (denn es mangelte ihm der gesetzliche Beweis, wie ihn Stephan besaß), sondern mit den alten Waffen der Vendetta. Als Knabe schon brachte er es in der Waffe zu tödlicher Vollkommenheit und als er alt genug war, sie zu gebrauchen, begann Prinz Saradin, wie die Salonpresse erzählte, zu reisen. Tatsache ist, daß er um sein Leben zu fliehen begann, indem er wie ein gehetzter Verbrecher von einem Ort zum anderen eilte, immer mit dem unbarmherzigen Manne auf den Fersen. Das war Pauls Lage, keineswegs eine gemütliche. Je mehr Geld er ausgab, um Antonelli zu entgehen, um so weniger blieb ihm, um Stephan den Mund zu stopfen. Je mehr er ausgab, um Stephans Schweigen zu erkaufen, um so weniger Aussicht blieb, Antonelli schließlich noch zu entkommen. Da geschah es, daß er sich als großen Mann zeigte – als Genie wie Napoleon.

„Anstatt sich seinen beiden Widersachern zu widersetzen, lieferte er sich ihnen aus. Wie ein japanischer Wettkämpfer wich er zurück und seine beiden Gegner fielen der Länge nach zu seinen Füßen nieder. Er gab das Wettrennen rings um die Erde auf und ließ den jungen Antonelli seinen Aufenthalt wissen; dann übergab er alles seinem Bruder. Er schickte Stephan Geld genug für elegante Kleidung und sorglose Reisen und einen Brief dazu, der ganz trocken besagte: das ist alles, was noch übrig ist. Du hast mich total ausgeplündert. Ich besitze noch ein kleines Haus in Norfolk mit Dienerschaft und Keller und wenn du noch mehr von mir forderst, mußt du eben dieses nehmen. Komm und ergreife Besitz, wenn es dir beliebt, und ich will ganz ruhig dort als dein Freund oder Verwalter oder was immer leben. Er wußte, der Sizilianer hatte nie die Brüder Saradin gesehen außer auf Bildern; er wußte, sie sahen einander etwas ähnlich, da sie beide graue Spitzbärte trugen. Dann rasierte er sein Gesicht und wartete ab. Die Falle gelang. Der unglückliche Hauptmann in seinen neuen Kleidern betrat das Haus im Triumph als Prinz und rannte in das sizilianische Schwert.

„Einen Haken nur gab es und der spricht für die Ehre der menschlichen Natur. Böse Geister wie Saradin hauen oft daneben, indem sie niemals mit den menschlichen Tugenden rechnen. Er nahm es als selbstverständlich, daß, wenn der Schlag des Italieners kommen würde, es aus dem Dunkel, mit Gewalt und ohne Zeugen sein würde, wie der Schlag, der gerächt werden sollte, daß z. B. das Opfer bei Nacht erdolcht oder hinter der Hecke hervor niedergeschossen und so ohne einen Laut sterben würde. Es war eine schlimme Minute für Prinz Paul, als Antonellis Ritterlichkeit ein förmliches Duell vorschlug mit all den möglichen Auseinandersetzungen. Da war es, daß ich ihn traf, wie er wilden Blickes sich mit seinem Boote davon machte. Er floh barhäuptig in einem offenen Boote, noch ehe Antonelli erfahren sollte, wer er war. Aber bei aller Aufregung war er nicht ohne Hoffnung. Er kannte den Abenteurer und er kannte den Fanatiker. Es war ganz wahrscheinlich, daß Stephan, der Abenteurer, seinen Mund halten würde, allein schon aus theatralischer Lust, eine Rolle zu spielen, aus Sucht, sich an sein neues gemütliches Heim anzuklammern, im Vertrauen auf das Glück und seine überlegene Fechtkunst. Es war gewiß, daß Antonelli, der Fanatiker, seinen Mund halten und sich hängen lassen würde, ohne den Familienschmutz auszukramen. Paul trieb sich oben auf dem Flusse herum, bis er wußte, der Kampf war vorüber. Dann alarmierte er die Stadt, holte die Polizei, sah seine beiden überwundenen Feinde für immer besiegt und setzte sich lächelnd zu seinem Abendessen nieder.“

„Lachend! Gott steh uns bei!“ schloß Flambeau unter heftigem Schaudern. „Solche Gedanken können nur vom Satan eingegeben sein!“

„Nein, der Gedanke stammt von Ihnen!“ erwiderte der Priester.

„Gott behüte!“ verwahrte sich Flambeau. „Von mir? Was meinen Sie?“

Der Priester zog eine Visitenkarte aus der Tasche und hielt sie beim schwachen Scheine der Zigarre empor; sie war mit grüner Tinte beschrieben.

„Entsinnen Sie sich nicht seiner eigenen Einladung an Sie?“ fragte er, „und des Komplimentes für Ihre Verbrecher-Heldentat, jenes Kniffes, wie Sie den einen Geheimpolizisten durch den anderen verhaften ließen? Er hat ganz genau Ihren Trick nachgemacht. Mit je einem Feinde zu beiden Seiten schlüpfte er gewandt beiseite und ließ sie sich anfallen und einander töten.“

Flambeau entriß Prinz Saradins Karte der Hand des Priesters und zerriß sie wütend in kleine Stücke.

„Das ist das letzte Überbleibsel jenes alten Totenschädels mit seinen gekreuzten Armknochen,“ sagte er, während er die Stückchen auf die dunklen und entschwindenden Wellen verstreute, „aber ich fürchte, die Fische vergiften sich noch daran.“

Der letzte Glimmer weißen Kartons und grüner Tinte wurde hinweggetragen und verschwand im Dunkel; eine schwache und zitternde Färbung wie von anbrechendem Tage überflog den Himmel und der Mond hinter dem Grase wurde bleicher. Schweigend trieben sie dahin.

„Father,“ fragte Flambeau plötzlich, „meinen Sie nicht, es war alles nur ein Traum?“

Der Priester schüttelte den Kopf, sei es, daß er anderer Meinung war, sei es, daß er keine Antwort wußte, aber er blieb stumm. Ein Duft von Weißdorn und Obstgärten wehte ihnen aus der Nacht entgegen und sagte ihnen, daß ein Wind noch wache; den nächsten Augenblick machte er ihr kleines Boot schaukeln und schwellte ihr Segel und trug sie durch die Windungen des Flusses hinab nach glücklicheren Gefilden und zu den Heimstätten harmloser Menschen.

Der Hammer Gottes

Das Dörflein Bohun Beacon saß auf einem so steilen Hügel, daß seine hohe Kirchturmspitze sich nur wie ein kleiner Berggipfel ausnahm. Am Fuße der Kirche stand eine Schmiede, aus der gewöhnlich roter Feuerschein strahlte und Hämmer und Eisenstücke lagen stets unordentlich hingeworfen umher. Ihr gegenüber, jenseits der Kreuzung roh gepflasterter Straßen lag das „blaue Wildschwein", das einzige Wirtshaus des Ortes. An dieser Straßenkreuzung und um die Stunde eines bleigrauen und silbernen Tagesanbruches war es, daß sich zwei Brüder trafen und miteinander sprachen, obwohl der eine den Tag begann und der andere ihn beschloß. Der hochwürdige und ehrenwerte Wilfried Bohun war sehr fromm und befand sich unterwegs zu irgendeiner strengen Gebetsübung oder Morgenbetrachtung. Der ehrenwerte Oberst Norman Bohun, sein älterer Bruder, war ganz und gar nicht fromm und saß noch im Abendgewande auf der Bank vor dem „blauen Wildschweine" und trank etwas, was der philosophische Leser als sein letztes Glas am Dienstag oder sein erstes Glas am Mittwoch ansehen mag. Der Oberst selbst legte darauf wenig Gewicht.

Die Bohuns waren eine von den sehr wenigen adeligen, wirklich in das Mittelalter zurückreichenden Familien und ihr Fähnlein hatte wirklich Palästina gesehen. Aber es ist ein großer Irrtum, anzunehmen, daß solche Häuser in ritterlicher Überlieferung sich aufrecht erhalten. Wenige außer den Armen bewahren Überlieferungen. Aristokraten leben nicht nach Überlieferungen, sondern nach Moden. Die Bohuns waren unter Königin Anna Mohocks (Raufbolde) und unter Viktoria Mashers (Stutzer) gewesen. Aber wie mehr als eines der wirklich alten Häuser waren sie in den letzten zwei Jahrhunderten in reine Trunkenbolde und Gecken ausgeartet, bis sich sogar leise Anzeichen von Geisteskrankheit eingestellt hatten. Sicherlich lag etwas kaum mehr Menschliches in des Obersten wolfshungrigem Jagen nach Vergnügen und sein chronischer Entschluß, nicht vor Tagesanbruch nach Hause zu gehen, zeugte mit schrecklicher Klarheit von dem Anzeichen der Schlaflosigkeit. Er war ein großer, hübscher, ältlicher Mann, jedoch von auffallend gelbem Haare. Er würde direkt blond und löwenhaft ausgesehen haben, doch lagen seine blauen Augen so tief in den Höhlen, daß sie schwarz erschienen. Auch standen sie ein wenig zu nahe beisammen. Ferner trug er einen sehr langen gelben Schnurrbart, zu dessen beiden Seiten je eine von den Nasenflügeln bis zum Kinn reichende Falte oder Runzel sich herabzog, so daß ein höhnisches Grinsen in sein Gesicht geschnitten schien. Über seinem Abendgewand trug er einen merkwürdig hellgelben Rock, der mehr wie ein sehr leichter Schlafrock als wie ein Überzieher aussah und auf seinem Hinterkopfe steckte ein außergewöhnlich breitrandiger Hut von lebhaft grüner Farbe, sichtlich eine fremdländische, aufs Geratewohl irgendwo aufgelesene Merkwürdigkeit. Bohun war stolz darauf, in solch nicht zusammenstimmendem Äußerem zu erscheinen, stolz darauf, die Gegensätze zum Zusammenstimmen zu zwingen.

Sein Bruder, der Kurat, hatte auch das gelbe Haar und die Eleganz, aber er war bis zum Kinn schwarz eingeknöpft und sein Gesicht glattrasiert, gepflegt und ein wenig nervös. Er schien für nichts anderes als für seine Religion zu leben, aber es gab Leute, welche behaupteten (und dazu gehörte vor allem der presbyterianische Dorfschmied), es sei mehr Liebe zur Gotik als zu Gott, und sein immerwährendes Herumspuken in der Kirche gleich einem Geiste sei nur ein anderer und reinerer Ausdruck des beinahe krankhaften Durstes nach Schönheit, der seinen Bruder den Weibern und dem Weine nachjagen ließ. Die Berechtigung dieses Vorwurfes muß jedoch angezweifelt werden, denn des Mannes praktische Frömmigkeit stand außer Frage. In der Tat war der Vorwurf zumeist nichts anderes als ein auf Unwissenheit beruhendes Mißverstehen seiner Liebe zur Einsamkeit und zu verborgenem Gebete und gründete sich darauf, daß man ihn oft im Gebete kniend fand, nicht vor dem Altare, sondern an besonderen Orten, in der Krypta oder auf der Galerie und selbst auf dem Kirchturme. In diesem Augenblicke stand er im Begriffe, durch den Hof der Schmiede in die Kirche einzutreten, doch blieb er stehen und runzelte die Stirne ein wenig, als er seines Bruders tief liegende Augen nach derselben Richtung starren sah. Auf die Annahme, daß das Interesse des Obersten der Kirche gelten könnte, verschwendete er keinen Gedanken. Es konnte somit nur die Behausung des Schmiedes in Frage kommen und wenngleich dieser Puritaner war und daher nicht zu seiner Gemeinde gehörte, hatte Wilfried so etwas von Skandal im Zusammenhange mit einem schönen und ziemlich bekannten Weibe gehört. Er warf einen Blick voll Verdachtes über den Hof hin, als der Oberst lachend aufstand, um ihn anzureden.

„Guten Morgen, Wilfried," sagte er. „Wie ein guter Gutsherr wache ich schlaflos über meine Leute. Ich will eben den Schmied besuchen."

Wilfried blickte zu Boden und erwiderte, der Schmied sei fort, hinüber nach Greenford.

„Ich weiß," antwortete der Bruder mit stillem Lachen, „eben deswegen will ich ihm einen Besuch machen."

„Norman," versetzte der Geistliche, während sein Auge auf einem Stein am Wege ruhte, „fürchtest du dich nie vor Donnerschlägen?"

„Was meinst du damit?" fragte der Oberst. „Ist dein Steckenpferd etwa jetzt Meteorologie?"

„Ich meine, ob du nie bedacht hast, daß Gott dich auf der Straße niederstrecken könnte?"

„Entschuldige," antwortete der Oberst, „aber ich sehe, dein Steckenpferd sind Kindermärchen."

„Ich weiß, das deine ist die Gotteslästerung," gab der Geistliche in der einen empfindlichen Stelle seiner Natur getroffen zurück. „Aber wenn du dich schon vor Gott nicht fürchtest, hast du doch wenigstens allen Grund, die Menschen zu fürchten."

Der Ältere zog die Brauen hoch. „Die Menschen fürchten?" fragte er.

„Barnes, der Schmied ist der stärkste und größte Mann auf vierzig Meilen ringsum," warnte der Geistliche ernst. „Ich weiß, du bist kein Feigling oder Schwächling, aber er könnte dich über die Mauer werfen."

Dieser Hieb saß, denn er war nur zu wahr, und die tiefe Linie um Mund und Nasenflügel trat noch schärfer und tiefer hervor. Einen Augenblick stand Oberst Bohun mit breitem Grinsen im Gesichte da. Aber im Nu hatte er seinen alten grausigen guten Humor wieder gefunden und lachte, wobei unter seinem gelben Schnurrbarte wie bei einem Hunde zwei Fangzähne hervortraten. „In diesem, Falle, mein lieber Wilfried," bemerkte er ganz sorglos, „war es sehr klug von dem letzten der Bohuns, teilweise in Harnisch auszugehen."

Und er nahm den eigentümlich runden grün überzogenen Hut ab und zeigte, daß er innen mit Stahl gefüttert war. Wilfried erkannte in der Tat einen leichten japanischen oder chinesischen Helm wieder, der einer Trophäe aus dem alten Ahnensaal entnommen war.

„Es war der erste Hut, der mir zur Hand war," erklärte der Bruder leichthin. „Stets den nächsten Hut – und das nächste Weib."

„Der Schmied ist nach Greenford hinüber," versetzte Wilfried ruhig, „es ist unbestimmt, wann er zurückkehrt."

Und damit wandte er sich ab und trat, sich wie jemand bekreuzend, der sich von einem unreinen Geiste losgesagt zu haben wünscht, gebeugten Hauptes in die Kirche. Ihn drängte es, solche Gemeinheit in dem kühlen Dämmerlichte seines hohen gotischen Gotteshauses zu vergessen, aber diesen Morgen sollte es nun einmal so sein, daß sein stiller Rundgang religiöser Übungen immer wieder von kleinen Zwischenfällen aufgehalten wurde. Als er die um diese Stunde stets leere Kirche betrat, erhob sich eilig eine Gestalt und schritt dem vollen Tageslichte des Haupteinganges zu. Als der Kurat sie sah, blieb er überrascht stehen, denn der frühe Beter war niemand anderer als der Dorftrottel, ein Neffe des Schmiedes, der sich weder um die Kirche noch um irgend etwas anderes bekümmerte noch zu bekümmern imstande war. Man pflegte ihn den „verrückten Joe" zu nennen und er schien keinen anderen Namen zu haben. Er war ein starker, einherschlotternder Bursche mit einem gedrückten, weißen Gesichte, dunklem, straffem Haare und stets offenem Munde. Als er an dem Geistlichen vorbeikam, ermangelte sein mondkälbernes Aussehen jeder Andeutung dessen, was er getan oder gedacht haben mochte. Nie noch hatte man ihn beten gesehen. Welche Art von Gebet sollte er jetzt verrichtet haben? Sicherlich eine außergewöhnliche.

Wilfried Bohun stand noch lange wie angewachsen auf seinem Platze und blickte dem Idioten nach, wie er in den Sonnenschein hinaustrat und sogar sein liederlicher Bruder ihn mit einer gewissen gönnerhaften Heiterkeit begrüßte. Das letzte, was er sah, war, wie der Oberst Pfennigstücke in Joes offenes Maul warf und sich den ernsthaften Anschein gab, es zu verbergen.

Das häßliche sonnenbestrahlte Bild vollkommener Tölpelhaftigkeit und Vertiertheit ließ den Aszeten endlich sich seinem Gebete um Reinigung und neue Gedanken zuwenden. Er schritt nach einer Kniebank unter einem farbigen Fenster in der Galerie hinauf, das er liebte, weil es immer sein Gemüt beruhigte, ein blaues Fenster mit einem lilientragenden Engel. Dort begann er nachzudenken, weniger über den Idioten mit seinem fahlen Gesichte und seinem Fischmaule. Mehr und mehr entfernten sich auch seine Gedanken von seinem schlimmen Bruder, der wie ein abgemagerter Löwe in seinem schrecklichen Heißhunger einherschritt. Tiefer und tiefer versank er in jene kalten und süßen Farben von Silberblüten und saphirenem Himmel.

An diesem Platze wurde er eine halbe Stunde darauf von Gibbs, dem Dorfschuster gefunden, der in Eile nach ihm geschickt worden war. Rasch erhob er sich, denn er wußte, daß eine Kleinigkeit Gibbs unter keinen Umständen hierher geführt hätte. Der Schuster war wie in vielen Dörfern ein Gottesleugner und sein Erscheinen in der Kirche noch um einen Grad außergewöhnlicher als das des Verrückten. Es war ein Morgen voll von theologischen Rätseln.

„Was gibt es?“ fragte Wilfried Bohun ziemlich steif, aber die Hand zitternd nach dem Hute ausstreckend.

Der Gottesleugner sprach in einem Tone, der aus seinem Munde ganz auffallend achtungsvoll klang und in diesem Falle sogar eine gewisse urwüchsige Teilnahme verriet.

„Sie müssen mich entschuldigen, Herr,“ sagte er in heiserem Flüstern, „aber wir meinten, es wäre nicht recht, wenn wir Sie nicht sofort verständigt hätten. Ich fürchte, es ist etwas ziemlich Schreckliches geschehen, Herr. Ich fürchte, Ihr Bruder –“

Wilfried ballte seine zarten Hände. „Was hat er jetzt wieder Teuflisches begangen!“ rief er in ungewollter Leidenschaftlichkeit.

„Nun, Herr,“ fuhr der Schuster hüstelnd fort, „ich fürchte, er hat nichts begangen und wird nichts dergleichen tun. Ich fürchte, es ist mit ihm aus. Sie kommen besser selbst herab, Herr.“

Der Geistliche folgte dem Schuster eine kurze Wendeltreppe hinab, die sie nach einem stark über der Straße liegenden Eingange brachte. Bohun erfaßte die Tragödie mit einem Blick; wie eine Landkarte breitete sie sich unter ihm aus. Im Hofe der Schmiede standen fünf oder sechs Männer beisammen, die meisten in Schwarz, einer in der Uniform eines Polizeiinspektors. Außerdem waren dabei der Doktor, der presbyterianische Pastor und der Priester von der römisch-katholischen Kapelle (wohin das Weib des Schmiedes gehörte). Der letztere sprach eben ziemlich rasch und halblaut auf sie ein, die, eine wunderschöne Frau mit rötlichgoldenem Haare, auf einer Bank schluchzte. Zwischen diesen beiden Gruppen und gerade abseits vom Haupthaufen von Hämmern lag breit und flach auf seinem Gesichte ein Mann in Abendkleidern. Von der Höhe aus hätte Wilfried auf jede Einzelheit seines Gewandes und Äußeren, herab bis zu den Bohunschen Ringen schwören können, der Schädel aber war ein einziger gräßlicher Spritzer wie ein Stern aus Schwarz und Blut.

Ein Blick genügte Wilfried Bohun, dann rannte er die Treppe nach dem Hofe hinab. Der Doktor, sein Hausarzt, begrüßte ihn, aber er schenkte dem kaum

Beachtung. Er vermochte nur zu stammeln: „Mein Bruder tot! Was hat das zu bedeuten? Was ist das für ein entsetzliches Geheimnis?“

Unheilschweres Schweigen antwortete ihm, dann meinte der Schuster, der Mitteilsamste von allen: “Entsetzen genug, Herr, aber Geheimnis ist keines dabei.“

„Was meinen Sie?“ fragte Wilfried aschfahl.

„Es ist klar genug,“ erwiderte Gibbs. „Es gibt nur einen Mann auf vierzig Meilen in der Runde, der einen Schlag wie diesen führen könnte und das ist der, der am meisten Grund dazu hatte.“

„Wir dürfen nichts übereilen,“ bemerkte ziemlich nervös der Doktor, ein großer schwarzbärtiger Mann. „Aber als Fachmann kann ich nur bestätigen, was Mr. Gibbs über die Natur des Schlages sagt, es ist ein ganz unglaublicher Schlag. Mr. Gibbs sagt, nur ein einziger Mann in diesem Bezirke könnte es getan haben. Ich meinerseits würde selbst ausgesprochen haben, daß niemand anderer dazu imstande gewesen wäre.“

Ein Schaudern von Angst überlief die schlanke Gestalt des Geistlichen. „Ich kann es schwer verstehen,“ meinte er.

„Mr. Bohun,“ bemerkte der Doktor mit gedämpfter Stimme, „es ist mir nicht gegeben, die Dinge zu umschreiben. Es ist noch zu wenig gesagt, wenn ich behaupte, der Schädel wurde in Scherben geschlagen wie eine Eierschale. Knochenstücke sind in den Körper und in den Boden getrieben wie Kugeln in eine Lehmmauer. Es war die Hand eines Riesen.“

Er schwieg einen Augenblick, blickte grimmig durch seine Brille, dann fuhr er fort: „Das Ding hat ein Gutes, nämlich daß es die meisten Leute auf einen Schlag von allem Verdachte reinigt. Würden Sie oder ich oder irgend jemand normal Veranlagter aus der Gegend des Verbrechens angeklagt, wir würden freigesprochen wie man ein Kind von der Anklage freisprechen müßte, es habe die Nelsonsäule gestohlen.“

„Das sagte ich eben auch,“ wiederholte der Schuster hartnäckig, „es gibt nur einen Menschen, der es getan haben kann und dem es zuzutrauen ist. Wo steckt Simeon Barnes, der Schmied?“

„Er ist hinüber nach Greenford,“ stotterte der Kurat.

„Wahrscheinlicher hinüber nach Frankreich,“ brummte der Schuster.

„Nein, er ist an keinem von diesen beiden Orten,“ ließ sich die unbedeutende und farblose Stimme des kleinen katholischen Priesters vernehmen, der sich der Gruppe zugesellt hatte. „Tatsächlich kommt er soeben die Straße herauf.“

Der kleine Priester mit seinem Stoppelhaare und dem runden, wenig geistreichen Gesichte war kein Mann, um die Blicke auf sich zu ziehen. Aber wäre er auch so herrlich gewesen wie Apoll, so würde doch in diesem Augenblicke niemand nach ihm hingesehen haben. Alle wandten sich um und schauten nach dem Fußpfade, der sich durch die Ebene heraufwand und den in der Tat mit seinem ihm eigenen schweren Schritte und einem Hammer auf der Schulter Simeon der Schmied entlang wanderte. Er war ein starkknochiger Mann von Riesengestalt mit einem dunklen Kinnbarte. Ruhig schritt er im Gespräche mit zwei anderen Männern seines Weges und obschon er niemals besonders frohgestimmt war, schien er dennoch ganz unbefangen.

„Mein Gott,“ rief der atheistische Schuster, „und da ist auch der Hammer, womit er es tat.“

„Nein,“ bemerkte der Inspektor, ein verständig aussehender Mann mit rötlichgelbem Schnurrbarte, indem er das erstemal den Mund auftat. „Dort ist der Hammer, womit er es tat, drüben an der Kirchenmauer. Wir haben ihn und die Leiche gelassen, genau wie wir sie fanden.“

Alles blickte dorthin und der kleine Priester ging hinüber und sah stumm auf das dort liegende Werkzeug nieder. Es war einer der kleinsten und leichtesten von den Hämmern und er würde unter den anderen kaum das Augenmerk auf sich gelenkt haben, doch an seiner Eisenkante klebte Blut und gelbes Haar.

Nach kurzem Schweigen sprach der kleine Priester ohne aufzublicken und seine matte Stimme hatte einen neuen Beiklang: „Mr. Gibbs hatte kaum recht, wenn er sagte, es liege kein Geheimnis vor. Wir haben zum mindesten das eine Geheimnis, weshalb ein solcher Riese von einem Menschen einen so furchtbaren Schlag mit einem so kleinen Hammer versuchen sollte.“

„O, das hat gar nichts zu sagen,“ rief der Schuster. eifrig. „Was soll mit Simeon Barnes geschehen?“

„Laßt ihn nur,“ versetzte der Priester ruhig. „Er kommt von selbst hierher. Ich kenne die beiden, die bei ihm sind. Es sind sehr brave Burschen von Greenford und sie kommen in die presbyterianische Kapelle herüber.“

Gerade als er sprach, bog der große Schmied um die Kirchenecke und trat in seinen Hof. Dann blieb er unbeweglich stehen und der Hammer entfiel seiner Hand. Der Inspektor, der undurchdringliche Unbefangenheit bewahrt hatte, trat sofort auf ihn zu.

„Ich will Sie nicht fragen, Mr. Barnes, ob Sie etwas darüber wissen, was hier vorgefallen ist. Sie sind nicht verpflichtet es auszusagen. Ich hoffe, Sie wissen es nicht und sind imstande, das zu beweisen. Aber ich muß nun einmal der Form wegen Sie im Namen des Königs wegen Mordes, begangen an Oberst Norman Bohun verhaften."

„Sie brauchen gar nichts auszusagen," sagte der Schuster in zudringlicher Erregung. „Es muß alles erst erwiesen werden. Es ist noch nicht einmal erwiesen, daß es Oberst Bohun ist, dessen Kopf so zermalmt ist."

„Das hilft ihm nichts," bemerkte der Doktor abseits zum Priester. „Das hat gar nichts mit Detektivgeschichten zu tun. Ich war beim Oberst Hausarzt und kannte seinen Körper besser als er selbst. Er hatte sehr zarte, aber ganz eigenartige Hände. Der Mittel- und der Ringfinger waren beide von derselben Länge. O, es ist der Oberst, so gewiß wie nur etwas."

Während er auf die auf dem Boden liegende Leiche niederblickte, folgten ihnen die Stahlaugen des regungslosen Schmiedes und hafteten darauf.

„Ist Oberst Bohun tot?" fragte er ganz ruhig. „Dann ist er in der Hölle."

„Sagen Sie nichts! O, sagen Sie gar nichts," rief der atheistische Schuster in verzückter Bewunderung für das englische Gerichtsverfahren. Denn niemand hängt so sehr am Buchstaben des Gesetzes, wie der gute Freidenker.

Der Schmied kehrte ihm über die Schulter das selbstbewußte Gesicht eines Fanatikers zu.

„Das könnt ihr, ihr Ungläubigen, wie die Füchse auskneifen, weil ihr das weltliche Gesetz stets auf eurer Seite habt. Aber Gott wacht über die Seinen, das wird euch heute noch offenbar." Dann deutete er nach dem Oberst und fragte: „Wann starb dieser Hund in seinen Sünden?"

„Mäßigt Eure Sprache," mahnte der Doktor.

„Mäßigen Sie die Sprache der Bibel und ich mäßige die meinige. Wann starb er?"

„Ich traf ihn um sechs Uhr morgens noch am Leben," stammelte Wilfried Bohun.

„Gott ist gut," sagte der Schmied. „Herr Inspektor, ich habe nicht das geringste dagegen einzuwenden, daß Sie mich festnehmen. Sie sind es. der etwas dagegen einzuwenden haben dürfte. Mir liegt nichts daran, wenn ich den Gerichtssaal ohne einen Flecken auf meinem Charakter verlasse. Aber Ihnen ist es vielleicht nicht gleichgültig, mit einem Aufsitzer Ihre Karriere zu schädigen."

Zum erstenmal sprach aus dem Blicke des Inspektors eine größere Beachtung für den Schmied, wie alle anderen sie ihm entgegenbrachten. Eine Ausnahme machte nur der kleine seltsame Priester, der noch immer auf den kleinen Hammer niederstarrte.

„Draußen stehen zwei Männer," fuhr der Schmied mit schwerfälliger Klarheit fort, „brave Kaufleute aus Greenford, die ihr alle kennt. Sie können beschwören, daß sie mich von vor Mitternacht bis zum Tagesanbruch und auch später noch im Versammlungssaale unserer die ganze Nacht hindurch tätigen Erweckungsmission sahen. In Greenford selbst können noch zwanzig Personen einen Eid für die ganze Zeit ablegen. Wäre ich ein Heide, Herr Inspektor, dann würde ich Sie Ihrem Hereinfall zueilen lassen. Aber als christlicher Mann fühle ich mich verpflichtet, Ihnen die Gelegenheit zu geben und frage Sie, ob Sie mein Alibi jetzt gleich ober vor Gericht hören wollen."

Der Inspektor schien zum erstenmal unentschlossen und meinte: „Natürlich wäre es mir lieber, Sie jetzt gleich laufen lassen zu können."

Der Schmied begab sich mit demselben weitausholenden Schritte vor den Hof hinaus und kehrte zu seinen beiden Greenforder Freunden zurück, die tatsächlich auch mit fast allen Anwesenden gut befreundet waren. Jeder der beiden sprach ein paar Worte, die niemand auch nur im entferntesten in Zweifel zu ziehen in den Sinn kam. Als sie geendet hatten, stand die Unschuld Simeons so aufrecht da, wie die große Kirche hinter ihnen.

Die Gruppe war von einem jener Schweigen betroffen, welche eigentümlicher und unerträglicher sind als jede Rede. Gedankenlos und nur um das Gespräch wieder in Fluß zu bringen, bemerkte der Kurat zu dem katholischen Priester: „Sie scheinen sich sehr für diesen Hammer zu interessieren, Father Brown."

„Ja, das tue ich auch," versetzte dieser. „Weshalb ist es ein so kleiner Hammer?"

Der Doktor wandte sich ihnen zu.

„Wahrhaftig, das ist richtig," rief er aus, „wer sollte sich einen so kleinen Hammer aussuchen, wenn deren ein Dutzend große umherliegen?" Dann flüsterte er dem Kurat ins Ohr: „Nur jene Sorte von Leuten, welche keinen großen Hammer heben können. Es handelt sich nicht um den Stärkeunterschied zwischen Mann und Weib, die Schulterhebekraft kommt hier in Frage. Ein kräftiges Weib könnte zehn Morde mit einem leichten Hammer ausführen, ohne sich anzustrengen. Mit einem schweren Hammer hätte sie aber nicht einmal einen Käfer zu töten vermocht."

Wilfried Bohun starrte ihn wie in hypnotisiertem Schrecken an, während Father Brown, den Kopf ein wenig zur Seite geneigt, wirklich eingenommen und aufmerksam zuhörte. Dann fuhr der Doktor mit zischendem Nachdrucke fort: „Weshalb nehmen diese Dummköpfe immer nur an, die einzige Person, welche den Geliebten einer Frau haßt, müsse deren Gemahl sein? In neun Fällen unter zehn ist die Person, die den Geliebten einer Frau am meisten haßt, diese selbst, wer weiß, was er sich ihr gegenüber an Unverschämtheit oder Verräterei herausgenommen hat – da, sehen Sie."

Er wies rasch nach dem rothaarigen Weibe auf der Bank. Sie hatte endlich den Kopf erhoben und die Tränen trockneten auf ihrem schönen Gesichte. Aber die Augen blieben mit einem elektrischen Glanze, der etwas Idiotenhaftes an sich hatte, an der Leiche haften.

Wilfried Bohun machte eine schlaffe Handbewegung, wie wenn er alle Wißbegier beiseite schieben wollte, Father Brown jedoch, von seinem Ärmel ein wenig von der Esse aufgeblasene Asche wegwischend, sprach ganz geläufig.

„Sie sind alle mitsammen richtige Doktoren." sagte er. „Ihr geistiges Wissen ist wirklich anregend, aber Ihr physisches ist ganz und gar unmöglich. Ich gebe zu, daß das Weib den mitschuldigen Ehebrecher viel mehr noch als der Hintergangene umzubringen wünscht. Und ich gebe zu, daß ein Weib stets nach einem kleinen Hammer greifen wird anstatt nach einem großen. Aber die Schwierigkeit liegt in der physischen Unmöglichkeit. Kein Weib hätte je den Schädel des Mannes so zu Brei zu schlagen vermocht!" Dann nach einer Pause fügte er nachdenklich hinzu, „diese Leute haben das Ganze immer noch nicht erfaßt. Der Mann trug tatsächlich einen Eisenhelm und der Schlag zersplitterte ihn wie Glasscherben. Sehen Sie doch die Frau an, ihre Arme!"

Wiederum standen sie alle stumm, bis der Doktor ziemlich ärgerlich zugab: „Nun ja, ich mag unrecht haben; Einwendungen lassen sich gegen alles vorbringen, aber am Hauptpunkte halte ich fest. Niemand außer ein Idiot würde nach einem kleinen Hammer greifen, wenn er einen großen zur Hand hätte."

Die mageren und bebenden Hände Wilfried Bohuns fuhren nach dem Kopfe und schienen in das spärliche gelbe Haar greifen zu wollen. Einen Augenblick später fielen sie herab und er rief: „Das war das richtige Wort; Sie haben es ausgesprochen." Und seine Aufregung bemeisternd fuhr er fort: „Ihre Worte waren, niemand als nur ein Idiot würde nach dem kleinen Hammer gegriffen haben."

„Ja," bestätigte der Doktor. „Und?"

„Nun, und niemand anderer als ein Idiot tat es."

Die anderen blickten ihn mit starren großen Augen an und er fuhr in fieberhafter und geradezu weibischer Aufregung fort.

„Ich bin ein Priester," schrie er unsicher, „und ein Priester soll kein Blut vergießen. Ich – ich meine, er soll niemand an den Galgen liefern. Und ich danke Gott, daß ich den Verbrecher jetzt klar erkenne – denn er ist ein Verbrecher, den man nicht an den Galgen bringen kann."

„Sie werden ihn nicht angeben?" fragte der Doktor.

„Er würde nicht gehenkt, selbst wenn ich ihn angebe," antwortete Wilfried mit wildem und eigentümlichem Lächeln. „Als ich diesen Morgen die Kirche betrat, fand ich einen Idioten dort beten – jenen armen Joe, der sein Leben lang nicht recht bei Trost war. Weiß Gott, was er betete, aber bei solch seltsamen Leuten ist es nicht so unglaublich, anzunehmen, daß es in ihrem Gebete drunter und drüber geht. Es ist ganz wahrscheinlich, daß ein Verrückter zuerst sein Gebet verrichtet, ehe er einen Menschen tötet. Als ich den armen Joe zum letztenmal sah, war er bei meinem Bruder. Mein Bruder hänselte ihn."

„Beim Zeus," rief der Doktor, „das nenne ich endlich reden! Aber wie erklären Sie –"

Der Geistliche bebte beinahe vor Erregung über seine Entdeckung der Wahrheit. „Sehen Sie nicht? Sehen Sie nicht," schrie er wie im Fieber, „daß dies die einzige Theorie ist, welche auf beide sonderbare Dinge paßt, daß sie beide Rätsel löst! Die beiden Rätsel sind der kleine Hammer und der gewaltige Schlag. Dem Schmied hätte man den gewaltigen Schlag zutrauen können, aber der hätte dazu nicht den kleinen Hammer gewählt. Sein Weib würde den kleinen Hammer gewählt haben, aber sie hätte den gewaltigen Schlag nicht auszuführen vermocht. Aber der Idiot konnte beides getan haben, was den kleinen Hammer betrifft – nun, der Mann war unzurechnungsfähig und hätte ebensogut nach irgend etwas anderem auch greifen können. Und was den gewaltigen Schlag anbelangt, Doktor, so hat man doch schon oft gehört, daß Tollheit in Augenblicken des Anfalles die Stärke von zehn Männern zu verleihen imstande ist."

Aufatmend gab der Doktor nach. „Teufel nochmal, ich glaube, Sie haben recht."

Father Brown hatte seine Augen so lange und nachhaltig auf den Sprecher geheftet, daß es klar war, daß seine großen Kalbsaugen denn doch nicht so nichtssagend waren, wie der Rest seines Gesichtes. Als niemand mehr sprach, bemerkte er mit betontem Respekt: „Mr. Bohun, die Ihrige ist die einzige, bisher vorgebrachte und wirklich wasserdichte und wesentlich unangreifbare Theorie. Ich glaube daher, daß man Ihnen schuldet, es auszusprechen – nach meiner positiven Kenntnis ist sie nicht die wahre." Und damit schritt der kleine Mann beiseite und starrte wieder auf den Hammer nieder.

„Der Bursche scheint mehr zu wissen, als er sollte," flüsterte der Doktor verdrießlich. „Diese papistischen Priester sind verteufelt verschlagen."

„Nein, nein," beharrte Bohun einigermaßen erschöpft, „es war der Verrückte."

Die Gruppe der beiden Geistlichen und des Doktors stand von der mehr amtlichen Gruppe, welche aus dem Inspektor und dem Verhafteten bestand, etwas abseits. Jetzt aber, da ihre Partei sich aufgelöst hatte, ließ sich von der anderen her eine Stimme vernehmen. Der Priester blickte ruhig auf und dann wieder nieder, während er den Schmied mit lauter Stimme sagen hörte: „Ich hoffe, Inspektor, ich habe Sie überzeugt. Ich bin ein starker Mann, wie Sie sagen, aber von Greenford bis hierher hätte ich meinen Hammer doch nicht schleudern können. Mein Hammer hat nicht Flügel bekommen, um eine halbe Meile über Hecken und Felder geflogen zu kommen."

Der Inspektor lachte gutmütig. „Nein, ich denke, wir können von Ihnen absehen, obwohl es eines der sonderbarsten Zusammentreffen ist, das mir je unterkam. Ich kann Sie nur bitten, uns jeden Ihnen möglichen Beistand zu leihen, um einen Mann zu finden, der so groß und so stark ist wie Sie selbst. Wahrhaftig, wir könnten Sie vielleicht brauchen, wenn auch nur, um ihn festzuhalten. Sie selbst haben wohl keine Vermutung, was den Mann betrifft?"

„Ich hätte wohl eine Vermutung,“ gab der bleiche Schmied zur Antwort, „aber es ist kein Mann.“ Dann, als er sah, wie sich die erschrockenen Blicke nach seinem Weibe auf der Bank wandten, legte er seine mächtige Hand auf ihre Schulter und fügte hinzu „– noch auch ein Weib.“

„Was meinen Sie damit?“ fragte der Inspektor scherzhaft. „Sie glauben doch nicht, daß eine Kuh einen Hammer benutzt? Oder doch?“

„Ich denke, kein Ding von Fleisch und Blut hielt jenen Hammer,“ sagte der Schmied mit gedämpfter Stimme; „menschlich gesprochen glaube ich, der Mann starb allein.“

Wilfried machte plötzlich eine Bewegung nach vorwärts, und sah den Sprecher mit brennenden Augen an.

„Wollen Sie damit sagen, Barnes,“ ertönte die scharfe Stimme des Schusters dazwischen, „daß der Hammer ganz von selbst aufsprang und den Mann niederstreckte?“

„O, ihr Herren, starret nur und lachet,“ rief Simeon, „ihr geistlichen Herren, die ihr uns Sonntags sagt, wie der Herr Senacherib schlug. Ich glaube, daß einer, der unsichtbar in jedem Hause wandelt, die Ehre des meinen verteidigte und den, der sie verunglimpfte, tot vor seine Türe legte. Ich glaube, die Kraft jenes Schlages war die Kraft, die aus dem Erdbeben spricht und keine geringere.“

Mit gänzlich unbeschreiblicher Stimme bemerkte Wilfried: „Ich selbst sagte noch zu Norman, er möge sich vor dem Donnerstreiche hüten.“

„Dieses Agens liegt außer meiner Rechtsgewalt,“ meinte der Inspektor mit leichtem Lächeln.

„Aber Sie stehen nicht außerhalb der seinigen,“ versetzte der Schmied und indem er ihm seinen breiten Rücken zukehrte, ging er in sein Haus.

Der erschütterte Wilfried ließ sich von der leichten und freundlichen Art Father Browns hinwegführen. „Verlassen wir diesen schrecklichen Ort, Mr. Bohun,“ lud er ihn ein. „Darf ich einmal Ihre Kirche ansehen? Ich höre, es ist eine der ältesten Englands. Sie wissen ja,“ fügte er mit einer komischen Grimasse hinzu, „wir haben einiges Interesse an alten englischen Kirchen.“

Wilfried Bohun lächelte nicht, denn Humor war niemals seine starke Seite. Aber er nickte ziemlich heftig, nur allzu gerne bereit, seine gotischen

Herrlichkeiten jemanden zu erklären, der wahrscheinlich mehr Vorliebe dafür empfand als der presbyterianische Schmied oder der glaubenslose Schuster.

„Jedenfalls," sagte er, „wollen wir von dieser Seite aus eintreten." Und er schritt nach dem hohen Seiteneingang oberhalb der Stufen voran. Father Brown machte eben den ersten Schritt auf der Treppe, um ihm zu folgen, als er eine Hand auf seiner Schulter fühlte. Er wandte sich um und gewahrte die düstere dünne Gestalt des Doktors mit seinem vom Verdachte noch finsteren Gesichte.

„Herr," sagte der Arzt barsch, „Sie scheinen einige Geheimnisse dieser dunklen Geschichte zu kennen. Darf ich fragen, ob Sie beabsichtigen, sie für sich zu behalten?"

„Nun, Doktor," antwortete der Priester ganz freundlich lächelnd, „es gibt einen sehr guten Grund, aus dem ein Mann von meinem Berufe Dinge für sich behalten soll, wenn er ihrer nicht sicher ist, und dieser Grund besteht darin, daß es so andauernd seine Pflicht ist, sie für sich zu behalten, wenn er ihrer sicher ist. Wenn Sie aber glauben, ich sei gegen Sie oder gegen irgend jemand unhöflich verschwiegen gewesen, so will ich bis an die äußerste Grenze meiner Gewohnheit gehen. Ich will Ihnen zwei sehr kräftige Winke erteilen."

„Nun?" fragte der Doktor verdrossen.

„Erstens," erklärte der Priester in aller Seelenruhe, „das Ding liegt ganz innerhalb Ihres Tätigkeitsbereiches. Es handelt sich um etwas aus dem physikalischen Wissensgebiete. Der Schmied irrt, nicht vielleicht weil er sagt, der Streich sei göttlichen Ursprunges, sondern weil er ihn durch ein Wunder ausführen läßt. Es war kein Wunder, Doktor, außer insoferne, als ein Mensch selbst mit seinem sonderbaren, zum Lösen neigenden und dennoch halb heroischen Herzen ein Wunder ist. Die Kraft, die jenen Schädel zertrümmerte, war eine den Gelehrten wohlbekannte, eine der in den Naturgesetzen am meisten umstrittenen."

Der Doktor, der ihn mit anhaltendem Stirnrunzeln betrachtete, begnügte sich zu fragen. „Und der andere Wink?"

„Der andere ist das. Erinnern Sie sich, wie der Schmied trotz seines Wunderglaubens spöttisch von dem unmöglichen Märchen sprach, daß sein Hammer Flügel bekam und eine halbe Meile über Land flog?"

„Ja, ich entsinne mich dessen," gab der Doktor zu.

„Nun, jenes Märchen kam von all dem, was heute gesagt wurde, der Wahrheit am nächsten.“ Und damit kehrte er ihm den Rücken und stampfte hinter dem Kurat die Treppe hinauf.

Wilfried Bohun, der bleich und unruhig auf seinen Gefährten gewartet hatte, als wäre diese letzte Verzögerung der Strohhalm für seine Nerven, führte ihn sofort nach seinem Lieblingswinkel in der Kirche, jenem Teile der Galerie, der der gemeißelten Decke am nächsten und im Lichte des wunderbaren Fensters mit dem Engel lag. Der kleine lateinische Priester besah und bewunderte alles nach Gebühr und sprach die ganze Zeit über freundlich, doch mit gedämpfter Stimme. Als er im Verlaufe seiner Untersuchungen auf den Seitenausgang und die Wendeltreppe traf, über welche Wilfried hinabgeeilt war, um seinen Bruder tot zu finden, lief Father Brown mit der Behendigkeit eines Affen nicht etwa hinab, sondern hinauf und seine klare Stimme kam von einer der äußeren Plattformen herab.

„Kommen Sie hier herauf, Mr. Bohun. Die Luft wird Ihnen gut tun.“

Bohun folgte ihm und trat auf eine Art steinerner Galerie oder Balkons außerhalb des Gebäudes, von wo man die endlose Ebene, aus der sich dieser kleine Hügel erhob, in Wäldern am Horizont entschwindend und mit Dörfern und Gütern bestreut überblicken konnte. Deutlich und viereckig, jedoch winzig klein lag der Hof der Schmiede unter ihnen, wo noch der Inspektor stand und Notizen machte und noch die Leiche wie eine zerklatschte Fliege am Boden lag.

„Könnte die Weltkarte sein, nicht?“ meinte Father Brown.

„Ja,“ stimmte Bohun sehr ernst zu und nickte mit dem Kopfe.

Unmittelbar unter ihnen und um sie her verliefen die Linien des gotischen Baues mit einer dem Selbstmord verwandten Beschleunigung nach außen ins Leere. Es liegt in der Bauweise des Mittelalters, jenes Element titanenhafter Tatkraft, das, von wo immer man es auch betrachtet, stets zu entschwinden scheint. Diese Kirche war aus altem und schweigendem Steine gehauen, bebartet mit alten Schwammbildungen und beklebt mit den Nestern der Vögel. Und doch, wenn man sie von unten besah, sprang sie wie ein Springbrunnen zu den Sternen empor, während sie jetzt von oben besehen wie ein Wasserfall in den lautlosen Abgrund stürzte. Diese beiden Männer standen jetzt allein auf dem Turme der schreckhaftesten Seite der Gotik gegenüber, der ungeheuerlichen, verkehrten Wirkung und Verkehrung der Verhältnisse, der schwindelerregenden Fernsicht ringsum, dem Anblicke großer Gegenstände, die sich winzig, und winziger, die sich groß darstellten, dem Durcheinander in der Luft hängenden steinernen Schlingwerkes. Bruchstücke aus Stein, gewaltig durch ihre Nähe, hoben sich gegen eine Musterkarte von in ihrer Ferne pygmäenhaften Feldern und Formen ab. Ein aus Stein gehauener Vogel oder irgend ein Tier an der Ecke erschien wie ein kriechender oder fliegender Drache, der sich anschickt, die Triften und Dörfer dort unten zu verwüsten. Die ganze Atmosphäre war schwindel- und gefahrvoll, man hatte das Gefühl, als werde man von wirbelnden Schwingen kolossaler Genien in der Luft gehalten, und die ganze alte Kirche, groß und reich wie eine Kathedrale, schien wie ein Wolkenbruch über dem sonnenbeschienenen Lande zu lasten.

„Ich finde, es liegt etwas gewissermaßen Gefährliches darin, auf diesen hohen Punkten zu stehen, selbst um zu beten," begann Father Brown. „Höhen sind dazu da, daß man hinanblickt und nicht hinab."

„Meinen Sie, man könnte darüber fallen?" fragte Wilfried.

„Ich meine, die Seele könnte einem darüber fallen, wenn schon nicht der Leib," erwiderte der Priester.

„Ich verstehe Sie nicht ganz," bemerkte Bohun undeutlich.

„Sehen Sie z. B. diesen Schmied, ein guter Mann, aber kein Christ – hart, gebieterisch, unnachsichtlich. Nun, seine schottische Religion ist das Erzeugnis von Leuten, welche auf Hügeln und hohen Felsgipfeln beteten und dabei mehr auf die Welt hinabzublicken lernten, als zum Himmel hinan. Niedrigkeit ist die Mutter der Riesen. Große Dinge sieht man vom Tale aus, aber nur kleine vom Gipfel."

„Aber er – er hat es nicht getan," sagte Bohun zitternd.

„Nein," entgegnete der andere in seltsamem Tone, „wir wissen, er war es nicht."

Einen Augenblick ließ er den Blick seiner hellgrauen Augen ruhig über die Ebene hingleiten, um dann fortzufahren: „Ich kannte einen Mann, der mit anderen zusammen vor den Altären zu beten begonnen hatte, dann aber eine Vorliebe für hohe und einsame Orte faßte, um von dort aus, in Ecken oder Nischen vom Kirchturm oder Giebeldach sein Gebet zu verrichten. Und einmal verdrehte sich an einem jener schwindelerregenden Orte, wo die ganze Welt unter ihm wie ein Rad sich zu drehen schien, auch seine Vernunft und er wähnte sich Gott. Und so beging er, obschon er ein guter Mann war, ein großes Verbrechen."

Wilfrieds Gesicht war abgewandt, doch seine knochigen Hände liefen blau und weiß an, während sie das Steingeländer umspannten.

„Er dachte, ihm sei es gegeben, über die Welt zu richten und den Sünder niederzustrecken. Nie wäre ihm ein solcher Gedanke gekommen, wäre er mit anderen Menschen zusammen unten knien geblieben. Er aber sah alle Menschen unter sich, winzig wie Insekten. Einen insbesondere sah er unmittelbar unter sich einherstolzieren, ausgeschämt und durch seinen grünen Hut kenntlich – ein giftiges Insekt."

Krähen krächzten um die Pfeiler, aber nichts weiter war zu hören, bis Father Brown fortfuhr. „Auch das versuchte ihn, daß er in seiner Hand eine der furchtbarsten Maschinen der Natur trug, ich meine die Schwerkraft, jene wahnsinnige, sich verschnellernde Kraft, durch die alle irdischen Geschöpfe, sobald losgelassen, dem Herzen der Erde zufliegen. Sehen Sie, da spaziert der Inspektor gerade unter uns in der Schmiede. Wenn ich einen Kieselstein über das Geländer stoßen würde, besässe er die Kraft etwa einer Gewehrkugel, bis er träfe. Nähme ich einen Hammer – selbst einen kleinen Hammer –"

Wilfried Bohun legte ein Bein über das Geländer, doch Father Brown faßte ihn mit fester Hand am Kragen. „Nicht durch dieser Pforte," sagte er ganz zuvorkommend, „diese Pforte führt zur Hölle."

Bohun stolperte gegen die Mauer zurück und starrte ihn entsetzten Auges an.

„Wie wissen Sie das alles?" schrie er. „Sind Sie ein Teufel?"

„Ich bin ein Mensch," erwiderte Father Brown sehr ernst, „und habe daher alle Teufel in meinem Herzen. Hören Sie mich," sagte er nach einer kurzen Pause. „Ich weiß, was Sie getan haben oder wenigstens ich kann mir den größten Teil davon denken. Als Sie Ihren Bruder verließen, waren Sie von einem nicht unberechtigten Zorne erfaßt, so zwar, daß Sie nach einem kleinen Hammer griffen, beinahe geneigt, ihn mit seiner Schamlosigkeit auf der Zunge niederzuschlagen. Als Sie sich wieder gefaßt hatten, bargen Sie den Hammer unter Ihrem Rocke und eilten damit nach der Kirche. Da beten Sie verwirrt an verschiedenen Orten, unter dem Engelfenster, auf der Plattform darüber und auf einer noch höheren, von der Sie des Obersten orientalischen Hut wie den Rücken eines grünen Käfers umherkrabbeln sahen. Dann schnappte etwas in Ihrer Seele ein und Sie ließen Gottes Donnerkeil fallen." Wilfried fuhr sich langsam mit der Hand an den Kopf und fragte mit erlöschender Stimme: „Wie wußten Sie, daß sein Hut wie ein grüner Käfer aussah?"

„O, das sagte mir nur mein gesunder Menschenverstand. Aber hören Sie weiter. Ich sage, ich weiß alles das, aber niemand anderer wird es erfahren. Der nächste Schritt kommt nun Ihnen zu; ich werde keine weiteren mehr unternehmen, sondern alles unter das Beichtsiegel verschließen. Wenn Sie mich fragen, weshalb, so gibt es viele Gründe dafür und nur einen, der Sie angeht. Ich überlasse alles Ihnen, denn Sie sind noch nicht sehr weit gekommen wie andere Mörder. Sie halfen nicht mit, das Verbrechen dem Schmiede aufzubürden, noch auch seinem Weibe, als es leicht war. Sie suchten es dem Schwachsinnigen in die Schuhe zu schieben, denn Sie wußten, er würde dafür nicht büssen müssen. Das war einer der Lichtpunkte, die bei Mördern herauszufinden zu meinem Berufe gehört. Und jetzt kommen Sie hinab ins Dorf und ziehen Sie Ihres Weges, frei wie der Wind, denn ich habe nichts mehr zu sagen.“ In tiefstem Schweigen stiegen sie die Wendeltreppe hinab und traten durch die Schmiede in das helle Sonnenlicht hinaus. Wilfried Bohun öffnete sorgfältig die hölzerne Zauntüre und sagte, indem er auf den Inspektor zutrat: „Ich wünsche, mich Ihnen zu stellen, ich habe meinen Bruder getötet.“

Das Auge des Apoll

Jener einzigartige rauchige Schimmer, zugleich unklar wie durchsichtig, der das seltsame Geheimnis der Themse bildet, verwandelte sich mehr und mehr aus seinem Grau in sein glitzerndes Extrem, je mehr die Sonne dem Zenith über Westminster zustrebte und zwei Männer die Westminsterbrücke überschritten. Der eine war sehr groß und der andere sehr klein; bei etwas Einbildungskraft hätte man sie sogar mit dem anmaßenden Glockenturm des Parlaments und dem demütigeren krummen Rücken der Abtei vergleichen können, denn der kleinere trug ein geistliches Kleid. Das amtliche Signalement des Großen lautete auf Mr. Herkules Flambeau, Privatgeheimpolizist, der soeben nach seinem neuen Bureau in einem Neubau gegenüber dem Abteieingange ging. Die amtliche Personalangabe des kleinen Mannes lautete auf den hochwürdigen J. Brown, Hilfspriester an der Franziskus-Xaverius-Kirche in Camberwell, der von einem Sterbebette in Camberwell kam und sich das neue Bureau seines Freundes besehen wollte.

Das Gebäude war in seiner wolkenkratzenden Höhe echt amerikanisch und echt amerikanisch war auch die ganze geölte Vollendung seines inneren

Getriebes von Fernsprech- und Aufzuganlagen. Aber es war noch nicht ganz vollendet und erst teilweise bezogen. Nur drei Mieter hatten sich schon eingefunden. Die Räume gerade über Flambeau waren bewohnt, wie auch die gerade unter ihm, während die beiden Stockwerke darüber und die drei darunter noch gänzlich leer standen. Doch der erste Blick nach dem neuen Mietsturm wurde von etwas viel fesselnderem befangen. Abgesehen von ein paar Gerüstüberresten bestand der einzige in die Augen springende Gegenstand, gerade über Flambeaus Bureau angebracht, in einer ungeheuren vergoldeten Darstellung eines Menschenauges, umgeben von goldenen Strahlen.

„Was soll denn das zu bedeuten haben?" fragte Father Brown und blieb stehen.

„O, eine neue Religion," erwiderte Flambeau lachend, „eine von jenen Religionen, welche einem die Sünden vergeben, indem sie sagen, man habe nie solche begangen. So etwas wie Gesundbeterei, glaube ich. Nichts weiter, als daß so ein Kerl, der sich Kalon nennt (wie er heißt, weiß ich nicht, sondern nur, daß er nicht so heißen kann), die Wohnung über mir gemietet hat. Unter mir sind zwei Maschinenschreiberinnen eingenistet und darüber habe ich diesen stark auftragenden, alten Schwindler. Er nennt sich den neuen Priester Apolls und verehrt die Sonne."

„Er soll sich nur in acht nehmen," meinte Father Brown. „Die Sonne war der grausamste aller Götter. Aber was soll das Riesenauge dort bedeuten?"

„Soweit ich verstehen kann, gehört das zu ihrer Theorie, daß ein Mensch alles zu ertragen imstande ist, wenn nur sein Gemüt gänzlich unbewegt bleibt. Ihre beiden großen Sinnbilder sind die Sonne und das offene Auge, denn sie sagen, daß, wenn ein Mensch wirklich gesund sei, er in die Sonne starren können müsse."

„Wenn ein Mensch wirklich gesund ist," versetzte Father Brown, „würde er sich nicht damit abgeben, sie anzustarren."

„Kurz, das ist alles, was ich Ihnen über die neue Religion zu sagen weiß," fuhr Flambeau gleichgültig fort. „Natürlich behauptet sie auch, alle körperlichen Krankheiten heilen zu können."

„Kann sie auch die eine Geisteskrankheit heilen?" fragte Father Brown in ernster Neugier.

„Und worin besteht die eine Geisteskrankheit?" gab Flambeau lächelnd zurück.

„Zu glauben, daß einem nichts fehlt.“ antwortete sein Freund.

Flambeau war mehr von dem ruhigen, kleinen Bureau darunter in Anspruch genommen, als von dem neuartigen Tempel darüber. Er war ein lebensfroher Südländer, unfähig, sich selbst als etwas anderes vorzustellen als einen Katholiken oder einen Atheisten, und neue Religionen von angenehmer und farbloser Sorte entsprachen nicht seinem Geschmacke. Stets aber entsprach seinem Geschmack das Menschliche, insbesondere, wenn es hübsch aussah, und überdies waren die beiden jungen Damen Charaktere von eigener Art. Das Bureau gehörte zwei Schwestern, beide schlank und dunkel, die eine groß und auffallend. Sie hatte ein finsteres, scharfes und adlerartiges Profil und war eine von jenen Frauen, die man sich stets im Profil vorstellt wie den scharfgeschliffenen Rand irgend einer Waffe. Sie schien sich ihren Weg durchs Leben erzwingen zu wollen. Ihre Augen zeigten einen überraschenden Glanz, aber es war eher der Glanz des Stahles, als der des Diamanten, und ihre aufrechte, schlanke Gestalt trug sich ein wenig zu steif für ihre Unmut. Ihre jüngere Schwester war gleichsam ihr verkürzter Schatten, einen Ton mehr ins Graue spielend, bleicher und unscheinbarer. Beide trugen sich in kontorüblichem Schwarz mit schmalen Herrenmanschetten und Krägen. Es gibt deren Tausende von diesen trockenen, emsigen jungen Damen in den Londoner Bureaus, doch der Reiz dieser beiden lag eher in ihrer wirklichen als in ihrer in Erscheinung tretenden Stellung.

Denn Pauline Stacey, die ältere, war tatsächlich die Inhaberin eines Wappens und einer halben Grafschaft, wie auch großen Reichtums; sie war in Schlössern und Gärten aufgewachsen, ehe ein frostiger Stolz (eine Eigenheit der modernen Frau) sie zu einer nach ihrer Auffassung strengeren und höheren Existenz angetrieben hatte. Dabei hatte sie jedoch nicht Verzicht auf ihr Geld geleistet, denn das wäre ein ihren herrischen Nützlichkeitsgrundsätzen ganz fremdes romantisches und mönchisches Entsagen gewesen. Sie hielt ihren Reichtum fest, pflegte sie zu sagen, um ihn auf praktische, soziale Zwecke zu verwenden. Einen Teil davon hatte sie in ihr Geschäft gesteckt, ein Anfang eines Muster-Maschinenschreibbureaus; ein weiterer Teil war unter verschiedene Vereinigungen und für Zwecke zur Förderung solcher Tätigkeit unter den Frauen verteilt. Wie weit ihre Schwester und Teilhaberin Johanna diesen etwas prosaischen Idealismus teilte, darüber wußte niemand sicheres. Doch folgte sie mit der Anhänglichkeit eines Hundes ihrer Leiterin, was ihr mit seinem Hauche des Tragischen etwas Anziehenderes verlieh als der harte hohe Sinn der Älteren.

Denn Pauline Stacey hatte nichts übrig für das Tragische, sie schien seine Existenz zu verneinen.

Ihr unermüdliches Ungestüm und ihre eisige Ungeduld hatten Flambeau, als er das erstemal das Haus betrat, sehr belustigt. Er war in der Vorhalle umhergeschlendert, den Fahrstuhljungen zu erwarten, der gewöhnlich Nichteinwohner nach den verschiedenen Stockwerken beförderte. Aber dieser glanzäugige Falke von Mädchen hatte es rundweg abgelehnt, sich einer solchen, aufgezwungenen Verzögerung zu fügen. Sie meinte schnippisch, sie verstehe sich vollkommen auf den Fahrstuhl und hänge nicht von Jungen ab, ebensowenig von Männern. Wenngleich ihre Räume nur im dritten Stocke lagen, brachte sie es dennoch in den paar Sekunden Fahrt fertig, Flambeau aus dem Stegreif ein gutes Stück ihrer Grundanschauungen vorzutragen; sie liefen im allgemeinen darauf hinaus, daß sie eine moderne, arbeitende Frau sei und moderne Arbeitsmaschinen liebte. Ihre glänzenden schwarzen Augen leuchteten in angenommenem Zorne gegen jene auf, welche von Mechanik nichts wissen wollen und sich nach der Wiederkehr der Romantik sehnen. Jedermann, äußerte sie, sollte mit Maschinen umzugehen zu wissen, gerade wie sie mit dem Fahrstuhl. Sie schien es fast übelzunehmen, daß Flambeau für sie die Fahrstuhltüre öffnete und so ging dieser Herr mit etwas gemischten Gefühlen nach seinen eigenen Räumen hinauf, indem er dieses Sprühfeuer von Selbständigkeit überdachte.

Sie besaß zweifellos ein Temperament von einer schnippischen, praktischen Art, die Bewegungen ihrer schmalen, feinen Hände waren kurz und hatten etwas Zerstörendes an sich. Einmal trat Flambeau wegen einer Maschinenschreibarbeit in ihr Bureau und fand sie, wie sie eben eine ihrer Schwester gehörende Brille mitten auf den Boden warf und darauf herumtrat. Sie war ganz im Flusse einer ethischen Scheltrede über „angekränkelte medizinische Ansichten“ und ungesundes Eingeständnis von Schwäche, das sich in einem solchen Apparate ausdrücke. Sie verbot ihrer Schwester strengstens, je wieder solch künstliches, ungesundes Zeug mitzubringen. Ob man etwa von ihr annehmen würde, hölzerne Beine oder falsches Haar oder Glasaugen zu tragen, und dabei funkelten ihre Augen wie verhängnisvoller Kristall.

Flambeau, ganz verwirrt ob solchen Übereifers, konnte sich nicht enthalten, Fräulein Pauline zu fragen, weshalb eine Brille ein krankhafteres Anzeichen von Schwäche sei als ein Fahrstuhl und weshalb die Wissenschaft, wenn sie in einem Falle gut genug war, im anderen Falle unzulässig sein sollte.

„Das ist doch so grundverschieden!“ antwortete Pauline Stacey von oben herab. „Batterien und Motore und all diese Dinge sind Beweise menschlicher Kraft, jawohl, Mr. Flambeau, und auch der der Frauen. Wir werden uns unseren Anteil an diesen großen Maschinen, welche Entfernungen verschlingen und der Zeit Trotz bieten, schon nehmen! Das ist erhaben und herrlich – das ist wirkliche Wissenschaft! Aber dieses garstige Krücken- und Pflasterwerk, welches die Doktoren verschleißen, das sind nur die Kennzeichen der Feigheit, der Erbärmlichkeit. Die Doktoren stückeln Arme und Beine an als wären wir als Krüppel und sieche Sklaven geboren. Aber ich bin frei geboren, Mr. Flambeau! Die Leute glauben nur, sie bedürfen dieser Dinge, weil sie zur Furcht erzogen sind, anstatt zur Macht und zum Mut, gerade wie einfältige Kindermädchen, die den Kindern sagen, nicht in die Sonne zu starren, und so können sie es nicht ohne zu blinzeln. Aber weshalb sollte unter all den Sternen einer sein, den ich nicht ansehen dürfte? Die Sonne ist nicht Herr über mich und ich will meine Augen aufmachen und sie anschauen, wenn es mir paßt.“

„Ihre Augen werden die Sonne blenden,“ sagte Flambeau mit einer den Ausländer kennzeichnenden Verbeugung. Es machte ihm Spaß, dieser seltsamen, steifen Schönheit eine Schmeichelei zu sagen, zum Teil auch, weil sie dies ein wenig aus dem Gleichgewichte brachte. Doch als er die Treppe nach seiner Wohnung hinaufstieg, atmete er tief auf und pfiff vor sich hin, indem er zu sich selbst sagte: So ist sie also dem Beschwörer droben mit seinem goldenen Auge in die Hände geraten. Denn so wenig er auch wußte und sich um die neue Religion kümmerte, so hatte er doch von ihrem besonderen Merkmal des Sonnenstarrens gehört.

Bald entdeckte er, daß die geistigen Bande zwischen dem Stockwerke oben und dem unten recht enge waren und sich immer enger knüpften. Der Mann, der sich Kalon nannte, war ein herrliches Geschöpf, physisch genommen würdig, ein Hohenpriester Apolls zu sein. Er besaß fast die gewaltige Statur Flambeaus, doch ein vorteilhafteres Äußere, dazu einen goldenen Vollbart, mächtige blaue Augen und eine nach rückwärts flatternde Mähne wie ein Löwe. Von Gestalt war er die blonde Bestie Nietzsches, doch all seine tierische Schönheit war gehoben, verschönt und gemildert durch echten Verstand und Geist. Sah er schon wie einer der großen Sachsenkönige aus, so glich er einem von jenen, die zugleich Heilige waren. Und bei all dem dieses waschecht londonsche Nichtzusammenstimmen mit seiner Umgebung, die Tatsache, daß er Bureauinhaber in einem mittleren Stockwerke eines Hauses der Viktoriastraße war, daß sein Schreibgehilfe, ein gewöhnlicher junger Mann in Kragen und Manschetten, im Vorzimmer zwischen ihm und dem Gange saß, daß sein Name auf einem Messingschild prangte und das vergoldete Emblem seines Glaubens auf die Straße hinaushing wie die Ankündigung eines Optikers. All diese Gewöhnlichkeiten vermochten nicht, den lebhaften Eindruck und das Überwältigende auszulöschen, das von seiner Seele und von seinem Körper ausging; man fühlte sich gegenüber diesem Marktschreier in Gegenwart eines großen Mannes. Selbst in dem leichten, leinenen Jackenanzuge, den er als Arbeitsgewand in seinem Bureau trug, war er eine fesselnde und gewaltige Erscheinung, und angetan mit seinen weißen Gewändern und gekrönt mit dem Goldreife, wie er täglich die Sonne begrüßte, sah er wirklich so herrlich aus, daß den Leuten auf der Straße manchmal plötzlich das Lachen auf den Lippen erstarb. Denn dreimal des Tages trat der neumodische Sonnenanbeter auf seinen kleinen Balkon hinaus, um dort im Angesichte von ganz Westminster seinem strahlenden Herrn eine Litanei aufzusagen; einmal bei Tagesanbruch, einmal bei Sonnenuntergang und einmal Punkt Mittag. Und eben als es von den Türmen des Parlamentsgebäudes und der Pfarrkirche Mittag schlug, war es, daß Father Brown nach oben blickend den weißen Priester Apolls sah.

Flambeau hatte diese täglichen Begrüßungen des Gottes Phöbus oft genug gesehen und betrat die Vorhalle des großen Hauses ohne sich auch nur umzusehen, ob ihm sein geistlicher Freund folgte. Doch Father Brown, sei es nun aus beruflichem Interesse am Rituellen oder aus einem starken persönlichen Interesse an Narreteien, blieb stehen und starrte nach dem Balkon des Sonnenanbeters empor, gerade wie er es vor einem Kasperltheater getan hätte. Kalon, der Prophet, stand bereits in silberweißen Gewändern und mit erhobenen Händen aufrecht und der Klang seiner eigenartig durchdringenden Stimme ließ sich bis herab auf die geräuschvolle Straße vernehmen, ihre Sonnenlitanei hersagend. Er war bereits mitten darinnen, die Augen auf die flammende Scheibe geheftet. Es ist zweifelhaft, ob er irgend etwas oder irgend jemand auf Erden sah, wesentlich gewiß ist aber, daß er einen verkümmerten Priester mit einem roten Gesichte nicht sah, der blinzelnden Auges unter der Menge dort unten nach ihm heraufblickte. Darin bestand vielleicht der am meisten auffallende Unterschied zwischen diesen beiden so sehr voneinander entfernten Männern. Father Brown konnte nichts ansehen, ohne zu blinzeln, wogegen der Priester Apolls sogar in die Mittagssonnenglut zu blicken vermochte, ohne mit der Augenwimper zu zucken.

„O Sonne!“ rief der Prophet. „O Stern, zu groß, um unter die Sterne zugelassen zu sein! O Quelle, die du ruhig in jenes geheimnisvolle Etwas hinfließest, das man Raum nennt! O weißer Erzeuger aller weißen, ungeschwächten Dinge, der weißen Flammen, der weißen Blumen und der weißen Gipfel! Vater du, der du unschuldiger bist als deine unschuldigsten und friedlichsten Kinder, Urreinheit, in deren Frieden –“

Ein Donnern und ein Krachen wie von einer abstürzenden Rakete wurde von einem langgezogenen, schrillen Schreie durchschnitten. Fünf Männer stürzten das Haustor hinein, während drei Männer herausstürzten und einen Augenblick gegen einander rangen und drängten. Das Gefühl eines ganz unvermittelt hereingebrochenen Schrecknisses schien einen Augenblick die halbe Straße mit Unheilsgerüchten zu erfüllen und mit um so schlimmeren, als niemand wußte, was geschehen war. Zwei Gestalten aber blieben auch nach dem Ausbruche der Aufregung noch an ihrem Platze, der schöne Priester Apolls auf dem Balkone oben und der unschöne Priester Christi unter ihm.

Schließlich erschien die hohe Figur und titanische Tatkraft Flambeaus unter dem Haustore und beherrschte sofort den kleinen, angesammelten Menschenkneuel. Im höchsten Tone seiner Stimme, die wie ein Nebelhorn klang, gebot er etwas oder jemandem, um einen Chirurgen zu laufen, und als er sich wieder nach dem dunkeln und gedrängt vollen Eingange zurückwandte, schlüpfte Father Brown gänzlich unbeachtet ihm nach hinein. Und noch während dieser durch die Menge tauchte und sich durchdrängte, konnte er die erhabene Melodie und Monotonie des Sonnenpriesters vernehmen, der immer noch den glücklichen Gott anrief, den Freund von Quellen und Blumen. Father Brown fand Flambeau und weitere sechs Leute den umschlossenen Raum umstehend, in den der Fahrstuhl sachte niederzugleiten pflegte. Doch er war es nicht, der herabgekommen war, sondern etwas anderes, etwas was mit dem Fahrstuhle hätte herabkommen sollen.

Während der letzten vier Minuten stand Flambeau alles vor Augen, hatte er die blutende Gestalt mit dem zerschellten Schädel jener schönen Frau vor sich gesehen, die das Tragische verneint hatte. Keinen Augenblick war ihm auch nur der leiseste Zweifel aufgestiegen, daß es Pauline Stacey war und ob er schon nach dem Doktor geschickt hatte, hegte er doch die volle Gewißheit ihres Todes.

Er konnte sich nicht für gewiß erinnern, ob er an ihr wirklich Gefallen gefunden hatte oder nicht, es gab soviel was gefallen oder auch mißfallen mochte. Aber sie war ihm durchaus persönlich gegenübergetreten und das unerträgliche Pathos von Nebensächlichkeiten und Lebensweise drang mit all den winzigen Dolchen des Bewußtseins schmerzlichen Verlustes auf ihn ein. Er gedachte ihres hübschen Gesichtes und ihrer urteilsfertigen Augen mit einer unvermittelten geheimen Lebendigkeit, in der eben all die Bitternis des Todes liegt. In einem Augenblicke, wie ein Blitz aus blauem Himmel, wie ein Donnerschlag von nirgendsher, war dieser schöne und stolze Körper den offenen Aufzugschacht hinab dem Tode unten in die Arme gestürzt. War es Selbstmord? Bei einer so selbstbewußten Optimistin schien das ausgeschlossen, war es Mord? Aber wer sollte dort in dem noch fast unbewohnten Räumen gewesen sein, um jemanden zu ermorden? In einem Schwall heiserer Worte, die er für kraftvoll hielt und die ihm dennoch sofort schwächlich vorkamen, fragte er, wo jener Kerl, Kalon, steckte. Eine Stimme, gewöhnlich schwerfällig, ruhig und volltönend, versicherte ihm, daß Kalon während der letzten fünfzehn Minuten auf seinem Balkon draußen gestanden hatte, seinen Gott zu verehren. Als Flambeau diese Stimme hörte, und Father Browns Hand fühlte, wandte er sein dunkles Gesicht zur Seite und fragte schroff:

„Aber wenn er die ganze Zeit dort draußen war, wer soll es dann getan haben?"

„Wir können vielleicht hinauf gehen und herausfinden," meinte der andere. „Wir haben noch eine halbe Stunde vor uns, bis die Polizei sich meldet."

Die Leiche der schlanken Erbin in der Obhut des Chirurgen lassend, raste Flambeau die Treppe hinauf nach dem Maschinenschreibebureau, fand es ganz leer und stürzte dann nach seinem eigenen weiter. Kaum eingetreten, kehrte er unvermittelt und mit weißem Gesichte nochmals zu seinem Freunde zurück.

„Ihre Schwester!" rief er in peinvollem Ernste, „sie scheint ausgegangen zu sein."

Father Brown nickte. „Vielleicht auch ist sie nach oben zu dem Sonnenmanne gegangen," sagte er. „Wenn ich Sie wäre, würde ich das sofort feststellen und dann wollen wir in Ihrem Bureau die Geschichte besprechen. Nein," fügte er rasch hinzu, wie wenn er sich etwas erinnerte, „wann werde ich je meine Dummheit ablegen? Natürlich, unten, in ihrem Bureau!"

Flambeau starrte verständnislos, doch folgte er dem kleinen Priester in die leeren Räume der Staceys hinab, wo der undurchdringliche Geistliche mitten im Vorzimmer sich in einem großen rotledernen Armstuhle niederließ und bequem die Treppe und die Treppenabsätze überblicken konnte.

Nicht sehr lange wartete er, denn in etwa vier Minuten stiegen drei Gestalten die Treppe hinab, die nur das Gemeinsame ihres feierlichen Ernstes an sich hatten. Die erste war Johanna Stacey, die Schwester der Toten; sichtlich war sie oben im Nottempel des Apollopriesters gewesen. Die zweite war der Apollopriester selbst, der, nachdem er seine Litanei beendet, voll Großartigkeit die leere Treppe herabschwebte, in seinem weißen Gewande, seinem Barte und seinem gescheitelten Haare an Dorés Christus beim Verlassen des Prätoriums erinnernd. Die dritte war Flambeau mit finsteren Brauen und etwas verstört.

Miß Johanna Stacey, von dunklem Teint, erschlafften Zügen und vorzeitig ergrauendem Haare schritt gerade auf ihr Pult zu und mit geübtem Schlage legte sie ihre Papiere zurecht. Die Bewegung allein schon mußte jeden von ihrer vollen Zurechnungsfähigkeit überzeugen. War Johanna Stacey eine Verbrecherin, so war sie jedenfalls eine sehr kaltblütige. Father Brown betrachtete sie eine Zeitlang mit eigenem, leichtem Lächeln und dann, ohne die Augen von ihr zu wenden, kehrte er sich jemand anderem zu.

„Prophet," sagte er, sich erkühnend, Kalon anzusprechen, „ich wollte, Sie würden mir einiges von Ihrer Religion mitteilen."

„Ich werde stolz darauf sein," erwiderte Kalon, sein noch gekröntes Haupt neigend, „aber ich weiß nicht, ob ich recht verstehe."

„Sehen Sie, es ist dies," begann Father Brown in seiner offenen, zögernden Art. „Nach unserer Lehre muß es, wenn ein Mensch wirklich schlechte Grundsätze hat, zum Teil seine eigene Schuld sein. Aber bei all dem können wir doch einigermaßen einen Unterschied gelten lassen zwischen einem Menschen, der gegen sein völlig klares Gewissen fehlt, und einem Menschen mit einem mehr oder weniger von Sophistereien umnebelten Gewissen. Also glauben Sie tatsächlich, daß Mord etwas überhaupt Böses ist?"

„Soll das eine Anklage sein?" fragte Kalon sehr ruhig.

„Nein," antwortete Brown ebenso gelassen, „es ist die Verteidigungsrede."

In der langen, verblüfften Stille des Raumes erhob sich langsam der Prophet Apolls und es war wirklich, wie wenn die Sonne aufging. Er füllte diesen Raum mit seinem Lichte und Leben in solchem Masse, daß man das Gefühl hatte, er würde ebensowohl ganz Salisbury Plain erfüllt haben. Seine verhüllte Gestalt schien den ganzen Raum mit klassischem Faltenwerk zu schmücken, seine epischen Bewegungen schienen ihnen größere Ausdehnung zu verleihen, bis die kleine schwarze Figur des modernen Geistlichen wie eine Verirrung und ein Eindringen, wie ein runder schwarzer Fleck auf hellenischer Pracht erschien.

„Endlich treffen wir uns, Kaiphas,“ begann der Prophet. „Ihre Kirche und die meine sind die beiden einzigen Wirklichkeiten auf dieser Erde. Ich bete die Sonne an und Sie ihre Verfinsterung. Sie sind der Priester des sterbenden und ich der des lebendigen Gottes. Ihre gegenwärtige Handlungsweise des Verdächtigens und der Verleumderei ist Ihres Kleides und Ihres Glaubens würdig. Ihre ganze Kirche ist weiter nichts als eine schwarze Polizeianstalt, ihr seid alle nur Spione und Geheimagenten, darauf aus, den Menschen Schuldbekenntnisse abzuringen. Ihr trachtet, die Menschen ihrer Verbrechen, ich sie ihrer Unschuld zu überführen. Ihr wollt sie von ihren Sünden, ich sie von ihrer Unschuld überzeugen.

„Leser des Buches des Unheils, ein Wort noch, bevor ich deine haltlosen Spukgestalten für immer hinwegblase. Nicht einmal von ferne könntest du verstehen, wie wenig mir daranliegt, ob du mich überführen kannst oder nicht. Die Dinge, welche du Schimpf und gräßliches Henkerswerk nennst, sind für mich nichts als was der Menschenfresser in einem Märchenbuche für einen erwachsenen Mann bedeutet. Sie wollten die Verteidigungsrede halten. Mir liegt so wenig an dem Nebellande dieses Lebens, daß ich Ihnen selbst die Anklagerede abnehme. Es gibt nur ein Ding, das in dieser Sache gegen mich vorgebracht werden kann, und das will ich selbst angeben. Die Frau, welche tot ist, liebte ich, sie war meine Braut, nicht in dem Sinne, was ihr Hohlköpfe ›rechtmäßig‹ nennt, sondern nach einem reineren und strengeren Gesetze, als ihr es je erfassen könnt. Sie und ich, wir wandelten in einer anderen Welt als ihr, wir schritten einher in Palästen aus Kristall, während ihr euch mühsam durch dunkle Backsteingänge arbeitet. Wohl weiß ich, daß Polizeidiener, theologische und andere, stets sich einbilden, daß, wo Liebe ist, da auch bald der Haß sich einstelle; das ist der erste Punkt zu Ihrer Anklage. Der zweite ist zwar stärker, aber ich will ihn Ihnen nicht vorenthalten. Nicht nur ist es wahr, daß Pauline mich liebte, sondern es ist auch wahr, daß sie gerade diesen Morgen, ehe sie starb, an jenem Tische ein Testament schrieb, worin sie mir und meiner Kirche eine halbe Million vermachte. Her da! Wo sind die Handschellen? Glauben Sie, ich schere mich darum, was Sie Törichtes mit mir vorhaben? Zuchthausstrafe bedeutet mir nur, auf sie an einer Zwischenstation zu warten. Der Galgen ist für mich nur ein durchgehender Wagen, um zu ihr zu gelangen.“

Er sprach mit der ergreifenden Überlegenheit eines Redners und Flambeau und Johanna Stacey starrten ihn in sprachloser Bewunderung an, während Father Browns Gesicht nichts als äußerste Verlegenheit auszudrücken schien. Mit einer schmerzlichen Falte hielt er den Blick zu Boden geheftet. Der Sonnenprophet lehnte leicht gegen den Kaminsims und fuhr fort.

„In wenigen Worten habe ich Ihnen die ganze Anklage gegen mich dargelegt – die einzig mögliche Anklage gegen mich! Aber mit noch weniger Worten will ich sie in Stücke blasen, so daß keine Spur von ihr zurückbleibt. Was die Frage betrifft, ob *ich* es war, der das Verbrechen beging, so besteht die ganze Wahrheit in dem einzigen Satze: ich konnte dieses Verbrechen nicht begangen haben. Pauline Stacey fiel von ihrem Stockwerke in den Schacht hinab um fünf Minuten nach zwölf. Hunderte von Leuten werden mir bezeugen können und aussagen, daß ich zu jener Zeit draußen auf dem Balkon meiner eigenen darüberliegenden Wohnung stand – von kurz vor Schlag zwölf bis fünfzehn Minuten darnach, die übliche Zeit meines öffentlichen Gebetes. Mein Bursche (ein anständiger junger Mann aus Clapham und ohne jede nähere Beziehung zu mir) kann beschwören, daß er den ganzen Morgen in meinem Vorzimmer saß und keinerlei Verkehr stattfand. Er kann beschwören, daß ich volle zehn Minuten vor zwölf, fünfzehn Minuten vor jedem leisesten Anzeichen des Unfalles, ankam, und daß ich die ganze Zeit mein Bureau oder meinen Balkon nicht verließ. Niemals besaß jemand ein so vollständiges Alibi; halb Westminster könnte ich als Zeugen vorladen. Ich glaube, Sie steckten die Handschellen besser wieder ein. Die Anklage ist hinfällig.

„Und zum Schlusse und damit auch nicht ein Hauch dieses blöden Verdachtes die Luft verpestet, will ich Ihnen alles sagen, was Sie zu wissen wünschen. Ich glaube, ich weiß, wie meine unglückliche Freundin ums Leben kam. Sie mögen dafür, wenn Sie wollen, mich oder meinen Glauben und meine Philosophie tadeln, aber jedenfalls können Sie mich dafür nicht einsperren lassen. Jedem, der sich mit dem Studium der höheren Wahrheiten abgibt, ist es wohlbekannt, daß gewisse Adepten und Illuminati in der Geschichte die Gabe des Schwebens, also sich selbst frei in der Luft zu halten, empfangen haben. Es ist nur ein Teil jener umfassenden Eroberungen der Materie, worin das Hauptelement unserer Geheimwissenschaft besteht. Die arme Pauline war von leidenschaftlichem und ehrgeizigem Temperament. Ich glaube wirklich, sie hielt sich für etwas tiefer in die Geheimnisse eingedrungen, als sie es wirklich war, und sie hat mir oft gesagt, wenn wir mitsammen im Fahrstuhle hinabfuhren, daß, wenn man nur genügende Willensstärke besässe, man so unversehrt hinabschweben können müßte wie eine Feder. Ich glaube in allem Ernste, daß in einer Verzückung hehren Denkens sie das Wunder versuchte. Ihr Wille oder ihr Glaube muß sie im entscheidenden Augenblicke verlassen haben, und das niedrigere Gesetz der Materie verübte seine entsetzliche Rache. Das ist die ganze Geschichte, meine Herren, eine sehr traurige und Ihrer Ansicht nach wohl sehr verwegene und böse Geschichte, aber sicherlich nicht die eines Verbrechens oder irgendwie in Verbindung mit mir. Nach dem Polizeisprachgebrauche würden Sie es wohl Selbstmord nennen. Ich werde es stets heldenhaften Mißerfolg im Interesse wissenschaftlichen Fortschrittes und langsamen Aufstieges zum Himmel nennen."

Es war das erstemal, daß Flambeau Father Brown unterlegen sah. Dieser saß noch gesenkten Blickes mit schmerzlich gerunzelten Brauen, ja geradezu beschämt. Es war unmöglich, sich dem Gefühle zu entziehen, das des Propheten beschwingte Worte entfacht hatten, daß man hier einen tückischen, berufsmäßigen Verdächtiger seiner Mitmenschen, überwältigt durch einen stolzeren und reineren Geist natürlicher Freiheit und Gesundheit vor sich habe. Endlich raffte er, blinzelnd wie in körperlicher Pein sich zu den Worten auf: „Nun, wenn dem so ist, dann brauchen Sie ja nichts weiter tun, als das Papier mit dem Vermächtnis nehmen, von dem Sie sprachen, und damit abziehen. Ich möchte wissen, wo die Arme es gelassen hat."

„Es wird drüben auf ihrem Tische an der Türe liegen, denke ich," erwiderte Kalon mit jener massiven Unschuld in seinem Benehmen, die ihm so ganz angemessen erschien. „Sie hat mir noch besonders gesagt, sie würde es diesen Morgen ausfertigen, und ich sah sie eben schreiben, als ich im Fahrstuhle nach meinem Bureau hinauf fuhr."

„Stand da die Türe offen?" fragte der Priester, den Blick auf eine Ecke der Binsenmatte niedergeschlagen.

„Ja," versetzte Kalon ruhig.

„Ah, sie stand also seitdem offen," bemerkte der andere und fuhr fort, die Mattenecke zu studieren.

„Es liegt ein Papierblatt dort drüben," warf Johanna Stacey mit etwas merkwürdiger Stimme ein. Sie durchschritt die Türe, ging nach dem Pulte ihrer Schwester hinüber und hielt ein Blatt bläulichen Propatriapapieres in der Hand.

Auf ihrem Gesichte lag ein saures Lächeln, das für einen solchen Fall wenig passend erschien, und Flambeau blickte mit gerunzelten Brauen nach ihr.

Kalon, der Prophet, stand mit jener königlichen Unbewußtheit dem Papiere fern, die er bisher zur Schau getragen hatte. Flambeau nahm es ihr aus der Hand und las mit zunehmender Verwirrung. Es begann in der Tat in der üblichen Form eines Testamentes, doch nach den Worten „ich schenke und vermache alles, was ich besitze" brach die Schrift plötzlich mit einer Reihe von Kritzern ab und jede Spur eines Namens oder Erben fehlte. Verwundert reichte Flambeau dieses verstümmelte Testament seinem geistlichen Freunde hin, der einen Blick darauf warf und es schweigend dem Sonnenpriester übergab.

Nur einen Augenblick, dann hatte dieser Hohenpriester in seinen glänzenden, wallenden Gewändern mit zwei großen Schritten den Raum durchmessen und sich vor Johanna hinpflanzend schienen seine blauen Augen aus dem Kopfe treten zu wollen.

„Welchen Schurkenstreich haben Sie da vollführt?" schrie er sie an. „Das ist nicht alles, was Pauline schrieb!"

Zum Erstaunen der anderen war es eine ganz neue Stimme, die da auf einmal in schrillem Yankee-Englisch sprach; wie ein Mantel war all sein Großtun und seine gewählte Aussprache von ihm gefallen.

„Das ist alles, was auf ihrem Pulte lag," versetzte Johanna, die ihm immer noch mit demselben sauren Lächeln auf den Lippen gegenüberstand.

Plötzlich brach der Mann in die greulichsten Flüche und Gotteslästerungen und in einen Schwall von Verwünschungen aus. Es lag etwas Erschütterndes in diesem plötzlichen Abfallen der Maske, es sah aus, wie wenn jemands wahres Gesicht plötzlich von ihm fiele.

„Hören Sie," schrie er, fast atemlos vom Fluchen in breitestem Amerikanisch, „und wenn ich auch tausendmal ein Abenteurer bin, Sie sind eine Mörderin! Ja, Gentlemen, da haben wir die Erklärung des Todes in Ihrem Sinne und ohne jede Verzückung. Das arme Ding schreibt sein Testament zu meinen Gunsten, da kommt ihre verfluchte Schwester dazu, ringt mit ihr um die Feder, zerrt sie nach dem Schachte und stößt sie hinab, ehe sie zu Ende schreiben kann. Verdammt! Wir werden die Handschellen doch noch brauchen!"

„Wie Sie ganz richtig bemerkt haben," antwortete Johanna mit widerlicher Ruhe, „ist Ihr Bursche ein durchaus anständiger junger Mann, welcher weiß, was ein Eid ist. Und er kann vor jedem Gerichtshofe beschwören, daß ich mit einer Schreibarbeit in Ihrem Bureau oben war, und zwar fünf Minuten, ehe meine Schwester herabstürzte. Mr. Flambeau wird Ihnen bestätigen, daß er mich dort gefunden hat."

Alles schwieg.

„Demnach," rief Flambeau, „war Pauline allein, als sie abstürzte und es war Selbstmord!"

„Sie war allein, als sie abstürzte," erwiderte Father Brown, „aber es war nicht Selbstmord."

„Aber wie ist sie dann umgekommen?" fragte Flambeau ungeduldig.

„Sie wurde ermordet."

„Aber sie war doch ganz allein!"

„Sie wurde ermordet, während sie ganz allein war," versetzte der Priester.

Alle starrten ihn an, doch er verharrte in der gleichen bisherigen Stellung, die runde Stirne von einer Falte durchfurcht und unpersönliche Scham und Sorge im Ausdruck, während die Stimme farblos und gedrückt klang.

„Was ich wissen möchte," schrie Kalon, „ist, wann die Polizei kommt, diese blutbefleckte, verruchte Schwester zu holen. Sie hat ihr Fleisch und Blut getötet, sie hat mir eine halbe Million geraubt, die ebenso rechtmäßig mir gehörte, wie – "

„Komm, komm, Prophet," unterbrach Flambeau nicht ohne einen gewissen Hohn, „denk' daran, daß diese ganze Welt ja doch nur ein Nebelland ist."

Der Hierophant des Sonnengottes nahm einen Anlauf, seine Pose wieder aufzunehmen. „Es ist nicht allein des Geldes wegen," schrie er, „obwohl damit unsere Sache in der ganzen Welt auf eine sichere Grundlage gestellt gewesen wäre. Es handelt sich auch um die Wünsche meiner Geliebten. Für Pauline war all dies heilig. In Paulinens Augen –"

Father Brown sprang plötzlich auf, so plötzlich, daß sein Stuhl sich rückwärts überschlug. Er war totenblaß, und dennoch schien er von einer Hoffnung entflammt, und sein Auge funkelte.

„Das ist es," rief er mit klarer Stimme. „Das ist der Weg, von dem man ausgehen muß. In Paulinens Augen –"

Der große Prophet wich vor dem unscheinbaren Priester in fast wahnsinniger Verwirrung zurück. „Was meinen Sie? Wie können Sie es wagen?" rief er immer wieder von neuem.

„In Paulinens Augen," nahm der Priester unbeirrt den Gedanken wieder auf, während seine Augen an Glanz zunahmen. „Fahren Sie fort – in Gottes Namen, fahren Sie fort! Das gemeinste Verbrechen, das der Teufel eingab, wird durch ein Geständnis leichter, und ich flehe Sie an, bekennen Sie! Fahren Sie fort! Fahren Sie fort! – in Paulinens Augen –"

„Laß mich, du Teufel," donnerte Kalon, sich windend wie ein gefesselter Riese. „Wer bist du, du verdammter Spion, daß du deine Spinnennetze um mich ziehst und mir auflauerst. Laß mich, laß mich!"

„Soll ich ihn halten?" fragte Flambeau, indem er den Ausgang verlegte, denn Kalon hatte bereits die Türe weit aufgerissen.

„Nein, lassen Sie ihn laufen," sagte Father Brown mit einem seltsamen tiefen Seufzer, der aus den Tiefen des Weltalls zu kommen schien. „Lassen Sie Kain laufen, denn er gehört Gott."

Schweigen herrschte im Zimmer, als er gegangen war, ein Schweigen, das für Flambeaus ungestüme Natur zu einer schier endlosen Pein der Neugier wurde. Johanna Stacey schob inzwischen kühl die Papiere auf ihrem Platze zusammen.

„Father," begann Flambeau endlich, „meine Pflicht, nicht allein meine Neugier treibt mich, wenn möglich herauszubekommen, wer das Verbrechen begangen hat."

„Welches Verbrechen?" fragte dieser.

„Das, mit dem wir es hier zu tun haben, natürlich," erwiderte der ungeduldige Freund.

„Wir haben es mit zwei Verbrechen zu tun," erklärte Brown, „Verbrechen von sehr verschiedenem Gewichte – und mit sehr verschiedenen Verbrechern."

Johanna Stacey machte sich, nachdem sie ihre Papiere beisammen und weggeräumt hatte, daran, den Aktenschrank zu schließen, während Father Brown fortfuhr, sie so wenig zu beachten, wie sie ihn.

„Die beiden Verbrechen," fuhr er fort, „richteten sich beide gegen dieselbe Schwäche und gegen dieselbe Person im Kampfe um ihr Geld. Wer das größere

Verbrechen beging, fand seinen Plan durch das kleinere Verbrechen durchkreuzt, und der das kleinere Verbrechen beging, bekam das Geld."

„O, hören Sie doch einmal auf mit Ihrem Vorleserton," wehrte Flambeau. „Sagen Sie doch alles mit ein Paar Worten rund heraus!"

„Es läßt sich in ein einziges Wort fassen," antwortete sein Freund.

Johanna Stacey spießte sich ihren schwarzen Geschäftshut mit geschäftlichem Stirnrunzeln vor einem kleinen Spiegel auf den Kopf, nahm, während die Unterhaltung ruhig weiterging, ohne jede Übereilung Schirm und Handtasche und verließ den Raum.

„Die Wahrheit liegt in einem einzigen Worte und ist sehr kurz," sagte Father Brown. „Pauline Stacey war blind."

„Blind!" schrie Flambeau und erhob sich langsam zu voller Höhe.

„Es lag in ihrem Blute. Ihre Schwester wollte eine Brille tragen, wenn Pauline es ihr erlaubt hätte, aber sie hatte nun einmal ihre besondere Philosophie oder Liebhaberei, man müsse solche Schwächen nicht ermutigen, indem man ihnen nachgebe. Sie wollte die Wolke nicht zugeben oder versuchte, sie durch ihren Willen zu zerstreuen. Somit wurden ihre Augen schlimmer und schlimmer von der Anstrengung, aber die schlimmste sollte erst kommen. Und sie kam mit diesem kostbaren Propheten oder was er sich nennt, der mit nacktem Auge in die Sonne zu starren lehrt. Das hieß „Apoll empfangen". O, wären doch diese Neuheiden wenigstens Altheiden, sie wären dann doch ein wenig weiser! Die alten Heiden wußten, daß reine nackte Naturverehrung ihre grausame Seite haben muß. Sie wußten, daß das Auge Apollos versengen und blenden kann!"

Nach einer kurzen Pause fuhr der Priester in mildem und fast gebrochenem Tone fort. „Ob nun jener Teufel sie vorsätzlich zur Blinden machte oder nicht, daran ist kein Zweifel, daß er sie vorsätzlich durch ihre Blindheit tötete. Die Einfachheit des Verbrechens allein schon ist entsetzlich. Sie wissen, er und sie gingen in diesen selbsttätigen Fahrstühlen auf und nieder; Sie wissen auch, wie sanft und lautlos diese Aufzüge dahingleiten. Kalon brachte den Fahrstuhl bis dorthin, wo sie ausstieg und sah sie durch die offene Türe in ihrer bedächtigen Blindenart das Vermächtnis schreiben, das sie ihm versprochen hatte. Unbefangen rief er ihr zu, er habe den Fahrstuhl für sie bereitgestellt, sie sollte herauskommen, wenn sie fertig wäre. Dann drückte er auf den Knopf und glitt lautlos nach seinem Stockwerke hinauf und betete in Sicherheit vor der belebten

Straße, als das arme Ding, nachdem es fertig war, froh hinauseilte, wo der Fahrstuhl und ihr Geliebter sie aufnehmen sollten, und trat –"

„Genug!" schrie Flambeau.

„Eine halbe Million sollte es ihm eingebracht haben, auf jenen Knopf zu drücken," erklärte der kleine Geistliche in jener farblosen Stimme, mit der er von solchen Schrecknissen sprach, „Aber es ging fehl. Es mißlang, weil zufällig eine andere Person da war, welche gleichfalls das Geld für sich haben wollte und gleichfalls das Geheimnis von Paulinens Blindheit kannte. Es ist etwas an jenem Testament, was, glaube ich, niemand beachtet hat. Obschon es unvollendet und ohne Unterschrift war, hatten dennoch die andere Miß Stacey und irgend ein Dienstbote vor ihr als Zeugen unterfertigt. Johanna hatte zuerst unterfertigt und mit typisch weiblichem Sichhinwegsetzen über gesetzliche Formalitäten zu Pauline geäußert, sie könne es ja nachher vollenden. Weshalb wollte Johanna, daß ihre Schwester das Testament ohne wirkliche Zeugen unterschreibe? Ich dachte an die Blindheit und hatte das ganz sichere Gefühl, sie wollte, daß Pauline es in niemands Beisein unterzeichne, denn ihr lag daran, daß es überhaupt nicht unterzeichnet werde."

„Leute wie die Staceys gebrauchen immer Füllfedern; das war aber bei Pauline ganz besonders natürlich. Durch Gewohnheit und ihren starken Willen und ihr Gedächtnis konnte sie beinahe noch ebensogut schreiben wie vorher, als sie noch ihr Augenlicht besaß, aber sie konnte nicht sehen, wann ihre Feder ausgelaufen war. Daher waren ihre Füllfedern von ihrer Schwestern stets sorgfältig gefüllt mit Ausnahme jener einen; diese eine war von ihrer Schwester sorgfältig nicht gefüllt. Der Tintenrest reichte für ein paar Zeilen und versagte dann ganz. Und der Prophet verlor dadurch fünfmalhunderttausend Pfund und beging einen der brutalsten und genialsten Morde in der menschlichen Geschichte – um nichts."

Flambeau trat an die offene Türe und hörte die Polizeibeamten die Treppe heraufkommen. „Sie müssen alles verdammt genau verfolgt haben," wandte er sich an Father Brown, „um in zehn Minuten Kalons Verbrechen auf die Spur zu kommen."

Der Angeredete blickte ihn erstaunt an.

„O, Kalon!" sagte er. „Nein, ich mußte ziemlich scharf der anderen Spur folgen, Fräulein Johanna und der Füllfeder. Aber ich wußte, daß Kalon der Verbrecher war, noch ehe ich die Haustüre betrat."

„Sie scherzen wohl!“ rief Flambeau.

„Ganz mein Ernst! Ich sage Ihnen, ich wußte, er hat es getan, noch ehe ich wußte, was es war.“

„Aber wieso denn?“

„Diese heidnischen Stoiker,“ erklärte Brown nachdenklich, „fehlen immer durch ihre Übertreibung. Es erhob sich ein Lärm und ein Menschenauflauf auf der Straße unten und der Priester Apolls blickte nicht im mindesten darnach hin. Was es war, wußte ich noch nicht, aber ich wußte, daß er darauf gewartet hatte.“

Das Zeichen des zerbrochenen Schwertes

Die tausend Arme des Waldes waren grau und seine Millionen Finger von Silber. An dem dunkelgrünlich blauen Himmel funkelten die Sterne gleich Eissplittern. Der ganze dicht bewachsene und spärlich bewohnte Landstrich stand starr in bitterem, hartem Froste. Die schwarzen Löcher zwischen den Stämmen sahen wie grundlose schwarze Höhlen jener herzlosen skandinavischen Hölle aus, einer Hölle von unabschätzbarer Kälte. Selbst der viereckige, steinerne Kirchturm blickte fast heidnisch-nordisch drein, als wäre er ein Barbarenturm inmitten der seeumspülten Felsen Islands. Es war eine sonderbare Nacht, um einen Friedhof zu durchforschen. Andererseits aber lohnte er vielleicht doch die Mühe der Durchforschung.

Er stieg von dem aschgrauen Waldgelände steil auf einer Art Höcker oder Schulter grünen Rasens empor, der in dem Sternenlichte grau erschien. Die meisten Gräber lagen auf dem abschüssigen Abhange und der zur Kirche führende Pfad stieg steil wie eine Treppe empor. Auf der Spitze des Hügels, dem einzigen ebenen und in die Augen springenden Platze stand das Denkmal, welches dem Orte seine Berühmtheit verlieh. Ein merkwürdiger Gegensatz zu all den formlosen Gräbern ringsum sprach daraus, denn es war das Werk eines der größten Bildhauer des neuzeitlichen Europa; und doch ward sein Ruhm sofort durch den Ruhm des Mannes, dessen Bildnis er dargestellt, in Vergessenheit getaucht. Der kleine Silberstift des Sternenlichtes zeichnete die massige Bronzegestalt eines ruhenden Soldaten, die starken Hände wie in einer ewigen Andacht verschlungen, das große Haupt auf einem Gewehre ruhend. Das ehrwürdige Gesicht war bebartet oder wies vielmehr einen Backenbart auf nach alter, schwerfälliger Oberst-Newcomescher Art. Die Uniform, wenngleich nur mit wenigen Strichen angedeutet, war die des modernen Kriegers. Zu seiner Rechten lag ein Schwert mit abgebrochener Spitze, zur Linken eine Bibel. An heißen Sommernachmittagen kamen Gesellschaftswagen voll von Amerikanern und gebildetem Vorstadtvolk, das Grabmal zu besichtigen; doch selbst dann empfanden sie das weite Waldgelände mit seiner einzigen schwermütigen Kuppel, mit Kirche und Friedhof als etwas seltsam Stummes und Vernachlässigtes. In diesem Eisesdunkel tiefsten Winters, möchte man meinen, würde das Denkmal allein mit den Sternen gelassen bleiben. Nichtsdestoweniger kreischte in der Stille dieses erstarrten Waldes ein hölzernes Tor und zwei unkenntliche Gestalten in Schwarz klommen den schmalen Pfad zum Grabmale hinan.

So schwach war das kalte Sternenlicht, daß nichts an ihnen sich wahrnehmen ließ, als daß beide zwar schwarze Kleidung trugen, aber der eine außergewöhnlich groß und der andere (vielleicht neben jenem) nahezu auffallend klein war. Sie stiegen zu dem großen Grabmal des historischen Kriegers hinauf und starrten es einige Minuten an. Kein menschliches, ja vielleicht kein lebendes Wesen in weitem Umkreise, und eine angekränkelte Phantasie hätte wohl fragen mögen, ob sie selbst menschlich waren. Jedenfalls mochte der Beginn ihrer Unterhaltung sonderbar scheinen. Nach dem ernsten Schweigen sagte nämlich der kleine Mann zu dem anderen:

„Wo verbirgt der Weise einen Kieselstein?"

Und der Große antwortete leise: „Am Strande."

Der kleine Mann nickte und nach kurzem Schweigen fragte er weiter: „Wo verbirgt der Weise ein Blatt?"

Und der andere antwortete: „Im Walde."

Abermaliges Schweigen und dann fuhr der Große fort: „Meinen Sie, man hat je gehört, daß ein Weiser, der einen echten Diamanten zu verbergen hat, ihn unter falschen verborgen hat?"

„Nein, nein," sagte der Kleine lachend, „wir wollen das Vergangene ruhen lassen."

Er stampfte ein paarmal auf seinen erkalteten Füßen hin und her und sagte dann: „Daran denke ich gar nicht, sondern, an etwas anderes, etwas von ganz besonderer Art. Zünden Sie einmal, bitte, ein Streichholz an."

Der Große kramte in seiner Tasche und bald ließ ein Aufleuchten und ein Lichtschein die ganze flache Seite des Denkmales in Gold erglänzen. Auf ihr waren in schwarzen Buchstaben die wohlbekannten Worte eingegraben, die so mancher Amerikaner ehrfurchtsvoll gelesen hatte: Geweiht dem Andenken des Generals Sir Arthur St. Clare, Held und Martyrer, welcher stets seine Feinde besiegte und sie stets verschonte, und schließlich verräterisch von ihnen gemordet ward. Möge Gott, auf den er vertraute, ihn belohnen wie auch rächen."

Das Zündholz brannte des großen Mannes Finger, erlosch und fiel nieder. Er war im Begriff, ein zweites anzustreichen, doch sein kleiner Gefährte wehrte ihm.

„Schon gut, Flambeau, alter Freund; ich habe gesehen, was ich wollte, oder vielmehr, ich habe nicht gesehen, was ich nicht sehen wollte. Und nun heißt es, anderthalb Meilen bis zum nächsten Gasthause laufen, und ich werde versuchen, Ihnen alles zu erzählen. Weiß Gott, man sollte wirklich ein Feuer und ein Glas Bier dazu haben, um eine solche Geschichte zu erzählen."

Sie stiegen den steilen Pfad hinab, schlossen das verrostete Tor wieder und machten sich stampfenden Schrittes auf den gefrorenen Weg durch den Wald.

Sie waren bereits eine gute Viertelmeile gegangen, ehe der Kleinere wieder das Wort ergriff. Er begann: „Ja, der Weise verbirgt einen Kieselstein am Strande. Aber was tut er, wenn er keinen Strand hat? Wissen Sie etwas über die große St. Clare-Affäre?"

„Ich weiß nichts über englische Generäle, Father Brown," antwortete der Große lachend, „wenn auch manches über englische Polizisten. Ich weiß nur, daß Sie mich ein anständiges Stück Weges umhergeschleppt haben zu all den Erinnerungsstätten dieses Burschen, wer immer er auch gewesen sein mag. Man möchte meinen, er liegt an sechserlei Orten begraben. Ich habe in der Westminsterabtei ein Grabmal des Generals St. Clare gesehen, ich habe auf dem Embankment ein Reiterstandbild des Generals St. Clare gesehen, ich sah ein Bild des Generals St. Clare in Medaillonform in der Straße, wo er geboren wurde und ein zweites in der, wo er gelebt hat, und jetzt schleppen Sie mich im Finstern zu seinem Sarge im Dorfkirchhof. Ich fange an, genug zu bekommen von seiner großartigen Persönlichkeit, besonders da ich nicht im mindesten weiß, wer er war. Was wollen Sie denn hinter all diesen Krypten und Denkmälern aufstöbern?“

„Ich suche nur nach einem Worte,“ erwiderte Father Brown, „einem Worte, das nicht da ist.“

„Nun,“ fragte Flambeau, „wollen Sie mir einiges darüber erzählen?“

„Ich muß zwei Teile daraus machen,“ bemerkte der Priester. „Da ist zuerst das, was alle Welt weiß, und dann das, was ich weiß. Was nun alle Welt weiß, ist kurz und einfach genug. Auch ist es vollkommen unzutreffend.“

„Recht haben Sie,“ sagte der Große namens Flambeau fröhlichen Tones. „Fangen wir am falschen Ende an. Fangen wir mit dem an, was alle wissen und was nicht wahr ist.“

„Wenn schon nicht gänzlich unwahr, so ist es mindestens sehr unzutreffend,“ fuhr Brown fort; „denn tatsächlich läuft alles, was die Öffentlichkeit kennt, darauf hinaus: man weiß allgemein, daß Arthur St. Clare ein großer und erfolgreicher englischer General war. Man weiß, daß er nach glänzenden, doch sorgfältig durchgeführten Feldzügen in Indien und Afrika den Oberbefehl gegen Brasilien führte, als der große brasilianische Patriot Olivier sein Ultimatum erließ. Man weiß, daß bei jener Gelegenheit St. Clare mit sehr geringen Kräften Oliviers sehr starke Macht angriff und nach heldenmütigem Widerstande gefangen genommen wurde. Und man weiß, daß nach seiner Gefangennahme zum Entsetzen der gebildeten Welt St. Clare am nächsten Baume aufgeknüpft wurde. Man fand ihn nach dem Rückzuge der Brasilianer dort hängend mit seinem zerbrochenen Schwerte um den Hals.“

„Und diese allbekannte Geschichte ist unwahr?“ fragte Flambeau.

„Nein,“ antwortete sein Freund ruhig, „diese Geschichte ist insoweit ganz wahr.“

„Nun, ich meine, sie geht weit genug!“ entgegnete Flambeau; „wenn aber das, was man sich allgemein erzählt, wahr ist, worin besteht dann das Geheimnis?“

Mehrere hundert grauer und gespenstischer Bäume zogen vorüber, ehe der kleine Priester antwortete. Dann biß er nachdenklich an seinem Finger und begann:

„Nun, das Geheimnis ist ein solches der Psychologie. Oder vielmehr, es ist ein Geheimnis zweier Psychologien. In jenem brasilianischen Vorfalle handelten zwei der berühmtesten Männer der neuzeitlichen Geschichte in vollem Gegensatz zu ihrem Charakter. Bedenken Sie, Olivier und St. Clare waren beide Helden – die alte Geschichte und jeder Zweifel ausgeschlossen; es war wie der Kampf zwischen Hektor und Achilles. Was würden Sie nun zu einem Vorfalle sagen, in welchem Achilles sich furchtsam und Hektor verräterisch benimmt?"

„Fahren Sie fort," lud der Große ungeduldig ein, als der andere wieder an seinem Finger biß.

„Sir Arthur St. Clare war ein Soldat vom alten, frommen Schlage; jenem Schlage, der uns während des Aufstandes rettete," fuhr Brown fort. „Er war stets mehr für die Pflicht als für das Wagnis; und bei all seinem persönlichen Mute war er entschieden ein vorsichtiger Befehlshaber, jeder nutzlosen Verschwendung von Soldatenleben ganz besonders abhold. Und doch unternahm er in dieser letzten Schlacht etwas, was ein Kind als ungeheuerlich erkannt haben würde. Man braucht nicht Stratege zu sein, um einzusehen, daß das unberechenbar war wie der Wind, ebenso wie man kein Stratege zu sein braucht, um einem Motoromnibus auszuweichen. Nun, das erste Geheimnis ist: was war mit dem Kopfe des englischen Generals vor sich gegangen? Das zweite Rätsel ist: was war mit dem Herzen des brasilianischen Generals vor sich gegangen? Olivier mag als Präsident ein Phantast oder ein Schädling genannt werden, aber selbst seine Feinde gaben zu, daß er hochherzig bis zum Grade eines fahrenden Ritters war. Nahezu jeder andere von all den Gefangenen, die er je gemacht, war freigelassen oder sogar mit Wohltaten überhäuft worden. Solche, die ihm wirklich Unrecht zugefügt hatten, gingen gerührt von seiner Einfalt und Milde hinweg. Weshalb also sollte er in so teuflischer Weise ein einzigesmal in seinem Leben Rache nehmen und noch dazu für den einen besonderen Schlag, der ihn gar nicht verletzt haben konnte? Da haben Sie es also. Einer der klügsten Menschen der Welt handelte wie ein Idiot ohne jeglichen Grund. Und einer der besten Menschen der Welt handelte wie ein Schurke ohne jeglichen Grund. Das ist der langen Rede kurzer Sinn; alles weitere überlasse ich Ihnen, junger Mann."

„Nein, das tun Sie nicht," lehnte jener schnaubend ab. „Ich überlasse es Ihnen und Sie werden mir hübsch die ganze Geschichte erzählen."

„Nun," fuhr Father Brown fort, „es ist nicht recht von mir, zu sagen, daß der öffentliche Eindruck eben der ist, wie ich ihn dargestellt habe, ohne hinzuzufügen, daß zwei Dinge seitdem geschehen sind. Ich kann nicht sagen, daß sie neues Licht verbreiteten, denn niemand kann aus ihnen klug werden. Aber sie verbreiteten eine neue Art von Dunkel; sie verbreiteten die Finsternis nach neuen Richtungen hin. Das erste war dies. Der Hausarzt der St. Clares überwarf sich mit der Familie und begann eine Reihe scharfer Artikel zu veröffentlichen, worin er sagte, der verstorbene General litt an religiösem Wahnsinn; aber soviel man daraus erfuhr, schien das nur wenig mehr zu besagen, als daß er eben ein religiöser Mann war. Jedenfalls war das Geschwätz bald eingeschlafen. Jedermann wußte natürlich, daß St. Clare einige der Überspanntheiten puritanischer Frömmigkeit an sich hatte. Der zweite Vorfall machte weit mehr Aufsehen. Bei dem unglücklichen und sich selbst überlassenen Regimente, welches jenen Überfall am Rio Negro machte, befand sich ein gewisser Hauptmann Keith, der damals mit St. Clares Tochter verlobt war und sie nachher heiratete. Er war einer von denen, die von Olivier gefangen genommen wurden und wie die übrigen mit Ausnahme des Generals gut behandelt und nachher freigelassen worden zu sein schienen. An die zwanzig Jahre später veröffentlichte dieser Mann, nunmehr Oberstleutnant Keith, eine Art Selbstbiographie unter dem Titel ›Ein britischer Offizier in Birma und Brasilien‹. An der Stelle, wo der Leser mit Spannung irgend einen Bericht über das Geheimnis von St. Clares Mißgeschick sucht, finden sich nur die Worte: ›Das ganze Buch hindurch habe ich die Dinge genau so erzählt wie sie geschahen, da ich die veraltete Meinung teile, Englands Ruhm sei alt genug, um sich selbst zu genügen. Die Ausnahme, die ich machen werde, bezieht sich auf die Niederlage am Rio Negro, und meine Gründe dafür sind wenngleich private so doch ehrbare und zwingende. Ich will jedoch, um dem Andenken zweier berühmter Männer Gerechtigkeit widerfahren zu lassen, folgendes hinzufügen. General St. Clare ist bei dieser Gelegenheit der Unfähigkeit geziehen worden; ich kann nur erklären, daß dieses Unternehmen, richtig verstanden, eines der glänzendsten und scharfsinnigsten seines Lebens war. Präsident Olivier wird ähnlicherweise roher Ungerechtigkeit angeklagt. Ich glaube, es der Ehre eines Feindes zu schulden, wenn ich sage, daß er bei dieser Gelegenheit sogar noch mehr als sonst nach seiner charakteristischen guten Gesinnung handelte. Um die Sache leichtverständlich auszudrücken, kann ich meine Landsleute versichern, daß St. Clare keineswegs ein solcher Narr und Olivier keineswegs ein solcher Unmensch war, wie es den Anschein hatte. Das ist alles, was ich zu sagen habe; und kein irdischer Beweggrund wird mich veranlassen, dem ein Wort hinzuzufügen."

Ein großer frostiger Mond, einem leuchtenden Schneeball gleich, begann durch das Gezweige vor ihnen zu blicken und bei seinem Lichte war es dem Erzähler möglich gewesen, seiner Erinnerung von Hauptmann Keiths Text durch ein Blatt bedruckten Papieres nachzuhelfen. Als er es zusammenfaltete und in seine Tasche zurücksteckte, erhob Flambeau seine Hände mit einer echt französischen Bewegung.

„Warten Sie, warten Sie ein wenig," rief er erregt. „Ich glaube, ich kann es aufs erstemal erraten."

Er schritt voran, schwer atmend und den schwarzen Kopf und den Stiernacken vorwärts gebeugt wie ein Mann bei der letzten Runde eines Wettlaufes. Der kleine Priester, den dies belustigte und interessierte, hatte einige Mühe, neben ihm herzutraben. Gerade vor ihnen traten die Bäume zur Rechten wie zur Linken etwas zurück und der Weg senkte sich durch ein klares, mondhelles Tal, bis er wieder wie ein Kaninchen in der Wand des weiteren Waldes verschwand. Der Eingang in den fernergelegenen Wald schien klein und rund wie das schwarze Loch eines fernen Eisenbahntunnels. Aber er lag nur ein paar hundert Meter weg und gähnte sie wie eine Höhle an, ehe Flambeau wieder das Wort ergriff.

„Ich hab's," rief er endlich. „Nur vier Minuten Nachdenkens und ich kann Ihnen Ihre ganze Geschichte selbst erzählen."

„Recht so," stimmte sein Freund bei, „erzählen Sie sie."

Flambeau erhob den Kopf und senkte seine Stimme.

„General Sir Arthur St. Clare," begann er, „entstammte einer Familie, in welcher Irrsinn erblich war, und sein ganzes Streben ging dahin, dies vor seiner Tochter und wenn möglich auch vor seinem künftigen Schwiegersohne geheim zu halten. Ob mit Recht oder Unrecht, er glaubte, der Zusammenbruch stehe bevor, und beschloß Selbstmord. Doch ein gewöhnlicher Selbstmord hätte eben die Idee verraten, die er fürchtete. Mit dem Herannahen des Feldzuges verdichteten sich auch die Wolken mehr und mehr über seinem Geiste und schließlich opferte er in einem Augenblicke des Wahnsinnes die äußere Pflicht seiner eigenen, privaten. Er stürzte sich Hals über Kopf in den Kampf und hoffte, von der ersten Kugel zu fallen. Als er fand, daß ihm nur Gefangenschaft und Schande gelungen war, barst die in seinem Hirne versiegelte Bombe und er zerbrach sein Schwert und erhängte sich."

Er starrte auf die große Waldmauer vor ihm mit der einen schwarzen Öffnung darin, als wäre sie der Zugang zu dem Grabe, nach dem ihr Pfad führte. Vielleicht lag etwas Drohendes in diesem so plötzlich endenden Pfade, was seine lebhafte Anschauung von der Tragödie noch verstärkte, denn er schauderte.

„Eine entsetzliche Geschichte!“ schloß er.

„Eine entsetzliche Geschichte,“ wiederholte der Priester gesenkten Hauptes, „aber nicht die wahre Geschichte.“ Dann warf er mit einer gewissen Verzweiflung den Kopf zurück und rief: „O, ich wünschte, sie wäre es gewesen.“

Der große Flambeau wandte sich um und starrte ihn an.

„Die Ihrige ist eine saubere Geschichte,“ rief Father Brown tief ergriffen. „Eine liebliche, unschuldige, ehrbare Geschichte, so offen und weiß wie jener Mond. Wahnsinn und Verzweiflung sind etwas ganz Unschuldiges. Es gibt Schlimmeres, Flambeau!“

Flambeau blickte wild zu dem so angerufenen Monde empor und von da, wo er stand, krümmte sich eben ein schwarzer Baumast wie ein Teufelshorn darüber.

„Father – Father,“ rief er mit einer echt französischen Bewegung und noch rascher voranschreitend, „meinen Sie, es war noch schlimmer als dieses?“

„Schlimmer noch als dieses,“ kam es von Brown zurück. Und sie verschwanden in der schwarzen Säulenhalle des Waldes, der sich in einem düsteren Wandteppiche von Stämmen gleich einem finsteren Gange in einem Traume zu ihren beiden Seiten hinzog.

Bald befanden sie sich in dem geheimnisvollen Innern und fühlten sich von unsichtbarem Laube nahe umgeben, als der Priester wieder anhub:

„Wo verbirgt der Weise ein Blatt? Im Walde. Aber was tut er, wenn er keinen Wald hat?“

„Nun was?“ rief Flambeau gereizt, „was tut er?“

„Er läßt sich einen Wald wachsen, um es darin zu verbergen,“ beantwortete der Priester finster die eigene Frage. „Eine furchtbare Sünde!“

„Hören Sie,“ versetzte sein Freund ungeduldig, denn der dunkle Wald und das dunkle Gerede gingen ihm auf die Nerven. „Wollen Sie mir diese Geschichte erzählen oder nicht? Was veranlaßt Sie, sie noch weiter auszudehnen?“

„Drei weitere Beweisspuren liegen vor," erklärte jener, „die ich in Löchern und Winkeln aufgestöbert habe und ich will sie lieber in folgerichtiger als in zeitlicher Reihenfolge aufzählen. Vor allem haben wir als Gewährsmann für den Verlauf und Ausgang der Schlacht natürlich Olivier in seinen Meldungen, welche an Klarheit nichts zu wünschen übrig lassen. Er lag mit zwei oder drei Regimentern auf den zum Rio Negro abfallenden Höhen verschanzt, dessen anderes Ufer niedriges Sumpfgelände bildete. Jenseits desselben stieg das Land wieder sanft aufwärts und dort stand der erste englische Vorposten, der von anderen, jedoch erheblich ferner ausgesetzten, gestützt wurde. Die britischen Truppen zusammen genommen waren an Zahl bedeutend überlegen, aber dieses eine Regiment stand gerade entfernt genug von seiner Basis, um Olivier den Plan erwägen zu lassen, den Fluß zu überschreiten und es abzuschneiden. Um Sonnenuntergang hatte er sich jedoch entschlossen, in seiner eigenen, besonders starken Stellung zu bleiben. Am nächsten Morgen bei Tagesanbruch sah er zu seiner größten Verblüffung, daß diese Handvoll Engländer gänzlich außer Verbindung mit der Nachhut den Fluß überschritten hatte, die eine Hälfte mittels einer Brücke zur Rechten, und die andere Hälfte weiter oben auf einer Furt, und daß sie sich im Sumpfgelände unterhalb seiner Stellung festgesetzt hatten. Daß sie bei solcher Zahl auf eine solche Stellung einen Angriff wagen sollten, war einfach unglaublich; doch Olivier bemerkte etwas noch Ungewöhnlicheres. Denn anstatt zu versuchen, festeren Boden zu gewinnen, tat dieses wahnwitzige Regiment mit dem Fluß im Rücken nichts Geringeres, als dort im Schlamme stecken zu bleiben wie Fliegen im Sirup. Es versteht sich von selbst, daß die Brasilianer mit ihrer Artillerie große Lücken hineinrissen, worauf jene nur mit einem schwachen Gewehrfeuer zu erwidern vermochten. Doch hielten sie sich, und Oliviers kurzer Bericht schließt mit einem Ausdruck der Bewunderung für die geheimnisvolle Tapferkeit dieser von Vernunft Verlassenen. ›Unsere Linie ging dann endlich vor,‹ schreibt Olivier, ›und trieb sie in den Fluß; wir nahmen General St. Clare selbst und mehrere andere Offiziere gefangen. Der Oberst und der Major waren beide im Kampfe gefallen. Ich kann nicht umhin, es auszusprechen, daß man in der Geschichte nur selten ein ähnlich schönes Blatt antrifft wie den letzten Widerstand dieses außerordentlichen Regimentes; verwundete Offiziere ergriffen die Gewehre gefallener Soldaten und der General selbst stand entblößten Hauptes zu Pferde und mit zerbrochenem Schwerte uns gegenüber.‹ Über das, was mit dem General dann weiter geschah, schweigt sich Olivier ebenso aus, wie Hauptmann Keith."

„Gut," brummte Flambeau, „gehen wir zum nächsten Gewährsmanne über."

„Den nächsten zu finden," sagte Father Brown, „brauchte Zeit, um so weniger wird es brauchen, davon zu erzählen. Ich fand in einem Armenhause im Lincolnshire-Moore endlich einen alten Soldaten, der nicht nur am Rio Negro verwundet worden war, sondern tatsächlich neben dem Oberst des Regiments gekniet hatte, als dieser starb. Dieser letztere war ein gewisser Oberst Clancy, ein Riese von einem Irländer, und es scheint, daß er fast ebensosehr aus Wut wie von den feindlichen Kugeln starb. Jedenfalls trug er keine Verantwortung für diesen lächerlichen Überfall, er muß ihm vom General aufgezwungen worden sein. Seine letzten erbaulichen Worte waren nach der Aussage meines Gewährsmannes: ›Und dort steht der verfluchte alte Esel mit seinem abgeschlagenen Schwerte. Wäre es lieber sein Schädel!‹ Es muß Ihnen auffallen, daß alle diesen Umstand des zerbrochenen Schwertes vermerkt zu haben scheinen, obwohl die meisten darin etwas Achtungswerteres erblicken, als der verstorbene Oberst Clancy. Und nun zum dritten Bruchstücke."

Ihr Waldpfad begann anzusteigen und der Erzähler hielt ein wenig an, um Atem zu schöpfen, ehe er weiter schritt. Dann fuhr er in demselben geschäftsmäßigen Tone fort:

„Erst vor ein paar Monaten starb in England ein brasilianischer Beamter, der mit Olivier in Streit geraten war und sein Land verlassen hatte. Er war hier sowohl wie auf dem Festlande eine wohlbekannte Erscheinung, ein Spanier namens Espado. Ich habe ihn selbst gekannt, ein alter Geck mit gelbem Gesichte und einer Adlernase. Aus Gründen persönlicher Natur hatte ich Erlaubnis, die von ihm hinterlassenen Dokumente einzusehen. Er war natürlich Katholik und ich war während seiner letzten Stunden bei ihm. Es gab nichts unter seinen Sachen, was irgendwie über die dunkle Geschichte neues Licht verbreiten hätte können, außer fünf oder sechs gewöhnliche Schreibhefte, angefüllt mit den Tagebuchaufzeichnungen eines englischen Soldaten. Ich kann nur vermuten, daß es von den Brasilianern bei einem der Gefallenen gefunden wurde. Jedenfalls brach es am Vorabende der Schlacht plötzlich ab.

„Doch der Bericht über jenen letzten Tag im Leben dieses armen Burschen war wirklich des Lesens wert. Ich habe ihn bei mir, aber es ist zu dunkel, um ihn hier zu lesen und ich will ihn im Auszuge erzählen. Der erste Teil der Eintragungen ist mit Scherzen gespickt, die wie es scheint seitens der Leute jemand zum Gegenstand hatten, den man den Geier nannte. Es hat nicht den Anschein als ob diese Person, wer sie auch gewesen sein mag, einer unter ihnen, noch überhaupt ein Engländer gewesen sei; auch ist von ihm nicht wie von einem Feinde die Rede. Es klingt vielmehr, als war es irgend eine dort ansässige Zwischenperson, ein Nichtkämpfer; vielleicht ein Führer oder Journalist. Er hat mit dem alten Oberst Clancy eine geheime Unterredung gehabt, wurde aber öfters noch mit dem Major im Gespräche gesehen. In der Tat tritt der Major in der Erzählung des Soldaten ziemlich hervor, ein hagerer, dunkelhaariger Mann, anscheinend ein gewisser Murray, Nordirländer und Puritaner. Es finden sich fortwährend Scherzworte über den Gegensatz zwischen der Strenge dieses Ulstermannes und Oberst Clancys Gemütlichkeit. Auch einige Witze über den Geier stehen darin, der sich in lebhafte Farben gekleidet trug.

„Doch all diese Tändeleien sind verscheucht, man möchte fast sagen durch den Ton eines Jagdhornes, hinter dem englischen Lager und fast gleichlaufend mit dem Flusse zog sich eine der wenigen Hauptstraßen dieses Bezirkes hin. Gegen Westen bog sie zum Flusse ab, über den die vorerwähnte Brücke führte. Ostwärts zog sich der Weg nach der Wildnis zurück und etwa zwei Meilen entfernt stand zu seiner Seite der nächste englische Vorposten. Aus dieser Richtung kam an jenem Abend ein Blitzen und Rasseln von leichter Kavallerie die Straße entlang, worunter selbst der einfache Tagebuchschreiber zu seinem Staunen den General mit seinem Stabe erkennen konnte. Er ritt den großen Schimmel, den Sie so oft in illustrierten Zeitungen und auf Gemälden in den Ausstellungen gesehen haben; und Sie können glauben, daß der Gruß, der ihn empfing, keine bloße Zeremonie war. Er wenigstens verlor keine Zeit mit solchen, sondern sprang sofort aus dem Sattel, trat unter die Offiziere und begann ein angelegentliches, doch vertrauliches Gespräch. Was unserem Freund, dem Tagebuchschreiber, am meisten auffiel, war seine besondere Vorliebe, sich mit Major Murray zu besprechen; aber in der Tat war eine solche Bevorzugung, solange nicht eine Absicht hervortrat, keineswegs unnatürlich. Die beiden Männer waren für gegenseitige Zuneigung wie geschaffen; sie waren Männer, welche ›ihre Bibeln lasen‹, sie waren beide Offiziere vom alten protestantischen Schlage. Wie dem auch sei, soviel ist sicher, daß der General, als er wieder zu Pferd stieg, noch in ernstlichem Gespräche mit Murray weilte, und daß, als er mit seinem Pferde langsam zum Flusse hinabstieg, der große Ulstermann noch in ernstlichem Gespräche neben seinem Zügel einherschritt. Die Soldaten beobachteten die beiden, bis sie hinter einer Baumgruppe verschwanden, von wo aus sich der Weg zum Flusse hinabwand. Der Oberst war zu seinem Zelte zurückgekehrt und die

Leute zu ihren Abteilungen; der Mann mit dem Tagebuch verweilte noch vier Minuten und sah etwas ganz Wunderbares.

„Das große weiße Pferd, welches langsam den Weg hinabstieg, wie es dies in so vielen Aufzügen getan hatte, riß nach rückwärts aus und galoppierte zurück, ihnen entgegen als wollte es ein Wettrennen gewinnen. Anfangs glaubte man, es sei mit seinem Reiter durchgegangen, doch bald sah man, daß der General, ein gewandter Reiter, es selbst zu vollem Galopp ansporпte. Roß und Reiter jagten wie ein Wirbelwind daher, dann rief der General flammenden Gesichts und die Zügel straff anziehend dem Obersten mit einer Stimme zu, die wie die Posaune des Weltgerichtes klang.

„Ich kann mir vorstellen, daß nun all die erschütternden Umstände dieser Katastrophe wie ein zusammenstürzendes Baugerüst auf das Denkvermögen solcher Leute wie unseren Tagebuchschreiber niederprasselten. Mit der wirren Erregung eines Träumenden sahen sie sich in Reih und Glied fallen – buchstäblich fallen – und hörten, daß sofort über den Fluß hinüber angegriffen werden müsse. Der General und der Major, so hieß es, hatten an der Brücke irgend etwas festgestellt und es war eben noch Zeit, um noch auf Leben und Tod zu kämpfen. Der Major hatte sich unverweilt auf der Straße entfernt, um die Reserven heranzurufen, aber es war fraglich, ob die Hilfe noch zur rechten Zeit eintreffen konnte. Die Nacht noch mußte der Fluß überschritten und am Morgen der Sturm auf die Höhen unternommen werden. Und mit dem Wirrwarr und Durcheinander dieses romantischen Nachtmarsches bricht das Tagebuch plötzlich ab."

Father Brown war vorangeschritten, denn der Waldweg wurde schmäler, steiler und gewundener, wie wenn er eine Wendeltreppe hinaufführte, so daß jetzt die Stimme des Priesters von oben herab aus dem Dunkel ertönte.

„Noch eine unscheinbare Ungeheuerlichkeit geschah. Als der General sie zu ihrem ritterlichen Angriffe drängte, zog er seinen Säbel halb aus der Scheide und wie beschämt von einer solchen schönen Geste stieß er ihn wieder zurück. Sie sehen, wiederum das Schwert!"

Schwaches Licht brach durch das Netzwerk des Gezweiges über ihnen, und warf ihnen selbst ein gespenstiges Netz um die Füße, denn sie stiegen nun wieder zur matten Helle der nackten Nacht hinan. Flambeau empfand Wahrheit ringsum wie eine Atmosphäre, aber nicht wie eine Idee. Er antwortete verwirrt:

„Nun, was ist denn eigentlich los mit dem Schwert? Offiziere tragen doch gewöhnlich ein solches, nicht?"

„Man erwähnt sie nicht oft im modernen Kriege," versetzte der andere gleichgültig, „aber in dieser Geschichte stolpert man immer und überall über das verwünschte Schwert."

„Nun, und was ist denn dabei Schlimmes?" brummte Flambeau. „Es war ein ganz alltäglicher Zwischenfall, daß das Schwert des Alten in seiner letzten Schlacht zerbrach. Man konnte darauf wetten, daß die Zeitungen so etwas ausbeuten würden, wie sie es auch taten. Auf all diesen Grabmälern und dergleichen ist es abgebildet mit seiner abgebrochenen Spitze. Ich hoffe, Sie haben mich nicht auf diese Polarexpedition mitgeschleppt, nur weil zwei Männer von geschultem Auge St. Clares zerbrochenes Schwert gesehen haben?"

„Nein," schrie Father Brown mit einer Stimme, so scharf als käme sie aus einer Pistole geschossen, „aber wer hat sein unzerbrochenes Schwert gesehen?"

„Was meinen Sie damit?" rief der andere und blieb im Lichte der Sterne stehen. Unvermittelt waren sie aus dem grauen Waldestore herausgetreten. "Ich meine, wer sah sein unzerbrochenes Schwert?" wiederholte Father Brown hartnäckig. „Keinesfalls der Verfasser des Tagebuches, denn der General steckte es noch rechtzeitig in die Scheide."

Flambeau blickte im Mondscheine um sich her wie etwa ein plötzlich Erblindeter in der Sonne, und sein Freund geriet zum erstenmal in Eifer.

„Flambeau," rief er. „ich kann es nicht beweisen, selbst nach meiner Jagd durch die Grabdenkmäler nicht. Aber ich bin dessen sicher, lassen Sie mich nur noch eine winzige Tatsache hinzufügen, die der ganzen Sache ein anderes Gesicht gibt. Der Oberst war durch einen merkwürdigen Zufall einer der ersten, den eine feindliche Kugel niederstreckte. Er fiel lange bevor noch die Truppen aufeinanderstießen. Doch er sah St. Clares Schwert zerbrochen. Weshalb wurde es zerbrochen? Wie wurde es zerbrochen? Mein Freund, es wurde vor der Schlacht zerbrochen!"

„O, versetzte dieser halb im Scherz, aber bitte, wo ist das andere Stück?"

„Das kann ich Ihnen sagen," erwiderte der Priester ohne Zögern. „In der Nordostecke des Friedhofes der protestantischen Kathedrale zu Belfast."

„Wirklich? Haben Sie darnach gesucht?"

„Ich konnte nicht," gestand Father Brown mit offenem Bedauern. „Es steht ein großes Marmordenkmal darüber, ein Denkmal zu Ehren des heldenhaften Major Murray, der ruhmvoll kämpfend in der berühmten Schlacht am Rio Negro fiel."

Flambeau schien plötzlich wie durch einen elektrischen Schlag ins Leben zurückgerufen. „Sie meinen," rief er barsch, „General St. Clare haßte Murray und ermordete ihn auf dem Schlachtfeld, weil –"

„Sie stecken immer noch voll von guten und reinen Gedanken. Es war Schlimmeres als das!"

„Nun," gestand der Große ein, „ich bin in dieser Richtung am Ende meiner Einbildungskraft angelangt."

Der Priester schien wirklich in Verlegenheit, wo er beginnen sollte und fragte endlich von neuem:

„Wo würde ein Weiser ein Blatt verbergen? Im Walde."

Der andere antwortete nichts.

„Und wenn er keinen Wald hätte, würde er sich einen machen. Und wenn er ein welkes Blatt verbergen wollte, würde er sich einen welken Wald machen."

Noch keine Antwort kam, so daß der Priester noch milder und noch ruhiger hinzufügte: „Und wenn ein Mensch eine Leiche zu verbergen wünschte, würde er ein Feld von Leichen herstellen, um sie dort zu verbergen."

Flambeau begann energisch voranzustampfen, ungeduldig über den Verlust von Zeit und Raum, doch Father Brown erzählte weiter, als vollende er nur den letzten Satz.

„Sir Arthur St. Clare war, wie ich schon sagte, ein Mann, der seine Bibel las. Das war es, worum es sich bei ihm handelte. Wann werden es die Leute endlich einsehen, daß es einem Menschen nichts nützt, seine Bibel zu lesen, wenn er nicht auch die der anderen liest? Ein Buchdrucker liest die Bibel der Druckfehler wegen. Ein Mormone liest seine Bibel und findet darin Vielweiberei; ein Gesundbeter liest sie und findet, daß wir weder Arme noch Beine haben. St. Clare war ein alter anglo-indischer protestantischer Haudegen. Nun stellen Sie sich einmal vor, was das bedeuten mag, aber um's Himmels willen, lassen Sie jede Scheinheiligkeit beiseite! Es kann einen unter tropischem Himmel in orientalischer Gesellschaft physisch sich vollkommen auslebenden Menschen bedeuten, der ohne Verständnis oder Führung sich an einem orientalischen

Buche vollsaugt. Selbstverständlich las er das Alte Testament lieber als das Neue. Selbstverständlich, denn er fand darin alles was er wollte – Wollust, Tyrannentum, Verräterei. O, ich glaube sogar, er war ehrlich, wie man es nennt. Aber was hilft es, wenn ein Mann ehrlich ist im Dienste der Ehrlosigkeit? In jedem der heißen und verschwiegenen Länder, wohin dieser Mann kam, hielt er sich einen Harem, folterte er Zeugen und häufte in Schanden Gold an; gewiß aber würde er festen Auges versichert haben, er tue es zur Ehre des Herrn. Meine eigene Theologie kommt dabei genügend zum Worte, wenn ich frage: welches Herrn? Jedenfalls hat es mit der Schlechtigkeit die Bewandtnis, daß sie eine Türe nach der anderen zur Hölle öffnet und in immer kleinere und kleinere Kämmerlein führt. Darin besteht das Eigenartige des Verbrechens, daß der Mensch nicht wilder und roher, sondern nur immer noch gemeiner wird. St. Clare erstickte nur allzu bald unter Schwierigkeiten von Bestechungen und Erpressungen und hatte immer mehr und immer noch mehr Geld nötig. Und zur Zeit der Schlacht am Rio Negro war er auf der Stufe angelangt, welche Dante zur alleruntersten des Universums macht."

„Welche meinen Sie?", fragte sein Freund wieder.

„Das meine ich," gab der Geistliche zurück und wies plötzlich auf eine eingefrorene Pfütze, die im Mondlichte erglänzte. „Erinnern Sie sich, wen Dante in den letzten Eiskreis versetzt?"

„Die Verräter," antwortete Flambeau schaudernd. Da er in der alles Menschlichen entkleideten Baumlandschaft mit ihren höhnischen, fast widerlichen Umrissen umherblickte, konnte er beinahe glauben, Dante zu sein, und der Priester mit der fließenden Rede war in der Tat ein Virgil, der ihn durch ein Land endloser Sünden geleitete.

Die Stimme fuhr fort: „Olivier war, wie Sie wissen, eine Don-Quixote-Natur und ließ keinerlei Geheimdienst oder Spione zu. Doch dies wurde, wie so viele andere Dinge, dennoch gemacht, wenn auch hinter seinem Rücken. Mein alter Freund Espado war es, der das besorgte; er war der auffällig gekleidete Geck, dessen Adlernase ihm den Spitznamen Geier eingetragen hatte. Indem er sich als einen Menschenfreund an der Front ausgab, schlängelte er sich durch die englischen Reihen und traf so schließlich auf dessen – Gott sei Dank – einzigen, korrumpierten Mann, und dieser Mann war der an der Spitze. St. Clare brauchte dringend Geld, Berge von Geld. Der fallen gelassene Hausarzt drohte mit jenen Enthüllungen, welche später auch begannen, dann aber abgebrochen wurden,

Geschichten von unerhörten und geradezu urgeschichtlichen Dingen, die sich in Park Lane abgespielt, Dinge, die nach Menschenopfer und Horden von Sklaven rochen. Geld wurde auch benötigt zur Mitgift der Tochter, denn für reich gehalten zu werden, daran lag ihm nicht minder, wie es wirklich zu sein. Er griff nach dem letzten Strohhalm, flüsterte Brasilien das Wort zu und der Reichtum strömte herbei von Englands Feinden. Aber noch ein anderer hatte mit Espado, dem Geier, gesprochen. Irgendwie war der finstere, grimme junge Major aus Ulster der schrecklichen Wahrheit auf die Spur gekommen, und als sie mitsammen langsam den Weg zur Brücke hinabgingen, erklärte Murray dem General, er müsse entweder sofort den Oberbefehl niederlegen oder vor ein Kriegsgericht gestellt und erschossen werden. Der General suchte ihn hinzuhalten, bis sie an jenen Saum von Tropenbäumen bei der Brücke kamen, und an dem plätschernden Flusse unter den sonnigen Palmen (ich sehe das Bild geradezu vor mir) zog der General den Säbel und stieß ihn dem Major in den Leib."

Der winterliche Pfad bog in schneidendem Froste über eine mit schwarzen Schreckgestalten von Gebüsch und Dickicht bewachsenen Höhe, doch Flambeau glaubte, jenseits davon den schwachen Umriß und Lichtschein von etwas zu sehen, was weder Sternen- noch Mondlicht war, sondern ein Feuer schien, wie Menschen es machen. Er beobachtete es, während die Erzählung ihrem Ende zueilte.

„St. Clare war ein Höllenhund, aber er besaß Rasse. Nie, das schwöre ich Ihnen, war er so klar bei Verstand und so starkmütig, als da der arme Murray kalt und starr zu seinen Füßen lag. In keinem von all seinen Triumphen, wie Hauptmann Keith sehr richtig sagt, war der große Mann so groß wie in dieser letzten mißachteten Niederlage. Kühl blickte er auf seine Waffe nieder, um das Blut abzuwischen; er sah, daß die Spitz, die er seinem Opfer zwischen die Schultern gestoßen hatte, abgebrochen war. Ganz ruhig als blicke er zum Fenster seines Clubs hinaus, sah er, was folgen mußte. Er sah, daß seine Leute diese unerklärliche Leiche finden mußten, die unerklärliche, steckengebliebene Säbelspitze herausziehen, den unerklärlichen zerbrochenen Säbel – oder den gänzlich fehlenden Säbel – bemerken mußten. Er hatte wohl den Tod, aber nicht Schweigen herbeigeführt. Doch sein herrschgewohnter Geist lehnte sich gegen diesen Querhieb auf; es gab noch einen Ausweg. Er konnte diese Leiche weniger unerklärlich machen. Er konnte einen Hügel von Leichen schaffen, um diese eine damit zu verdecken. In zwanzig Minuten marschierten achthundert englische Soldaten in ihren Tod hinein."

Die warme Glut hinter dem schwarzen winterlichen Walde nahm an Stärke und Helle zu und Flambeau schritt mächtig aus, sie zu erreichen. Auch Father Brown beschleunigte seine Schritte, doch schien er völlig in seine Geschichte versunken.

„So groß war die Tapferkeit dieser englischen Tausend und so gewaltig das Genie ihres Befehlshabers, daß, wenn sie sofort den Hügel angegriffen hätten, sogar dieser unsinnige Vormarsch noch glücklich ausgehen hätte können. Doch der böse Geist, der mit ihnen spielte, als wären es Pfänderstücke, hatte andere Ziele und andere Beweggründe. Sie mußten wenigstens so lange im Sumpfe an der Brücke stehen bleiben, bis britische Leichen dort keinen ungewöhnlichen Anblick mehr boten. Dann kam die letzte großartige Szene: der silberweiße, ehrwürdige Soldatengreis händigt sein zerbrochenes Schwert aus, um weiteres Blutvergießen hintanzuhalten. O, es war für ein Stegreifstück sehr fein eingefädelt. Aber ich glaube (beweisen kann ich es nicht), ich glaube, es geschah, während sie dort in dem blutigen Sumpfe steckten, daß jemand zweifelte – und jemand ahnte."

Einen Augenblick schwieg er und fügte dann hinzu: „Eine Stimme, ich weiß nicht woher, sagt mir, der Mann, der es erriet, war der Liebende ... der Mann, der das Kind des Alten heimführen sollte."

„Aber wie steht es mit Olivier und dem Aufhängen?" fragte Flambeau.

„Olivier? Teils aus Klugheit, teils aus Ritterlichkeit beschwerte er sich selten auf dem Marsche mit Gefangenen. Meistens ließ er alles laufen und so tat er auch in diesem Falle."

„Alles mit Ausnahme des Generals," versetzte der Große.

„Alles," wiederholte der Priester.

Flambeau runzelte seine dunklen Brauen. „Ich verstehe noch immer nicht ganz," gestand er.

„Es gibt noch eine Szene, Flambeau," sagte Brown und seine Stimme hatte einen geheimnisvollen Unterton. „Ich kann sie nicht beweisen, aber ich kann noch mehr tun – ich kann sie sehen. Ich sehe vor mir, wie morgens ein Lager abgebrochen wird, ich sehe kahle, glühende Hügel und brasilianische Uniformen in Haufen und Reihen marschbereit. Ich sehe Oliviers Rothemd und seinen langen, schwarzen, wehenden Bart, während er selbst dort steht mit dem breitkrämpigen Hute in der Hand. Er verabschiedet sich von dem großen Feinde, den er freigibt – von dem einfachen, greisen, englischen Veteranen, der ihm im Namen seiner Leute dankt. Der Rest der überlebenden Engländer steht dahinter in Reih und Glied, ihnen zur Seite Proviantstapel und Fahrzeuge für den Rückzug. Die Trommeln wirbeln, die Brasilianer ziehen ab, die Engländer stehen noch wie Statuen. Und so verharren sie, bis der letzte Laut und der letzte Schatten des Feindes vom Tropenhorizont verschwunden ist. Dann ändert sich plötzlich ihre Haltung, wie wenn Tote lebendig werden. Ihre fünfzig Gesichter kehren sich dem Generale zu – Gesichter, die unvergeßlich bleiben."

Flambeau sprang hoch auf. „O," schrie er, „Sie meinen doch nicht –"

„Ja," sagte Father Brown mit tiefer bewegter Stimme. „Eine englische Hand war es, die den Strick um St. Clares Nacken legte, ich glaube, die Hand, die den Ring an seiner Tochter Hand steckte. Englische Hände waren es, die ihn auf den Baum der Schande hinaufzogen, die Hände derer, die ihn angebetet hatten und ihm zum Siege gefolgt waren. Und es waren englische Seelen (Gott erbarme sich unser aller!) die ihn anstarrten, wie er dort unter fremdem Himmel am Galgen einer grünen Palme baumelte und die in ihrem Hasse beteten, er möge von da hinabfahren in die Hölle."

Als die beiden den Kamm der Kuppe erreicht hatten, leuchtete ihnen das grelle Licht der roten Vorhänge eines englischen Gasthauses entgegen. Es stand zur Seite des Weges, als stehe es auch hinsichtlich seiner gastlichen Ausdehnung etwas abseits. Seine drei Türen standen einladend offen und schon tönte ihnen das Summen und Lachen für diese Nacht fröhlicher Menschen entgegen.

„Mehr brauche ich Ihnen nicht zu erzählen," schloß Father Brown. „In der Einöde verurteilten und richteten sie ihn. Und dann, um der Ehre Englands und seiner Tochter willen schwuren sie einen Eid, die Geschichte vom Lohne des Verräters und vom Schwerte des Mörders auf ewig zu versiegeln, vielleicht – Gott helfe ihnen – versuchten sie, sie zu vergessen, versuchen wenigstens wir, sie zu vergessen. Hier ist unser Gasthaus."

„Herzlich gerne," sagte Flambeau und wollte eben festen Schrittes in das erleuchtete und geräuschvolle Gastzimmer eintreten, als er zurückprallte und fast zu Boden fiel.

„Da, sehen Sie, in Teufels Namen!" rief er und wies starr auf das viereckige hölzerne Wirtsschild über der Türe. Es zeigte undeutlich die rohe Gestalt einer

Säbelscheide und einer zerbrochenen Klinge und in nachgemacht altertümlicher Schrift die Worte ›Zum zerbrochenen Schwerte‹.

„Waren Sie nicht darauf vorbereitet?“ fragte Father Brown teilnehmend. „Er ist der Gott dieser ganzen Gegend; die Hälfte der Gasthäuser und Anlagen und Straßen sind nach ihm und seiner Geschichte benannt.“

„Ich hoffte, wir wären endlich fertig mit diesem Ekel,“ rief Flambeau und spuckte auf den Weg.

„Sie werden nie mit ihm fertig sein in England,“ sagte der Priester zu Boden blickend, „so lange Metall und Stein bestehen. Seine Marmorstandbilder werden auf Jahrhunderte die Seelen stolzer, unschuldiger Knaben erheben, aus seiner ländlichen Ruhestätte wird wie aus Lilien der Duft der Treue emporsteigen. Millionen, die ihn nie gekannt, werden ihn wie einen Vater lieben – ihn, den die wenigen, die ihn zuletzt gekannt, wie Kot behandelten. Er soll als Heiliger gelten und nie soll die Wahrheit über ihn bekannt werden, denn ich bin nun zu einem Entschlusse gekommen. Es hat so viel des Guten und des Schlimmen, Geheimnisse zu brechen, daß ich meinen Ruf dafür einzusetzen bereit bin. All diese Zeitungen werden vergehen; der antibrasilianische Schwindel ist schon verflogen, Olivier steht bereits überall in Ehren. Ich aber habe mir mein Wort gegeben, daß, wenn je durch Namen, Metall oder Marmor, unvergänglich wie die Pyramiden, Oberst Clancy oder Hauptmann Keith oder Präsident Olivier oder sonst ein Unschuldiger ungerechterweise beschuldigt worden wäre, ich sprechen würde. Wenn es sich aber nur darum handelt, daß St. Clare unverdienterweise gerühmt wird, würde ich schweigen. Und das will ich nun.“

Sie traten in das Gasthaus mit den roten Vorhängen, dessen Inneres nicht nur gemütlich, sondern auch mit einem gewissen Reichtum ausgestattet war. Auf einem Tische stand eine Nachbildung in Silber von St. Clares Grabmal, das Silberhaupt gebeugt, das Silberschwert zerbrochen. An den Wänden hingen farbige Photographien derselben Darstellung sowie der Wägen, mit denen die Touristen angefahren kamen. Man setzte sich auf die bequemen gepolsterten Bänke nieder.

„Kommen Sie, es ist kalt,“ lud Father Brown ein, „trinken wir ein Glas Wein oder Bier.“

„Oder Whisky,“ meinte Flambeau.